LA LUNA DELL'ALFA

RENEE ROSE
LEE SAVINO

Traduzione di
ANNALISA LOVAT

Midnight
ROMANCE

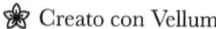 Creato con Vellum

OTTIENI IL TUO LIBRO GRATIS!

Iscrivetevi alla newsletter di Renee per ricevere Preludio e Indomita, scene bonus gratuite e notifiche riguardo a nuove pubblicazioni!

https://subscribepage.com/reneeroseit

CAPITOLO UNO

PUERTO RICO

Deke

LA GIUNGA portoricana è fitta e umida. Di notte il canto delle rane *coquí* risuona nella soffocante oscurità. Striscio silenziosamente sulle foglie in putrefazione nel sottobosco della foresta pluviale, portandomi in posizione. Channing è già lì, sdraiato a pancia in giù, a strizzare gli occhi mentre guarda attraverso il mirino del suo fucile di precisione.

"Abbiamo due guardie in campo," sussurra Channing.

Con il nostro udito da mutanti, non abbiamo bisogno di ricetrasmittenti per sentirci a vicenda. E non mi servono neanche gli occhiali speciali per la visione notturna. È questo il motivo per cui il colonnello Johnson ha creato una speciale squadra operativa composta esclusivamente di mutanti. Lui è uno di noi. Sapeva di cosa saremmo stati capaci se le nostre abilità non fossero state costrette a essere tenute nascoste alla controparte umana.

Una rapida occhiata e vedo con chiarezza la sagoma di

due membri del cartello in piedi davanti alla porta aperta della baracca. Hanno tutti e due in mano un mitragliatore.

"Cosa pensi… ostaggi all'interno?" mormora Channing. "Legati, imbavagliati?"

"Imbavagliati. Legati con una corda." È la mia ipotesi, comunque.

"Non vedo cani," dice Channing. "Allora aspettiamo il segnale di Rafe."

Annuisco e mi levo i vestiti, incluse le medagliette identificative. Il colonnello Johnson ha fatto progettare appositamente per noi degli speciali abiti mimetici da indossare sotto. Il tessuto è elastico e flessibile, tanto da farci stare comodi sia in forma umana che in sembianze da lupo. Immagino che i pezzi grossi abbiano pensato che ci saremmo sentiti vulnerabili con i gioielli di famiglia allo scoperto dopo esserci ritrasformati in umani. Come se ce ne fregasse un cazzo se qualcuno ci vede nudi.

Mi tramuto, ma cerco di mantenere il controllo, per trattenere il mio lupo. È ansioso di lanciarsi nella caccia. La triste verità è che, dopo anni di condizionamento da guerra, è sempre pronto a uccidere, soprattutto quando c'è un civile da salvare. Il bisogno di protezione a volte supera e annulla la ragione.

Il segnale è un lungo suono emesso da un fischietto a ultrasuoni per cani, un rumore che nessun orecchio umano può udire. Appena lo sentiamo, io e Channing ci lanciamo in avanti. Da lupo sono più veloce, e scatto in testa.

Siamo quasi arrivati quando sento un rombo provenire dalla strada. Guai che arrivano sotto forma di un vecchio furgone diesel. Cazzo! Altri rapitori che arrivano a tenere la guardia.

Sento le orecchie che pizzicano per il rumore assordante del fischietto a ultrasuoni. Due fischi brevi questa volta: Rafe che ci dice di tirarci indietro.

Cerco di girarmi. Di seguire gli ordini. La parte di me che ancora riconosce la catena di comando lotta per avere il controllo.

Ma il mio lupo non ne vuole sapere.

È troppo tardi: sento l'odore del pacco. Dell'umana spaventata che probabilmente ha smesso di sperare di essere salvata.

Disobbedire a un ordine è sbagliato. Avremo anche smesso di essere soldati speciali, ma i lupi comunque seguono il loro capo, e Rafe è il nostro alfa. Lo stesso, non riesco a fermare il mio lupo. Deve salvare l'umana. Salto in avanti, le zampe che divorano il terreno mentre corro verso la baracca.

"Missione interrotta," ringhia Channing, ma sono troppo lanciato ormai. Salto, un'ombra silenziosa, sulla piattaforma di legno.

La prima guardia muore quasi in silenzio. Il suo corpo cade sulla piattaforma. L'altro ruota di scatto, le dita che cercano di serrarsi attorno al grilletto del suo mitragliatore, quando più di cento chili gli atterrano addosso. Cade e lo zittisco con i denti.

Permanentemente.

Sento degli spari e alzo la testa. Ho il muso bagnato e sento il sapore del sangue in bocca. Dall'altra parte della baracca, la nostra squadra attacca il furgone. Non seguendo gli ordini, li ho costretti a questo. Ora è l'unica opzione.

Qualche altro sparo, un ringhio da parte del lupo di Lance e grida che coprono per un momento il coro di rane *coquí*. Poi il motore del furgone si spegne e si sente solo silenzio.

"Dannazione, Deke!" grida in un sussurro Channing. È ancora in sembianze umane e sale sulla piattaforma con il fucile puntato. "Dovevi seguire gli ordini."

Il mio lupo lo guarda digrignando i denti.

"*Loco* del cazzo," mormora Channing mentre mi passa accanto. Segue l'adeguato protocollo, controllando ogni angolo buio prima di entrare nella baracca. Qualche secondo dopo inizia a parlare con voce bassa e calmante rivolgendosi all'ostaggio.

Sono contento che ne sia capace, perché io la spaventerei a morte.

Ringhio e mi giro, allontanandomi con il naso a terra, assicurandomi che tutte le minacce siano state eliminate.

Gangster: morti. Ostaggio: salvato. Missione compiuta. L'unico problema? L'azione è terminata in meno di novanta secondi. Il mio lupo vuole di più.

Salto giù dalla pedana e faccio il giro della baracca, andando verso il furgone. C'è sangue sparpagliato attorno e due membri della gang morti: uno sul sedile davanti e l'altro poco distante dalla portiera del passeggero.

Lance è lì vicino, intento a smontare le semi-automatiche del bersaglio. Indossa la sua tuta mimetica fatta per tramutarsi. Le medagliette gli brillano sul petto: non ha avuto tempo di levarsele prima di tramutarsi.

"Fanculo, Deke," mi dice. "Ho rovinato un bel paio di pantaloni per colpa tua." Stacca i pezzi metallici della pistola e li lascia cadere in una borsa aperta ai suoi piedi.

Mi rendo utile, risalendo la collina verso il punto di vedetta di Lance per andare a recuperare il suo zaino. Teniamo un cambio di vestiti di riserva per queste eventualità. Lance non si aspettava di doversi tramutare, ma per completare la missione la disobbedienza del mio lupo l'ha costretto a farlo. I miei fratelli di branco mi coprono sempre la schiena a tutti i costi.

"Grazie," sbuffa Lance quando torniamo. Si veste velocemente.

"Usciamo. Channing è già andato via con il pacco."

Dove il *pacco* sarebbe l'ostaggio. Quello che, in quanto mercenari, abbiamo recuperato per una considerevole quantità di denaro versata da qualcuno dei piani alti del governo che non voleva rischiare di affidare un tale incarico a una squadra militare ufficiale. "Ci si vede al quartier generale."

Un fruscio nel cespuglio alle mie spalle mi annuncia l'arrivo del mio alfa.

"Che diavolo hai combinato, soldato?" mi ringhia addosso Rafe, anche se non siamo più tecnicamente dei soldati.

Abbasso la testa in segno di rimorso.

"Penso che sia andata bene, sergente," dice Lance con tono mite, prima di giocherellare con la maglietta.

"Nessuno ti ha chiesto un cazzo." Rafe indica la cima della collina. "Vai su, muoviti. Subito."

Lance si butta in spalla lo zaino e obbedisce.

Rafe mi indica. "Ne parleremo," promette.

Quattro ore dopo, siamo di nuovo al quartier generale, un hangar per aeroplani ora vuoto. Presto arriverà un piccolo charter a riportarci segretamente a casa. Lance mi ha aiutato a lavare via il sangue con la canna dell'acqua: il mio lupo era stato riluttante a ripulirsi dai segni della sua abilità. Prima di tutto sono andato a fare una corsa, nel tentativo di sbarazzarmi dell'energia repressa, aspettando fino all'ultimo momento possibile per tramutarmi di nuovo in forma umana.

Channing arriva al quartier generale e non si preoccupa di usare la gomma. Infila la testa in un secchio e poi usa uno straccio per levarsi i segni dipinti sul viso. "Il pacco è stato consegnato sano e salvo," annuncia. "Tutto è bene quello che finisce bene."

"Non così dannatamente veloce." Rafe torna a grandi passi dentro all'hangar, dove stava rispondendo a una chiamata dal comando. "Abbiamo un problema." Il mio alfa mi gira attorno e punta il dito. "Il tuo lupo è fuori controllo, Deke." Non si sbaglia. Ho disobbedito a un ordine diretto.

"Sì, sergente." La mia voce è roca, gutturale, come se la gola non fosse abituata a parole umane. Chiamiamo ancora Rafe 'Sergente', anche se non apparteniamo più all'esercito.

"Hai ricevuto ordine di uccidere, Deke?"

Una sensazione di nausea mi agita lo stomaco. Per questo Rafe ha deciso che dovevamo uscire dal servizio militare lo scorso anno. A ogni caccia, io diventavo sempre più feroce. Rafe ha detto che dovevamo andarcene tutti, prima di perdere tutta l'umanità e arrivare al punto da essere abbattuti.

"A difesa di Deke, posso dire che ha ucciso solo i Tango," azzarda Channing.

Rafe mostra i denti a Channing, che abbassa la testa e alza le mani in segno di resa.

"Non avevamo ordine di uccidere," ringhia Rafe.

"Il colonnello Johnson non ci avrebbe assoldati se non si fosse aspettato dei morti," ribatte Lance.

"Solo perché Deke è fuori controllo," grida Rafe.

Il peso che sento sul petto aumenta.

Cazzo.

Rafe cammina avanti e indietro, i suoi scarponi che colpiscono il pavimento di cemento a ritmo costante. Rafe può incedere con passo felpato se vuole. Ora sta facendo appositamente rumore per farsi intendere. Mi preparo al colpo.

Avviene tutto troppo presto. Rafe si ferma davanti a me e soffia nel fischietto a ultrasuoni. Io scatto sull'attenti, sforzandomi di non fare una smorfia per il suono così acuto.

Channing e Lance si tappano velocemente le orecchie con le mani.

"Cosa significa questo, soldato?" mi abbaia addosso Rafe.

"Pronti a partire, signore," rispondo.

Rafe soffia di nuovo nel fischietto, due colpi brevi. "E questo?"

"Interrompere la missione, signore!"

Rafe mi si mette dritto davanti alla faccia, gli occhi gialli fissi nei miei. Io guardo dritto in lontananza, combattendo contro l'impulso irrequieto del mio lupo di rompere le righe e attaccare.

È un test. Se rompo le righe e sfido il mio alfa, sarà un segno che ormai ho superato troppo il limite. Cosa di cui il mio branco si preoccupa ormai da un paio di anni.

Devo superarlo, questo test.

Mi sforzo di pensare a dei cuccioli. A bambini innocenti. A femmine umane... questo a dire il vero è un pensiero nuovo, ma per qualche motivo mi viene in mente. Come se, in caso passassi questa prova, potessi ricompensarmi andando a cercare del piacere.

Come se.

La mia squadra non mi permetterebbe mai di aggirarmi attorno a delle umane. Non dopo la rissa al bar dello scorso anno. Il mio lupo è troppo aggressivo e imprevedibile. Troppo assetato di sangue.

Ma il pensiero di creature fragili è sufficiente. Il mio lupo si rilassa.

Il mio alfa è a pochi centimetri da me. Percepisce il cambiamento nel mio corpo e annuisce. Ma non molla l'osso.

"Disciplina, soldato," ringhia Rafe giusto nel mio orecchio. "È tutto ciò che ci separa dalla follia della luna."

"Rilasso la mandibola. "Sì, signore."

CAPITOLO DUE

Sadie

SADIE, stai andando alla plaza? Ci vado pure io. Troviamoci, così mi racconti come te la passi. Il messaggio risuona dal mio telefono e mi fa rigirare lo stomaco, attorcigliandolo. Il messaggio potrà anche sembrare amichevole, ma il mio corpo lo registra come un'aggressione.

Sono davvero stufa di Scott Sears e dei suoi tentativi di riconquistarmi.

Quale parte di 'è finita' non riesce a capire?

Ruoto gli occhi al cielo e rimetto il cellulare in borsa, riprendendo sottobraccio il mio ridicolo ma preziosissimo zainetto, mentre mi faccio strada attraverso l'affollato ristorante Taos dopo il lavoro.

È ora di cena e domani sono a scuola, e anche se nella maggior parte delle serate preferisco andare a casa a rilassarmi dopo aver insegnato all'asilo tutto il giorno, oggi è mercoledì.

Il *Mercoledì della lagna*, come io e il mio gruppo di

amiche amiamo chiamarlo, e i Mercoledì della lagna sono sacri.

"Sadie, da questa parte." Adele mi fa segno da un tavolo sulla veranda. I muscoli tesi del mio collo si rilassano un pelo quando vedo lei e il resto delle mie amiche. Tabitha e Charlie sono accasciate sulle loro sedie, ma si tirano un poco su quando mi vedono. Adele resta seduta con la schiena dritta come un manico di scopa.

Le mie amiche sono le migliori. Siamo tutte diverse, ma funziona.

Adele è la bellezza creola, raffinata e sempre in ordine che possiede il negozietto di cioccolata. È la nostra chioccia e ha sempre un aspetto perfetto con i suoi vestiti vintage. Stasera indossa un abito in stile swing anni Cinquanta, il color muschio che si adatta perfettamente alla sua pelle bruno-dorata e agli occhi verdi. Al posto di un giacchino, si è messa uno scialle grigio con ricami in filo dorato. È quella elegante del gruppo, e le si addice.

Anche Tabitha indossa spesso abiti vintage, degli anni Venti, Sessanta o Settanta. In qualche modo è capace di tirare fuori un abito paillettato e con le frange un giorno e pantaloni a zampa d'elefante il giorno dopo. Oggi se ne sta comoda e rilassata sulla sua sedia con una fascia per capelli decorata con perline in testa e una tuta gialla. Un altro dei suoi outfit da Cher, e ci sta benissimo, con la pelle olivastra e il volto allungato.

Charlie è Charlie. È la più bassa del gruppo, ma quella più atletica. La maggior parte delle volte la vedo con camicia blu e severi shorts o pantaloni blu scuro: perfetta divisa da direttrice di ufficio postale. Il suo lavoro le concede un'abbronzatura costante che si abbina perfettamente ai capelli corti biondi. In questo momento indossa una maglietta sbiadita con la scritta 'In mia difesa, mi hanno lasciata incustodita'.

E io. Io sono semplicemente Sadie Diaz, originaria di Taos. Insegnante di scuola materna, occhi e capelli castani. Altezza media, peso medio. Tutto nella media. Tabitha dice che mi vesto come un'insegnante dell'asilo, anche se non sono sicura di cosa voglia dire. I bambini adorano i miei orecchini a forma di gattino e le ballerine dai colori sgargianti.

"Felice che tu ce l'abbia fatta." Charlie mi sorride. Ha già un margarita davanti e cerco di non apparire invidiosa.

"Scusate il ritardo," dico, levandomi di spalla la borsa. "Dovevo andare a prendere un pacco."

Tabitha fa una smorfia guardando la scatola nera con dentro un giocattolo che ho appoggiato sul tavolo del ristorante. "Che diavolo è quella roba?" La sua voce è tanto forte da far girare le teste di parecchi avventori del posto, ma non se ne cura. Si appoggia allo schienale, il naso arricciato mentre guarda il giocattolo.

Lo so perché fa quella faccia. Il peluche all'interno è un incrocio tra un demone e una lepre, con occhi rossi, antenne e zanne.

"È una lepre cornuta," dico con tono di scuse. Tutte e tre le mie amiche si chinano in avanti per ispezionare la scatola.

"Oh, ne ho sentito parlare." Charlie prende in mano la scatola e arriccia il naso mentre legge la scritta sul retro. "È il giocattolo più in voga quest'anno. Esaurito nella maggior parte degli Stati."

"Ho ordinato il mio nove mesi fa," ammetto. "I bimbi della mia classe non smettono mai di parlarne. Ci sono genitori pronti a uccidere pur di averne uno per i propri figli. Per questo ce l'ho qui. È appena arrivato e non intendo perderlo d'occhio."

"Come funziona? Ah sì." Charlie preme un pulsante rosso con scritto *Provami!* e una risata da brivido riecheggia dalla scatola. Il mostruoso giocattolo vibra e gli occhi rossi lampeggiano. "Non vuoi giocare?" chiede con tono canzonatorio, con una voce che sembra venire direttamente da *Poltergeist.*

"Porca puttana!" dice Tabitha quasi strozzandosi. "Ma che cavolo è?"

"Oh, no cacchio." Adele scuote la testa e i suoi morbidi ricci castani le rimbalzano attorno al viso mentre alza una mano. "Fa troppa paura." Rabbrividisce e si stringe lo scialle attorno alle spalle. Ora che il sole sta calando, si sta facendo più freschino.

"Fa paura, sì." Osservo il giocattolo con maggiore attenzione. "La prima volta che ho premuto il pulsante, ho quasi fatto cadere la scatola. E so che è stato lui."

"Premi di nuovo," dice Tabitha con un sorriso malvagio. Adele alza gli occhi al cielo.

"Sei sicura?" Charlie tiene il pollice sospeso sopra al pulsante.

"Fallo." Tabitha ha uno sguardo da maniaca, molto simile alla lepre cornuta demoniaca.

Stringendo i denti, Charlie lo preme. "*Non vuoi giocare?*" sussurra una voce sinistra dalla scatola.

"Oh!" esclamano all'unisono Adele e Tabitha. "Mettilo via," mi ordina Adele. Tabitha sembra voler premere di nuovo il pulsante.

"Merda," dice Charlie con enfasi, e posa la scatola a distanza da lei, sul tavolo. "Ai bambini davvero piace giocare con questa roba?"

Scrollo le spalle.

"I bambini di oggi," dice Adele raddrizzando le posate per la quinta volta, ai lati del punto in cui verrà messo il suo piatto. "Amano le cose paurose molto più di quanto le apprezzassi io."

"Almeno non è un piccolo Cthulhu. Quelli sono stati

super nell'ultimo anno," dico io. La cameriera arriva con il vassoio carico dei nostri drink e io prendo la scatola, rimettendola con attenzione dentro alla borsa.

"Quindi ne hai preso uno per la tua classe?" chiede Adele.

"Sì. Solo uno, così dovranno dividerselo."

"Sei la maestra d'asilo più simpatica di sempre." Tabitha offre un brindisi con il suo margarita alla fragola. "Ed è tutto dire!"

"Alla dolce Sadie." Anche Charlie alza la sua Fat Tire per un brindisi.

"A Sadie." Si unisce anche Adele, alzando il suo bicchiere.

Arrossisco e bevo il mio margarita al mango insieme a loro. Le mie amiche sono la cosa migliore della mia vita in questo momento. Gli voglio bene come fossero sorelle, anche se non potremmo essere più diverse.

"Non ti andava un margarita?" chiede Tabitha ad Adele.

"No." Adele annusa e fa roteare il suo vino rosso nel calice.

"Sono davvero buoni." Tabitha parla con voce cantilenante e fa ruotare i lunghi e dritti capelli rossi dietro alla spalla.

"No, grazie." Adele inclina il bicchiere, chiudendo gli occhi e facendo ruotare il bicchiere per inspirare il bouquet di profumi.

"Snob," la canzona con delicatezza Tabitha.

"Lasciala stare." La voce di Charlie è un po' alta, ma non è l'alcol. A Charlie piace parlare forte. Spinge per un secondo la sedia indietro, sbilanciandola sulle due gambe posteriori, e poi la lascia ricadere in avanti con un tonfo. "È bene che qualcuno beva vino," dice. "Del resto è Mercoledì dell'*Alagna*."

"Intendi Mercoledì della lagna," la corregge Tabitha. "Quando abbiamo dato il via a questa tradizione, abbiamo concordato che non era necessario bere vino, che sia Alagna o di altri tipi... ma solo lagnarci. Allora, chi inizia per prima?"

"Sadie." Gli occhi verdi di Adele mi penetrano da sopra il suo bicchiere di vino. Lei vede tutto, ed è la nostra chioccia, anche se ufficiosamente.

"Sadie? Va tutto bene?" chiede Tabitha.

"Chi devo uccidere?" aggiunge Charlie piantando i gomiti sul tavolo. "Scott? Lo concio per le feste." E di certo dice sul serio.

"Va tutto bene." Sospiro e appoggio il mio margarita.

"No, dai, sputa il rospo." Tabitha agita le dita e fa un movimento incalzante. "Cosa sta combinando Scott adesso?"

"Siete tornati insieme?" Charlie aggrotta la fronte. "Pensavo che dopo... l'incidente..."

"L'incidente? È così che si definisce un tradimento adesso?" Tabitha fa scorrere il dito attorno al bordo del suo bicchiere, raccogliendo il sale.

"Non ci siamo rimessi insieme," dico. "Ma mi rivuole. Mi ha mandato un altro messaggio, chiedendomi di vederci stasera."

"Sul serio? Ti ha messo le corna!" esclamano sia Charlie che Tabitha.

"Ssh." Adele alza una mano. "Calmatevi, sta parlando Sadie."

"Grazie." Le rivolgo un piccolo sorriso. "Non intendo tornarci insieme. Gli ho detto di no, ma è davvero insisten-te." Guardo il telefono che tengo in borsa. L'ho spento dopo quell'ultimo messaggio, per avere un po' di pace. Da un momento all'altro potrei trovarmi con un sacco di chia-mate perse e messaggi non letti da parte di Scott.

"Insistente come?" chiede Tabitha socchiudendo gli occhi.

"Messaggi, telefonate," dico alle mie amiche. "Regali. Ha mandato fiori, cioccolatini."

"Li ha presi da Chocolatier, i cioccolatini?" chiede Charlie a Adele.

Adele scuote la testa, sempre guardandomi. "No. Sa che se entra nel mio negozio lo arrostisco vivo." Lo dice con delicatezza, ma non ho alcun dubbio che in uno scontro tra Adele e Scott, sarebbe Adele a vincere.

"Ok, quindi Scott ti ha portato della cioccolata *scadente*," dice Tabitha enfatizzando lo *scadente*, come se fosse il peggiore dei peccati. E nel nostro gruppo, lo è. "E poi? Che altro?"

"Non la smette di contattarmi. L'altro giorno lui e mio padre erano fuori dalla scuola. Scott mi ha detto che era per una riunione di sviluppo immobiliare, ma penso che l'abbia programmata giusto per quando avrei portato fuori i bambini per la ricreazione."

"Che schifo," dice Charlie.

"È tipico di Scott. È viscido. Perché tuo padre non se ne rende conto?" dice Tabitha, agitata.

"Perché il padre di Sadie è uguale," risponde Adele con fermezza. "Due gocce d'acqua." Mi guarda dritta negli occhi e inarca un sottile sopracciglio.

Resto in silenzio, perché ha ragione. Mio padre adora Scott e i suoi piani immobiliari molto più di quanto faccia io. Ha programmato in tutto e per tutto il nostro matrimonio in modo che loro due possano acquistare tutte le proprietà immobiliari della zona. Adele ha ragione. Scott è una copia carbone di mio padre.

"Resisterai, vero?" Tabitha si morde il labbro. "Non lo riprenderai?"

"No." Non ho alcuna intenzione di riaccogliere Scott.

"Ma non vuole smetterla. Sapete che non accetterà mai un no come risposta."

"Che schifo," dice di nuovo Charlie, finendo la sua birra. Noi altre finiamo i nostri drink, e quando la cameriera passa ne ordiniamo ancora, con qualcosa da mangiare.

"Possiamo aiutarti?" chiede Tabitha appena la cameriera se n'è andata. "Magari possiamo parlarci…"

"No, non fatelo. Conoscendo Scott, non farà che peggiorare le cose. È abituato a ottenere quello che vuole."

"Non ci si può fidare di questi agenti immobiliari," dice Charlie mentre mastica una patatina. "Così insistenti. Fanno affari tutto il giorno, e poi tornano a casa e pensano che quello sia l'unico modo di relazionarsi con un'altra persona."

Tabitha è d'accordo, e lei e Charlie si lanciano in uno degli argomenti preferiti della gente di Taos: lo sviluppatore immobiliare malvagio.

"Mi spiace, Sadie," mi dice Adele sottovoce.

"Nessun problema. Parliamo di qualcos'altro. Non voglio che la mia relazione di merda rovini la serata."

Adele mi stringe la mano ma non dice nulla.

Per fortuna vengo salvata da un rombo di motociclette dall'altra parte della plaza. Quattro grosse moto guidate da enormi biker entrano nella piazza e si fermano in un vicolo accanto all'area pedonale.

"Oh cavolo," geme Tabitha. "Altri fan di *Easy Rider* che ricreano il loro viaggio attraverso la California sud-occidentale." Fin dall'uscita dell'iconico film degli anni Sessanta, i motociclisti fanno di Taos una tappa del loro pellegrinaggio. Questo va ad aggiungersi all'enorme raduno di biker di Red River durante il Memorial Day, che richiama nell'area oltre ventimila appassionati delle due ruote.

Ma c'è qualcosa di diverso in questi tizi. Non hanno l'aspetto di hippie in stile *Easy Rider*. Né portano barba e capelli lunghi come la maggior parte dei componenti di queste gang. Questi qui sono grandi e in forma. Spalle larghe e petto ampio. Cosce sode e muscolose.

Oh Dio, gli sto guardando le cosce?

Restiamo in silenzio mentre smontano e passano oltre la vetrina del ristorante. Sono ricoperti di vestiti di pelle e tatuaggi, come ci si aspetterebbe, e hanno tutti occhiali da sole in stile aviatore.

"Dannazione," mormora Tabitha scivolando più giù sulla sua sedia.

"Cavolo. Scommetto che se ne sfiori uno ti viene un'intossicazione da testosterone," dice Charlie. I quattro motociclisti si fermano giusto davanti alla veranda del ristorante. Stanno fermi a parlare, in posa da tipi cazzuti.

Uno di loro è senza giacca in pelle, ma porta solo un gilet che gli lascia scoperte le braccia. Quando si leva gli occhiali da pilota, i bicipiti si gonfiano, diventando grossi praticamente come un pallone da basket. Il tatuaggio sul braccio – un lupo nero sotto la luna piena – si tende e i muscoli del mio ventre si attorcigliano di brutto.

Il motociclista che si è appena levato gli occhiali da sole ruota lentamente la testa verso di noi. Ha i capelli scuri, tagliati a spazzola, che lasciano del tutto scoperti i lineamenti mascolini del suo viso. Perbacco! I suoi occhi scuri lampeggiano in modo strano nella luce del crepuscolo. Sento un fremito scorrere negli arti. Mi sta guardando.

La mia mano, di sua spontanea volontà, si alza in aria.

"Sadie!" sussurra Tabitha con tono ansioso. "Cosa stai facendo?"

Onestamente non lo so. Mi sembra impossibile poter staccare lo sguardo da quest'uomo, che non è per niente il mio tipo. Eppure, lo saluto con la mano. Il biker alza il mento in un cenno di saluto. Una scossa elettrica mi attraversa dalla testa ai piedi, come se fossi stata colpita da un piccolo fulmine. Le labbra perfette dell'uomo hanno uno scatto, piegandosi in una sorta di sorrisino, quindi si rigira verso i suoi amici.

I motociclisti finiscono la loro conversazione e se ne vanno. I loro scarponi pesanti non producono alcun rumore sulle pietre, ma l'aria della piazza sembra sfrigolare. Il motociclista con i capelli scuri si volta a guardarsi alle spalle, dritto verso di me, e mi fa l'occhiolino. Un'altra scossa, e sento il cuore fare una capriola.

"Aspetta… ma ti ha appena fatto *l'occhiolino*?" esclama Adele.

Rido. "Sì, credo di sì."

"Oh, santo Gesù Bambino," geme Tabitha.

"Quei tizi fanno paura." Charlie punta il pollice dietro di sé.

"Non lo so," dico pensierosa. "Io ho pensato fosse piuttosto fico." Scott era alto e bello, e si vantava dei muscoli che si era fatto in palestra. Ma mettendo Scott accanto a quel biker dai capelli scuri, il mio ex sembrerebbe una figurina di plastica.

Le mie amiche restano a bocca aperta davanti alla mia ammissione, e poi scoppiamo tutte quante a ridere come delle oche.

Guardo fuori dalla vetrina per vedere dove siano andati.

"Chi sono quei motociclisti?" chiede Tabitha alla cameriera, quando viene a portarci i nostri piatti.

La donna scrolla le spalle. "Li vedo qui da queste parti di tanto in tanto, a volte con le moto, altre con quel furgoncino che sembra un veicolo dell'esercito."

"Sul serio? Un Humvee?" Charlie inarca le sopracciglia. È un'intenditrice di automobili.

"Un Humvee è una cosa tipo un Hummer?" chiede Tabitha.

"No, è un mezzo militare," risponde Charlie. "Non sono tutti legali per andarci in strada. Quei tizi sono ex soldati dell'esercito?"

"Io non faccio domande, tesoro," risponde la cameriera. "Tengo la bocca chiusa e mi limito a guardare."

"Capisco," ribatto. "Anche lei pensa che siano fichi."

"Non ho detto che non sono fichi," mormora Tabitha, prendendo un sorso d'acqua.

"Mangiano mai qui?" chiede Adele. Il suo bicchiere d'acqua è mezzo pieno, e lo sta ancora stringendo tra le dita.

"No, non si fermano mai molto. Quando non sono in moto, fanno il carico di rifornimenti e ripartono," spiega la cameriera.

Charlie si picchietta le labbra con un dito. "Io penso siano più soldati che motociclisti. Per la postura, non vi pare? Spalle indietro e petto in fuori. E poi i capelli tagliati a spazzola."

"Io ho guardato solo quello con il tatuaggio del lupo e della luna," confesso.

"Ce l'avevano tutti un tatuaggio con il lupo e la luna," dice Adele.

"Sul serio?" Tabitha guarda Adele socchiudendo gli occhi.

"Sì." Adele non aggiunge altro.

"Ve l'immaginate Sadie che si presenta con uno di quei tizi come suo nuovo fidanzato? Scott se la farebbe sotto dalla paura," dice Charlie.

"Anche suo padre," conferma Tabitha.

Adele ride fino quasi a soffocarsi. "Oh Dio, sarebbe esilarante. Ve l'immaginate la faccia di Scott?"

Tocca a me prendere il mio bicchiere d'acqua e berne

una lunga sorsata. Posso ben immaginare la faccia di Scott se mi vedesse accanto a un uomo del genere. Tirerebbe su una storia infinita. Ma non voglio pensare a Scott. Come sarebbe uscire con un tizio come quel motociclista? Che sia bravo a letto? Sempre ammesso che si accorga di me. Quel genere di uomo, con quei muscoli, disteso tutto nudo e liscio sulla mia trapunta…

Sento il rossore divampare sul mio volto. Stringo il bicchiere vuoto. Non c'è abbastanza acqua al mondo per placare questo desiderio.

"Stavo solo scherzando," dice Charlie con espressione allarmata in volto. Come se mi avesse letto nel pensiero. Come se avesse capito che la mia immaginazione è giunta persino a immaginare quel gigante di uomo come mio compagno. "Stavo decisamente scherzando. Quei tizi non sono per niente sicuri."

"Se sono soldati, sono certamente più sicuri di una banda di motociclisti," rifletto.

Charlie scuote la testa. "Anche se lo fossero, porterebbero comunque guai. Non uscirei mai con uno dell'esercito. Sono puttanieri e drogati di adrenalina. Di certo non adatti a fare i fidanzatini. Soprattutto non per te."

"Cosa intendi dire, scusa?" chiedo.

"No, niente. Solo che sei dolce, Sadie. L'ho suggerito solo per fare una battuta. Immagino che non ti sogneresti neanche di frequentare un tizio del genere."

Scrollo le spalle. "Beh, non si può mai dire."

Le mie amiche mi guardano tutte con preoccupazione e io faccio l'occhiolino, facendole ridere, ma qualcosa di ribelle e sfrontato ha preso piede dentro di me.

È come se mi attizzasse l'idea di scioccare tutti gli abitanti di questo paesino che pensano di conoscermi andandomene in giro con un grosso motociclista cattivo.

Ma Charlie ha ragione. Sono solo stupidaggini.

~

Deke

C'È un odore dolce che aleggia nella piazza del paese. Sta facendo diventare matto il mio lupo. Continuo ad alzare la testa e annusare l'aria.

"Dacci un taglio," mormora Lance, e un ringhio mi romba nel petto. Il mio biondo compagno di branco mi sta troppo vicino. Lo stronzo lo fa apposta. Sa che il mio lupo ha bisogno di spazio.

"Lascialo in pace," dice Channing prendendo le mie difese. "C'è quasi la luna piena. Lo fa andare fuori di testa."

"Stiamo parlando di Deke," ribatte Lance. "Lui è sempre fuori di testa."

Socchiudo gli occhi e il ringhio si intensifica. Lance si fa velocemente di lato, levandosi di mezzo. Sono noto per avere preso a pugni un compagno di branco per molto meno.

"Non litigate." Rafe, il nostro alfa, emerge dalle ombre del vicolo. "Non davanti ai civili." Con *civili* intende *umani*. Rafe rivolge una lunga occhiata torva a Lance. I due sono fratelli, ma Rafe non fa mai favoritismi. Anzi, è più severo con Lance che con noi.

"Fatto tutto?" chiede Lance, passandosi una mano tra i capelli biondi da surfista. Il fighetto se la tira come se fosse il cantante di una band.

"Sì, diamoci una mossa," ordina Rafe.

Gli altri seguono immediatamente il nostro alfa. Ma io oppongo resistenza, facendo strisciare gli scarponi contro il selciato della plaza. Quell'odore mi chiama. Dolce come caramelle. Sento l'acquolina in bocca.

La mia riluttanza non sfugge a Rafe. "Deke? Vieni?"

"Non lo so." Mi strofino il mento. "Penso che mi fermerò un po'." Anche mentre lo dico so che è una scusa blanda. Sono l'ultimo del mio branco a cui mai verrebbe voglia di restare da solo in una plaza pubblica a girovagare in mezzo agli umani. Le cose vanno meglio per me, ora che non sono più in servizio. Abbiamo la nostra casa e posso correre libero tra le montagne ogni notte. Così riesco a gestire il mio lupo. Ma resto sempre il tipo che si innervosisce quando sta in mezzo a troppa gente.

"A fare che? Non suona nessuno stasera." Channing fa un sorrisino e indica la vecchia locandina di un concerto. "E non sapevo che ti piacesse Jimmy Buffett."

Gli mostro il dito medio.

"Deke," dice Rafe, la voce velata da un leggero ringhio.

"Cosa c'è?" Per rispetto nei confronti del mio alfa, ritiro il dito. "Voglio solo restare fuori ancora un po'. Godermi l'aria della sera."

C'è una lunga pausa, mentre i componenti del mio branco mi fissano come se avessi appena annunciato che voglio mettermi un grazioso tutù rosa e ballare un *pas de deux*.

"Posso fermarmi io," si offre Lance.

"Non ho bisogno di un babysitter." Ne ho abbastanza di questi stronzi. Digrigno i denti. In risposta, il lupo di Lance rende nota la sua presenza, facendogli lampeggiare gli occhi di azzurro. Il mio lupo salta in superficie, a un pelo dallo spezzare la catena.

"Va bene." Rafe si porta fra me e suo fratello, inserendosi fisicamente tra di noi. È sempre il giusto arbitro, fino a che non lo facciamo incazzare. Poi ci fa il culo. Non è un sistema perfetto, ma funziona. "Deke, fai quello che ti pare. Noialtri torniamo indietro." Fa un cenno con la testa e

Channing e Lance vanno alle motociclette. Rafe resta indietro.

"Sei sicuro?" mormora. Il mio alfa è l'unico ad avere il diritto di porre questa domanda, ma mi fa ugualmente fremere. Non ho i migliori precedenti tra gli umani. Non sono affascinante come Lance. Divento subito scorbutico e se provocato... beh, limitiamoci a dire che i guai sono guarantiti.

Rafe lo sa e mi tiene d'occhio. Se fosse un lupo di livello inferiore, il mio animale lo sfiderebbe e lo farebbe a brandelli.

Il più delle volte sono contento che Rafe sia un lottatore migliore di me. Se mai perdessi il controllo o andassi troppo oltre, lui sarebbe pronto a farmi fuori.

Ma stasera voglio che mi si lasci in pace. "Sto bene," dico, e distendo le labbra in una sembianza di sorriso. Questa è la mia faccia felice, e so che lascia molto a desiderare. Mi hanno detto che gli scheletri fanno meno paura.

E infatti Rafe scuote la testa. "Non mostrare quella faccia ai civili. Li spaventeresti," mi ordina, ma poi mi dà una pacca sul braccio nel segno universale del codice di fratellanza che dice "Stammi bene" e mi lascia, dirigendosi verso le moto.

Un sospiro mi esce dai polmoni appena il mio branco se ne va. Normalmente sarei felice di essere lontano da questo paese e da tutta questa gente. Felice di essere in sella alla mia moto. Non c'è niente che eguagli una lunga corsa tra le strade di montagna, con il vento che mi sferza il corpo e mi raffredda le braccia e niente tra me e il cielo della notte. Ma stasera ho cose più importanti da fare che correre in moto.

Alzo la testa alla luna e inalo il dolce aroma di caramella. Troverò la proprietaria di questo dolce profumo prima che il mio lupo diventi matto, più matto di quanto non sia già.

~

SADIE

RESTO IN SILENZIO per il resto del Mercoledì della lagna. Lascio i piagnistei alle mie amiche, e poco dopo il tramonto le saluto.

"Domani sono a scuola," dico alle ragazze mentre prendo commiato.

Accendo il cellulare attraversando la plaza. Vibra di messaggi e chiamate perse. Due in segreteria da parte di Scott. Uno da mio padre. Non so di quale avere più paura.

Almeno la serata è piacevole. Il sole è calato dietro all'orizzonte, lasciando una foschia bluastra. Ho pensato di andarmene da Taos, di scappare come ha fatto mia madre. Ma non voglio lasciare la mia città natale. E poi assomiglio a mio padre più di quanto voglia ammettere. Cocciuta. Sarò anche tranquilla e dolce, ma non mi piace perdere.

Qualche altro messaggio appare sullo schermo. Da parte di Scott: *Dove sei?* E poi: *So che è il mercoledì dell'Alagna.* L'ha scritto sbagliato, anche se gli ho spiegato più volte il senso della serata. Un semplice dettaglio e non può fregargliene di meno. Mi fa serrare i denti. Non mi darebbe fastidio in condizioni normali, ma Scott ha sempre avuto una pessima considerazione delle mie amiche. Sono sempre state carine nei suoi confronti in segno di supporto per me, ma vorrei che Adele gliene avesse dette quattro.

Sto per ordinare un'auto per avere un passaggio a casa – non guido di mercoledì perché so che bevo sempre qualcosa – ma prima che possa confermare mi arriva un messaggio di Scott che mi fa correre un brivido lungo la schiena. *Vedo che sei da Lizanos. Sono qui nella plaza, vicino al punto di raccolta del servizio di Rideshare. Parliamo.*

Oh, no. Affretto il passo, ma è troppo tardi. Vedo l'insegna blu, e infatti eccolo lì: un uomo alto e dinoccolato in pantaloni neri e giacca sportiva. Scott. Ha il suo auricolare bluetooth nell'orecchio, e dal modo in cui sta gesticolando si capisce che sta parlando con qualcuno al telefono. Probabilmente sta stringendo un accordo per radere al suolo una chiesa vecchia un secolo e costruirci sopra una serie di condomini e un centro commerciale.

Mi fermo e mi porto dietro a una capannina che fa da bancarella permanente. Potrei tornare dalle mie amiche e chiedere che mi accompagnino al punto di raccolta del Rideshare, ma dopo avere bevuto parecchio almeno una di loro insisterebbe per affrontare Scott. E le altre due si unirebbero volentieri. E ne verrebbe fuori una scenata.

Cosa posso fare?

Una strana luce verde lampeggia verso di me dal vicolo. Una silhouette scura avanza dall'ombra. Mentre la guardo, si raddrizza, diventando alta ed enorme man mano che un uomo gigantesco emerge dalla stradina. È il motociclista di prima, quello che mi ha fatto l'occhiolino. Lo riconosco addirittura al buio. Ha gli occhiali da sole tirati su. Gli occhi sono marrone scuro ma riflettono la luce in modo strano, mostrando dei lampi di verde. Mi sta guardando.

Ve l'immaginate Sadie che si presenta con uno di quei tizi?

Mi stringo addosso il cardigan. Ho un'idea folle e pazza, e prima di perdere il coraggio mi avvicino al tizio.

Lo spaventoso motociclista è ancora più grande e grosso da vicino. Ha delle targhette attaccate a una catenina che tiene al collo. Un soldato, come ha detto Charlie.

Mi lecco le labbra. Non posso neanche credere a ciò

che sto facendo. "Scusa," gli dico. La mia voce esce stridula. Mi schiarisco la gola e riprovo. "Scusa. Puoi aiutarmi a fare una cosa?"

Avanza, come se fosse stato in attesa del mio invito. Inclina la testa di lato e le sue labbra perfette si schiudono. "Sì, tesoro?" La sua voce è profonda e morbida. In genere odio che mi chiamino *tesoro*, ma ho i suoi occhi piantati in faccia. Ha le narici dilatate come se mi stesse inspirando e i suoi occhi sembrano farsi ancora più verdi.

Il suo sguardo intenso è quasi inquietante.

"Ehm," dico ancora con voce acuta. "Ho un problema."

"Un problema?" ripete.

"Già. Non è chissà che, ma speravo che potessi darmi una mano." Roba da matti. Questa è una follia. È la cosa più audace che abbia mai fatto, e probabilmente non avrò mai più il coraggio di rifarlo. Forse è il margarita al mango che sta parlando, o forse sono solo io che per una volta faccio la coraggiosa.

"Certamente, tesoro." Il motociclista acconsente così velocemente che perdo l'ordine dei pensieri.

"Non sai neanche di cosa si tratta." Lo guardo dritto negli occhi castani e sento girare un po' la testa.

Scrolla le spalle. "Proviamoci."

"Ok. C'è uno," dico velocemente. "In realtà è il mio ex, e diciamo che mi dà fastidio. In qualche modo mi ha trovata, ed è laggiù che mi aspetta." Indico verso il parcheggio del servizio di Rideshare.

Il motociclista scruta dietro l'angolo. Dal petto sembra salirgli una specie di sommesso rombo. Si gira verso di me e il suono improvvisamente si interrompe. "Vuoi che lo uccida?"

"No." Rido per la battuta. Perché deve essere una battuta, anche se il suo tono di voce è letalmente serio.

"Sciocco." Scuoto la testa come se fosse uno dei miei bimbi all'asilo.

Un sorriso gli piega gli angoli della bocca e mi sento riscaldare ovunque.

"Sei sicura, tesoro?" Ora la sua voce è leggermente canzonatoria.

"Sì." Sto al gioco. "Troppa gente qui. E poi dove nascondiamo il cadavere?"

Il tipo si gratta il mento. "Qualcosa ci inventeremo. Potresti portarlo da qualche parte. In un posto appartato. E io potrei dare l'impressione che sia stato un lupo a farlo fuori."

"Ehm, ok." *Stranamente specifico.* Faccio finta di pensarci su. "No, non è necessario. Voglio solo che si faccia da parte. Pensavo che potresti accompagnarmi lì e fingere di essere il tipo con cui sto uscendo. Solo per qualche minuto."

"Il tipo con cui stai uscendo," ripete.

Oh Dio. È stata un'idea stupida. Mi sto mettendo orribilmente in imbarazzo.

"È quello che vuoi?" L'uomo inarca un sopracciglio.

Eccolo qui, il mio rossore che mi sale dal collo. Per fortuna è sera, e le soffuse luci della plaza dovrebbero celare il mio volto rosso come un pomodoro. "Se non ti dispiace."

"Non lo so."

"Nessun problema." Voglio girarmi per scappare dall'umiliazione, ma il motociclista avvicina la testa alla mia. Sa di cuoio e pelle maschile pulita. Sento vibrare i miei sensi. "Sarebbe più efficiente se la rendessimo una cosa permanente." Dal suo tono capisco che sta scherzando.

Mi lascio andare a una risatina isterica. "Potresti fare a modo mio?" sussurro. "Come favore?"

"Come favore, eh?" Mi infila una ciocca di capelli dietro all'orecchio. Al contatto le mie ginocchia diventano molli e mi appoggio all'edificio.

Mi viene in mente che andare da un uomo enorme e dall'aspetto spaventoso in un vicolo buio non è stata probabilmente la mossa più saggia del mondo. Cosa mi ha fatto pensare che fosse più sicuro di Scott? Ma non trovo in me neanche un briciolo di paura. Le farfalle nel mio stomaco, il battito del cuore che va a intermittenza: nessuno di questi è un segnale di paura. No, quello che provo è eccitazione.

"Come ti chiami?" chiedo sopra al battito forsennato del mio cuore.

"Deke. E tu?"

"Sadie."

"Sadie," mormora con la sua voce profonda. Solleva un braccio sopra di me. Per un momento il suo corpo mi tiene ingabbiata contro la parete. E ancora non provo paura.

Mi sento invece piccola e protetta, nascosta al mondo.

Poi si raddrizza. "Ok, Sadie. Facciamolo."

≈

SADIE

SENTO la grossa mano di Deke sospesa sopra alla base della mia schiena mentre attraverso la plaza con lui al mio fianco. Deke è largo il doppio di me, e anche in altezza quasi mi supera di due volte, ma quando cammina non produce alcun suono.

"Il mio ex si chiama Scott," gli dico mentre avanziamo verso l'area di carico.

"Scott." Le labbra di Deke si curvano.

"Ci siamo frequentati per tre anni." Non so perché sto blaterando così, ma non riesco a fermarmi. "Non so perché sono stata insieme a lui così tanto tempo. All'inizio era carino ma…"

L'ampio petto di Deke vibra e ne sento emergere un altro rombo. Automaticamente, gli poso una mano sulla spalla. Si ferma di colpo, e io faccio lo stesso, voltandomi a guardarlo.

"Non mi ha fatto del male," spiego. "L'ho mollato quando ho scoperto che mi tradiva. Ma ora vuole rimettersi con me."

"E tu, Sadie?" Deke mi scruta in un modo che mi fa scorrere dei piccoli brividi lungo la schiena. "Tu cosa vuoi?"

Il mio cuore sospira in risposta alla domanda. Quand'è stata l'ultima volta che un uomo mi ha chiesto cosa voglio? "Voglio che mi lasci in pace."

"E poi?" Siamo faccia a faccia e petto contro petto, tanto vicini che posso sentire il suo calore penetrare nella mia pelle. C'è un desiderio che mi sta sbocciando nel bassoventre, una fame profonda che non provavo da tanto tempo.

"Voglio essere felice. Voglio essere libera."

Deke mi posa una mano sul braccio, e per un momento ci siamo solo noi due. Le sue dita mi accarezzano l'avambraccio e scivolano più in basso, arrivando a stringersi sui miei polsi. Con il pollice mi massaggia la vena pulsante, e mi sento sul punto di rinunciare alla nostra missione per trovare un angolo buio dove esplorare la promessa delle carezze di questo sconosciuto.

Poi sento la voce di Scott riecheggiare dall'altra parte del parcheggio. È al telefono, ma non si cura di parlare a voce bassa. Ha sempre fatto così, anche quando eravamo a casa, come per essere certo che tutti i presenti nel giro di una decina di metri sappiano quant'è importante la sua telefonata.

Mi giro, ma Deke non mi lascia andare. Fa scivolare più giù la mano, prendendo la mia e facendo intrecciare le nostre dita. Sento il cuore martellare per l'eccitazione, per l'audacia di stringere in modo così intimo la mano di uno sconosciuto. È una sensazione selvaggia, ribelle e divertente. Gli sorrido e le sue labbra si curvano un po' all'insù. Percorriamo il resto del parcheggio così, mano nella mano.

Oh Dio, spero di non aver commesso un errore. Accelero il passo e trotterello leggermente in avanti mentre ci avviciniamo al mio ex.

Scott mi vede e ruota su se stesso. "Sadie." Si tocca l'auricolare e dice a voce alta alla persona con cui sta parlando che deve andare, invece di farmi aspettare per cinque minuti che la chiamata termini naturalmente, come faceva di solito quando stavamo insieme. Mi rivolge il suo sorriso da pubblicità del dentifricio come a dire *Visto, piccola? Hai visto quanto sei importante per me?* Resisto all'impulso di alzare gli occhi al cielo.

Poi Scott si accorge di Deke e socchiude gli occhi. Quello che sta pensando è del tutto evidente. *Un altro uomo sul mio territorio.*

Mi preparo a un brutto scontro. Non esattamente un momento di orgoglio per me: usare un altro per intimidire il mio ex. Ma poi Deke mi stringe la mano e si fa avanti, portandosi davanti a Scott, e mi rendo conto di quanto quest'ultimo sia piccolo e sembri fatto di plastica. Abbronzatura fasulla e capelli perfetti. Sembra Ken messo accanto a una versione elaborata di G.I. Joe.

Mi sa che ci sarà da divertirsi.

"Scott," dico. "Ho ricevuto i tuoi messaggi. Tutti quanti."

"Sadie." Scott squadra Deke dall'alto in basso. Un'operazione impressionante, considerato che Deke è più alto di lui. "Questo è un tuo amico?"

"No," dice Deke. "Sono il nuovo uomo di Sadie." E mi avvolge le spalle con un braccio. Io mi avvicino e mi appoggio al suo petto. Al suo petto solido e muscoloso.

"Lui è Deke. Ci siamo appena conosciuti e... beh, ci siamo intesi." Sorrido a Deke. I nostri sguardi restano uniti per un istante di più, e mi dimentico di respirare. Wow, è davvero sorprendente.

Quasi dimentico che Scott è proprio davanti a noi. Si schiarisce la gola tre volte prima che riporti l'attenzione su di lui. Il naso di Scott si arriccia, come se avesse sentito odore di marcio. "Sadie, non è da te."

Gli rivolgo un'espressione innocente e canzonatoria. "Cosa non è da me?"

"Voglio dire... vi siete appena conosciuti? E lo tieni per mano?" Scuote la testa, come se stesse tentando di cancellare tutto questo dalla mente. "Speravo che potessimo parlare. Da soli."

Resto in silenzio, e Deke mi stringe con delicatezza. Mi rendo conto che il mio finto fidanzato motociclista sta aspettando un cenno da parte mia. Aspetta che sia io la prima a difendersi.

"Non è necessario. È finita, Scott. Mi sono lasciata tutto alle spalle."

"Sadie..." Scott fa un passo avanti, e quel rombo sale un'altra volta dal petto di Deke. È un ringhio. *Letteralmente* un ringhio.

Scott resta pietrificato a metà del passo.

"Vedi di capire l'antifona, Sears." Deke usa il cognome di Scott. Forse lo conosce meglio di quanto pensassi. "Ha chiuso con te. Ascolta quello che ti sta dicendo Sadie e scansati."

Scott inizia a balbettare, e Deke si gira lentamente insieme a me in modo che entrambi diamo le spalle al mio ex. "Pronta, bellezza?" mi chiede.

"Sì," dico, anche se non ho idea di cosa stia parlando. Mi tiene stretta a sé mentre riattraversiamo insieme la plaza, diretti verso la sua motocicletta. Quando arriviamo all'enorme moto, mi lascia andare. Con la coda dell'occhio, vedo che Scott ci sta ancora guardando.

"Tieni." Deke mi porge una cosa. Un casco nero.

"Per che cosa?" gli chiedo.

"Per la tua testa." Il tono di voce è carico di ironia. "Vuoi andare a fare un giro? Giusto per farlo agitare un po'?"

Sgrano gli occhi, ma annuisco. *Sì, decisamente sì.*

Mi prende il casco dalle mani e me lo infila, sistemandomelo in testa e allacciandolo con attenzione. Sento il cuore battere forsennato mentre si destreggia con il cinturino, le grosse dita sorprendentemente agili. Slaccia le borse laterali e mi fa segno di passargli il mio zaino con dentro la lepre cornuta. Lo sistema quindi nello scomparto di cuoio e chiude il tutto con il cinturino di pelle. Poi inforca la motocicletta, piega indietro il cavalletto e la tiene in equilibrio con le gambe. "Monta su."

Ok, sta succedendo. Vuole che salga in sella. Ho scelto un motociclista come finto fidanzato, e ora me ne sto per andare via in moto con lui sotto agli occhi del mio ex.

Deke accende la moto e dà gas. L'aria vibra per il rumore del motore.

"Pronta, bellezza?" grida sopra al rumore.

Non so bene se mi chiama 'bellezza' nel caso in cui Scott possa sentire o perché è così che chiama le donne, ma mi fa sorridere.

Faccio un respiro profondo e monto dietro di lui. Mi prende le mani e se le porta davanti. Mi aggrappo a un lembo della sua morbida maglietta e sento un brivido nel percepire i sodi muscoli che ci sono sotto.

Non posso credere a quello che sto facendo.

"Ok?" chiede Deke voltandosi. La sua guancia è piegata in un sorriso. Non ha il casco.

"Tu non hai il casco," dico. Sembro una leziosa insegnante di scuola materna, anche alle mie stesse orecchie.

"Bellezza," dice in risposta, e la moto parte con un rombo. Passiamo proprio davanti a Scott. Non riesco a vederlo in faccia, ma posso immaginare la sua rabbia stupefatta. È magnifico. Lo saluto con la mano e poi mi stringo a Deke più forte che posso, mentre voliamo lungo la via principale del paese – Paseo del Pueblo Norte – e svoltiamo la curva, lanciandoci nella notte.

Non sapevo proprio che andare in moto fosse così divertente. L'aria della notte è frizzante e ci sferza tutt'attorno. La moto di Deke è un mostro di cuoio e cromature che vibra caldo sotto di me, ma Deke è ancora più fantastico. Guida con perfetta agilità, il grosso corpo solido e dritto che mi ripara dalla maggior parte del vento. Mi premo a lui, la guancia schiacciata contro il gilet di pelle. Non si allontana troppo dalla città, ma svolta in una laterale per fare inversione e girarsi. Quando si piega nelle curve mi piego insieme a lui, e la moto serpeggia lesta e agile lungo le viuzze secondarie di Taos.

Per un momento ho il pensiero di gridare qualche domanda – "Dove stiamo andando? Qual è il piano?" – ma il cielo è così vasto sopra di noi, un velluto nero tempestato di stelle di diamante, e la notte così grande e senza limiti che mi dimentico delle mie preoccupazioni. Non c'è nient'altro che l'uomo gigante a cui sto aggrappata, la moto che romba sotto a entrambi e le strade infinite. Le preoccupazioni riguardo al lavoro, a Scott, alle mie amiche e a cosa diavolo sto facendo si dissolvono. Me le lascio alle spalle come vecchie chincaglierie sul bordo della strada.

Sono felice. Sono libera.

Deke ci porta sopra a un ponte a corsia singola e si ferma. Guardo l'acqua gorgogliante subito sotto di noi: un affluente del Rio Grande. Sopra di noi, attraverso le chiome degli alberi, un milione di stelle brillano nel cielo scuro. È un posto buio e isolato, ma non ho paura.

"Che bello," dico.

"Già." La sua voce è morbida. Si china verso di me, grande ma non imponente. L'aria della notte è fresca e dovrei avere freddo, ma non sento altro che il calore che lui emana. Un altro passo e sarei tra le sue braccia.

Ho conosciuto questo tizio meno di un'ora fa e sono già salita sulla sua moto. L'ho cinto con le braccia e mi sono tenuta stretta a lui. E ora sono qua fuori, sola, solo io e uno sconosciuto che già sembra un amico.

Sono pienamente soddisfatta, fino a che non mi rendo conto di cosa direbbero le mie amiche.

Sono appena montata in sella alla moto di uno sconosciuto e gli ho permesso di portarmi via insieme a lui. Al buio. Senza parlare di dove stesse andando e di come sarei tornata a casa.

Deke

LA PICCOLA UMANA mi guarda mordendosi il labbro. Il vento aumenta, portandomi alle narici il suo dolce aroma. Sembra non bastarmi mai. È letteralmente l'umana più graziosa che abbia mai incontrato. Tutto di lei mi fa venire voglia di sorridere. E sono secoli che non sorrido.

Ora che sono solo con Sadie, il rumore costante che proviene dal mio lupo e che generalmente tollero sembra essere svanito. Quell'impulso verso la violenza – la costante irrequietezza – non c'è più. L'urgenza è stata sostituita dal desiderio di marchiarla, ma quello è un sentimento che posso controllare.

Non arriverò a tanto con la dolce Sadie Diaz. So che fare mia un'umana è una cosa impossibile per me.

Sono troppo oltre. Troppo pericoloso.

"Ehm, grazie per avermi aiutato," dice Sadie.

"Figurati. Felice di averti dato una mano." L'avrei fatto comunque. Vorrei avere fatto di più, e se avessi incontrato Scott da solo, forse l'avrei fatto. Invece le cose sono andate in maniera piuttosto civile. Il mio branco sarebbe scioccato.

"Non credevo proprio che Scott fosse così." Sadie scuote la testa. Odio sentire il nome di quell'uomo sulle sue labbra, ma sono felice che si sia fidata di me. Sono contento di lasciarla parlare. "Quello che non capisco è come facesse a sapere dove mi trovavo. Sta facendo lo stalker."

Questa è una cosa di cui posso occuparmi. "Il telefono," le ordino tendendole la mano con il palmo rivolto verso l'alto. Mi guarda inclinando la testa, la fronte aggrottata.

"Fammi vedere il tuo telefono," spiego meglio. Devo ricordarmi di parlare componendo frasi intere. La maggior parte delle volte non me ne preoccupo. Odio la gente, e parlare per monosillabi è un buon metodo per comunicare disprezzo. La cosa fa andare fuori di testa il mio branco, il che è un punto a mio vantaggio.

Tira fuori il cellulare dalla tasca dei jeans e me lo porge.

"Password?"

"Non ho password."

"Sul serio? Hai bisogno di una password." Apro le impostazioni di sicurezza e le faccio inserire una password. "Niente di troppo facile da indovinare," le insegno. "Nessuna data comune o compleanni."

"Va bene." Finge di lamentarsi, ma digita qualcosa.

"Ne hai trovata una?" chiedo, e lei annuisce. "Bene. Qual è?"

Mi guarda accigliata, ma poi si accorge che sto scherzando. "Come se te lo venissi a dire," scherza.

"Brava ragazza." Le rivolgo un mezzo sorriso e poi le faccio sbloccare il telefono per me. Cerco solo un secondo prima di trovare la app di localizzazione. Le mostro lo schermo. "Scott ti ha chiesto di installare questa app?"

Sgrana gli occhi. "Che cos'è?"

"È una app che mostra la localizzazione del tuo telefono a chiunque, su tuo invito."

"Non l'ho installata io. E Scott non mi ha mai chiesto di installare niente," dice Sadie.

Stronzo. Magari lo ammazzo sul serio. Ma non posso permettere al mio lupo di farlo, ora che ho condiviso il mio piano con Sadie. Dovrò pensare a qualcos'altro.

"Probabilmente l'ha fatto senza chiedere, allora. Gli sarà stato facile, perché non avevi una password." Digito con il pollice mentre parlo, disinstallandola. "Me ne sto sbarazzando. Quando arrivi a casa, fai un backup dei tuoi dati e fai un reset. Tieni la password e riavvia il telefono ogni mattina. La migliore offesa è una buona difesa."

Inserisco anche il mio numero di telefono. "Ti metto qui il mio cellulare, nel caso avessi bisogno di un altro salvataggio. Va bene?"

"Sì, grazie." Sadie riprende il telefono e mi guarda con occhi socchiusi. "Come fai a sapere tutte queste cose?"

"Lavoro nella sicurezza."

"Tipo cybersicurezza?" Il vento le arruffa i capelli, e mi avvicino per ripararla dalle folate.

"Tutti i tipi di sicurezza. Ma più che altro missioni di sicurezza per il governo." Questa è la conversazione più lunga che abbia con un umano da anni. Non sono mai propenso a fornire a nessuno questo genere di informazioni, ma Sadie è diversa. Sadie è speciale. "Io e i miei colleghi siamo i proprietari della Sicurezza Lupo Nero."

"Oh!" Le si illuminano gli occhi. "È per questo che avete tutti quei tatuaggi di lupi?"

Dondolo sui talloni. "Te ne sei accorta?"

"La mia amica. Io mi ero accorta solo del tuo."

Sento l'uccello premere contro la cerniera. Il mio lupo è contento che l'abbia distinto dal resto del branco. "Li abbiamo tutti quanti perché abbiamo lasciato l'esercito." Tiro su la manica e le mostro il bicipite. "Facevamo parte delle squadre speciali."

Segue il contorno della luna sfiorandolo leggermente con il polpastrello. Una scossa elettrica mi attraversa e mi chino in avanti per inalare l'odore di vaniglia dei suoi capelli. Ha la pelle pallida e luminosa sotto alla luce della luna, e i capelli setosi ondeggiano attorno al suo volto. Di solito odio essere toccato, ma il mio lupo si metterebbe volentieri con la pancia all'aria per una grattatina.

"È bello." Indica il tatuaggio. Ha la voce più profonda? Roca? È l'aria notturna?

Tira via la mano e devo deglutire diverse volte. Ho l'uccello come una barra di metallo che preme contro i jeans. "E tu?" le chiedo, la mia stessa voce più profonda del solito. "Cosa fai?"

"Insegno all'asilo. A proposito, meglio che vada a casa. Domani ho scuola."

"Hai lasciato l'auto nella plaza? O vuoi che ti accompagni a casa?"

Si mordicchia il labbro. Penso che la fermata l'abbia resa nervosa. Il che è un bene. Non dovrebbe saltare in sella alla moto di un tizio a caso e farsi un giro della città insieme a lui. Però odio l'idea che abbia paura di me.

"A casa, per favore."

"Certo. Dammi l'indirizzo." Il minimo che possa fare è portarla a casa sana e salva.

Assaporo ogni secondo del viaggio fino al suo appartamento, a nord di Taos. Si stringe più forte a me ogni volta che mi piego in una curva. Faccio gli ultimi chilometri più lentamente, seguendo con dolcezza le svolte, godendomi il paesaggio notturno invece di sfrecciare nel buio. Le ombre e il blu di mezzanotte.

Accosto davanti alla sua porta e pianto i piedi a terra per tenere la moto in equilibrio, ma resto rivolto in avanti, le spalle rigide. Non è stato un appuntamento, ma un'operazione di salvataggio. Il mio lavoro era quello di portare il pacco a casa sua. Non di accompagnarla alla porta. Assolutamente non di chinarmi in avanti per assaporare quel profumo delizioso prima che entri.

Per un momento, Sadie non si muove. Mi tiene ancora stretto, come se fosse riluttante a staccarsi da me. Stringo i denti e cerco di non pensare alla facilità con cui potrebbe far scivolare la mano sotto alla mia pancia, dentro ai jeans. Sento vibrare l'uccello al solo pensiero.

Alla fine, smonta dalla moto. Perdo la battaglia con me stesso e ruoto la testa leggermente, per riempire i miei sensi del suo odore di vaniglia.

"Grazie per il giro," dice. "E, ehm, per tutto." Si leva il mio casco e me lo porge. Le do in cambio il suo zainetto. Se lo mette in spalla, ma non fa nessuna mossa per andare.

"Sarai in città domani, per il Plaza Live?" chiede dopo un momento di tentennamento. "I Flying Oysters suonano alle sei. Fanno per lo più cover, ma sono abbastanza bravi."

"Certo," dico, anche se non ho mai avuto alcuna intenzione di partecipare al Plaza Live. Sembro incapace di negarle qualsiasi cosa mi chieda. Quelli del mio branco se la rideranno a crepapelle se lo verranno a sapere. Ma non mi farò scappare un'altra occasione di vedere Sadie. Non perché abbia intenzione di provarci con lei. È solo per essere certo che sia al sicuro dal coglione. "Ci sarò."

"Ok. Notte, Deke." Mi sta guardando, il viso all'insù.

Non toccarla. Non toccarla. E assolutamente non baciarla.

Non posso impedirmi di allungare una mano, posargliela dietro alla nuca e tirarla a me. Il suo odore di vaniglia mi travolge e lo inspiro come se fossi appena uscito di prigione e questa fosse la mia prima boccata d'aria fresca dopo dieci anni.

Riesco a raccogliere del controllo e premo le labbra solo sulla sua fronte, dove ha i capelli un po' impiastricciati e inumiditi dal casco. Non mi concedo di assaggiarle le labbra. E non smonto dalla moto. Se scendo da qui, non potrò tornare indietro.

Dopo un momento, la lascio andare.

Si tira indietro incerta, le belle labbra schiuse.

"Notte, Sadie."

Non me ne vado immediatamente. Aspetto che sia entrata. Scompare e la serratura della porta scatta: il mio udito soprannaturale non si perde mai un solo suono. Quello che non sento è il rumore di passi di lei che si allontana dalla porta. La sottile tenda bianca alla finestra trema leggermente, come se l'avesse scostata di un pelo. Mi sta guardando.

Giro la moto e parto. Sento ancora la sua pelle di seta sotto alle labbra. Il mio lupo non è contento che me ne vada. L'istinto di girare la moto e tornare da lei quasi mi soffoca.

Il mio lupo vuole Sadie. Vuole che la metta sotto di me, stanotte. Vuole che la marchi come mia. Che la tenga.

Ma non è possibile. Perché lui non è per niente sicuro. Marchiare un'umana è pericoloso, nelle migliori delle circostanze. E il mio lupo... non conosce alcun contegno.

Quindi me ne starò alla larga da Sadie Diaz. Perché non c'è mai stata umana che abbia avuto più bisogno di proteggere.

～

Sadie

Nonostante i bicchieri bevuti e l'aria notturna, non ho per niente sonno dopo che Deke mi lascia a casa. Metto la lepre cornuta vicino alla porta e gironzolo per il mio appartamentino, organizzandomi per la mattina seguente.

Sono eccitata e in fibrillazione. E ho anche paura.

Non ho mai fatto niente di tanto sconsiderato in vita mia. *Sono* il tipo che si fida troppo degli sconosciuti: mio padre e le mie amiche me l'avranno detto almeno cinquantasette volte. Ma di solito non me ne vado in giro a stuzzicare uomini sconosciuti. Né mi do ad attività discutibili come montare in sella a una moto con uno a caso.

Ma il mio istinto mi ha detto che di lui mi potevo fidare.

E ho avuto ragione! Sono stata perfettamente al sicuro per tutto il tempo. Ho indossato un casco. Mi ha riaccompagnata a casa appena gliel'ho chiesto e non ci ha neanche minimamente provato, cosa di cui mi sento anche un po' delusa. Non è il puttaniere da cui Charlie mi aveva messa in guardia. Mi ha baciato solo la fronte! Forse non gli interesso, e va bene. Ho comunque adorato ogni singolo istante.

Forse sono io la drogata di adrenalina, perché ora sono tutta eccitata per il mio comportamento folle. Devo dire che mi sono sentita alla grande a fare finta di uscire con un tipo come Deke. Un ex militare-motociclista grosso e cattivo. Stanotte ho dato un po' sfogo al mio lato selvaggio. Mi sono sentita ribelle e mi sono divertita. Sono stata responsabile del mio destino per la prima volta da... non so neanche da quanto tempo.

Forse da quando mia madre se n'è andata.

Mi lascio cadere sul letto e una risata mi esce dalle labbra.

Quando il mio telefono vibra per un messaggio, lo prendo di scatto. La nauseante ansia di trovare un altro messaggio di Scott è sparita, sostituita solo da pura rabbia.

Deve lasciarmi in pace.

E infatti il messaggio è di Scott. *Sadie, sono davvero preoccupato per te. Quel tizio con cui stavi stasera è uno che porta guai.*

Invece di ignorare il messaggio come faccio di solito, questa volta rispondo *Smettila di mandarmi messaggi. Non voglio sentirti mai più. È finita.*

Ecco. Mi sento come se l'avessi già detto, ma prima ero Sadie la dolce. Ora non penso che potrei essere più chiara di così.

Alla fine, arrangiarmi e occuparmi di me mi fa sentire bene.

Rotolo verso il mio lato del letto e i miei pensieri tornano a Deke. Ovviamente non frequenterei veramente un tipo del genere. Lui non potrebbe mai avere interesse per una come me, tanto per cominciare.

E dubito che abbiamo qualcosa in comune.

Eppure, il ricordo della sua mano enorme posata sulla mia nuca o di quando mi ha messa all'angolo contro l'edificio nel vicolo... non è stato come se mi stesse tenendo in trappola. Era più come se mi stesse proteggendo. Tutte quelle immagini mi scorrono nella mente, facendomi venire le farfalle allo stomaco.

Come sarebbe far scorrere la mano su quel corpo scolpito? Sentire il potere del suo corpo possente sopra al mio? O sotto?

Faccio scivolare le dita in mezzo alle gambe e gemo sottovoce quando arrivo a toccarmi. Fingo che le mie dita siano quelle gigantesche di Deke. Come mi toccherebbe? Sarebbe rude? O delicato?

Non so come, ma sono sicura che sarebbe delicato. Uno grande e grosso come lui di sicuro ha imparato a contenersi con una donna. Scommetto che saprebbe perfettamente come toccarmi. Scommetto che non criticherebbe le mie performance come faceva Scott.

Bleah, non voglio pensare più a Scott.

Forse è di lui che ho bisogno per andare avanti. Sono sicura che non sta cercando una ragazza fissa. Di sicuro non una come me. E comunque tra di noi non funzionerebbe mai... cioè, mio padre non accetterebbe mai un uomo come lui per me.

Ma magari potremmo andare a letto insieme. Una relazione selvaggia per rimettermi in sesto, per prepararmi a frequentare di nuovo qualcuno seriamente.

Rotolo a pancia in giù, le dita che lavorano ancora tra le gambe. La sola idea mi rende incandescente di eccitazione. Mordo il cuscino e dimeno le anche sopra alla mia mano.

Non sono neanche imbarazzata quando dalle labbra mi esce, con voce roca, la parola "Deke!" soffocata contro le coperte, mentre vengo.

CAPITOLO TRE

Sadie

VADO alla plaza presto la mattina dopo, prima ancora che abbiano cominciato a suonare. Occupo un tavolo e dispongo il piatto di biscotti allo zucchero a forma di moto-cicletta che ho cucinato per Deke come ringraziamento Ma sono troppo nervosa per sedermi. Sto in piedi dietro alla sedia, spostando il peso da un piede all'altro con la gonna sottile che mi ondeggia attorno alle gambe. Oggi mi sono tutta agghindata con un vestito di cotone giallo e stivali scamosciati alla moda. Come sempre mi sono portata il cardigan bianco, in caso diventi freddo, ma con il profondo scollo a V del vestito e il bordo svolazzante, il mio outfit tende verso lo stile 'insegnante d'asilo chic'. Soprattutto perché indosso i grossi orecchini tondi che Tabitha mi ha regalato. Orecchini 'Sono sexy e lo so', li chiama lei.

La band si sistema, accordano gli strumenti e provano i microfoni. Uno dei chitarristi strimpella con il suo basso elettrico e l'amplificatore tuona e poi fischia. Alcuni chiassosi turisti sulla veranda del ristorante gridano in risposta, ma la folla attorno al piccolo palco e sul prato inizia a crescere. La gente stende le coperte e apre i contenitori del cibo.

Deke non è ancora arrivato, ma non pensavo che arrivasse presto, comunque. Onestamente, non sono neanche sicura che si farà davvero vedere. Di certo ha cose più importanti da fare che passare il suo tempo sulla plaza con me. Ho dato un'occhiata alla Sicurezza Lupo Nero online, ma non c'è quasi niente al riguardo. Il loro sito è una pagina nera con il logo del lupo e nient'altro. Scommetto che è stato Deke a farlo. Gli si addice molto.

La licenza è registrata a una casella postale di Taos. Sono tentata di chiedere a Charlie di indagare, ma vorrebbe dire farglielo sapere, e per ora voglio che Deke rimanga il mio piccolo e sporco segreto. Non che abbiamo fatto niente di sporco.

Purtroppo.

Non ancora.

Quando finalmente la musica inizia, mi siedo e controllo il telefono. Scott mi ha scritto oggi, ma solo due volte. *Stai seriamente uscendo con quel tipo?* mi ha chiesto attorno a mezzogiorno. Ho aspettato la pausa bagno per rispondergli con una singola parola: "Sì". Tecnicamente esco con Deke. Sperando che si faccia vedere al concerto stasera, come ha detto.

La risposta di Scott mi ha fatto aggrovigliare lo stomaco. *Cosa direbbe tuo padre?* Ha sempre saputo come piantare al meglio il coltello.

Metto via il telefono. Che vada a farsi fottere. Che vadano a farsi fottere tutti e due. Non voglio pensare a cosa direbbe mio padre. Mio padre ha approvato Scott senza obiettare. Ogni volta che uscivamo a cena insieme, sempre nei migliori ristoranti di Taos, erano loro due a manipolare la conversazione, parlandomi sopra. Ho sempre pensato che Scott uscisse con me perché mio padre fa parte del consiglio cittadino e ha buoni contatti. Non pensavo che fosse il motivo principale, ma a posteriori non ne sono più tanto sicura. Scott non è mai sembrato soddisfatto di me. E le corna che mi ha messo ne sono la conferma.

Deke è tipo da tradire la compagna? È così sexy, con livelli epici di armamentario maschile. Non me lo immagino a incontrare una donna etero che non gli sbavi dietro e non gli offra le mutandine come tributo.

Ma il modo in cui mi guardava, l'intensità dei suoi occhi... mi hanno fatto sentire come se fossi l'unica donna al mondo.

Probabilmente mi sbaglio. Probabilmente Deke è uno che gioca con le donne. Ma sono pronta a diventare un'altra tacca da aggiungere alla sua collezione. Quel giro in moto è stata la cosa più eccitante che mi sia successa da tantissimo tempo. Forse da sempre.

No, non che mi sia successa.

L'ho fatta succedere io. Penso che questo contribuisca a metà dell'eccitazione.

L'altra metà è data decisamente dal motociclista estremamente in forma che guidava.

Sul palco la band ha iniziato a suonare. Il sole sta tramontando e c'è una bella folla da giovedì sera.

"Questa sedia è occupata?" chiede una donna, le dita che già si stringono sullo schienale, pronta a portarla via. Ha lunghe unghie rosa, jeans stretti e una canotta nera corta. Perché non mi sono vestita così? Assomiglia a una donna da motociclista più di quanto potrò mai assomigliarci io.

"Sì, è occupata," le dico, con voce gelosamente acuta. Ruota gli occhi, scuote la testa e se ne va a grandi passi.

Posso quasi sentire i suoi pensieri su di me, ma non mi interessa. È bello non essere continuamente gentili.

"Arriverà," sussurro a me stessa. Sto seduta con le gambe aggraziatamente incrociate alle caviglie, le mani intrecciate in grembo come una brava maestra d'asilo. I capelli sono legati indietro con un nastro.

Mi alzo e mi levo il fiocco scuotendo i capelli sciolti. Ed è lì che sento la sua presenza. I peli mi si rizzano alla base del collo e l'odore di olio per motori e cuoio mi arriva alle narici.

Mi giro e scruto la folla, ma all'inizio non lo vedo. Però so che si trova qui.

E poi appare, uscendo dall'ombra e avanzando verso di me. C'è un gruppo di donne sexy, stile coniglette, sulla sua strada. Si fanno segno a vicenda e fissano Deke con gli occhi sgranati. Ma lui non le degna neanche di uno sguardo mentre viene verso di me. Ha di nuovo quello sguardo intenso, quello che mi fa rabbrividire. Mi sento un po' una preda.

"Bellezza." Usa la parola per comunicare intere frasi. Devo solo decifrarne il significato. Arriva dritto accanto a me. Per essere un uomo così grande, si muove con grazia, con il passo felpato di una pantera. Ha lo stesso tipo di outfit di ieri: jeans scuri e una maglietta morbida bianca che gli sta attillata sui pettorali. Grossi stivali da motociclista.

Ho l'acquolina in bocca.

È dannatamente sexy. E io gli ho cucinato dei biscotti. Ma che idea mi è venuta?

"Deke. Sei venuto." Mi porto davanti al tavolo, sperando che non veda il vassoio con i biscotti.

Ovviamente lo scorge all'istante. "E questi cosa sono?" Allunga una mano e tocca il coperchio di plastica.

"Ehm, solo un piccolo ringraziamento. Sai, per ieri."

"Mi hai preparato i biscotti?"

"Sì."

"Bellezza," dice di nuovo, e mi infila una ciocca di capelli dietro all'orecchio. "Grazie." Non sorride, ma il suo sguardo scuro è bruciante. Da vicino è sexy in un modo travolgente. Stringo le cosce e soffoco un gemito.

"Non è niente." Mi volto e inizio a trafficare con il coperchio di plastica posato sul vassoio. "Ero in debito."

"Ah sì?" Piega la testa di lato, ancora completamente concentrato su di me. Le donne di prima lo stanno ancora fissando, ma lui neanche se n'è accorto.

Deglutisco e mi avvicino, in modo da non dover gridare sopra al suono della musica. "Per ieri sera. Sei il mio eroe."

Aggrotta la fronte. "Non sono un eroe."

Vorrei ribattere, ma mi rendo conto che sembrerei sciocca. Chiaramente do agli eventi della scorsa serata più importanza di quanta gliene dia lui.

"Beh, sono comunque in debito con te." Raccolgo tutto il mio coraggio e gli poso una mano sul petto.

Inarca un sopracciglio. "Ah sì? Sei in debito con me?" La sua voce ha un tono allusivo.

L'eccitazione divampa in mezzo alle mie gambe. "Se mai avessi bisogno di me come tua finta fidanzata, fammelo sapere," dico, in parte con tono scherzoso. Come se non potesse chiedere a ogni donna di fare tutto quello che vuole con un semplice schiocco di dita.

"Bellezza." Mi colpisce con quella sua occhiata intensa, così incandescente che mi potrebbe incenerire i vestiti. Piega le labbra come se mi considerasse graziosa. Poi si china verso di me e sussurra: "Con me non faresti finta per niente." La sua voce è profonda e carica della pura promessa di sesso.

Arrossisco. La pelle d'oca mi divampa su tutto il corpo.

La canzone che la band sta suonando si interrompe improvvisamente. La folla emette un grido di esultanza poco convinto. Deke si raddrizza e osservo la sua espressione. Ha un aspetto decisamente serio ora.

Mi giro e batto le mani per la band, ma posso sentire Deke ancora concentrato su di me.

"Grazie," grida il chitarrista al microfono. "Noi siamo i Flying Oysters. Questa è per tutti i piccioncini presenti."

E iniziano a suonare 'Undisclosed Desires' dei Muse. Una delle mie canzoni preferite. Non una tipica canzone d'amore, anche se penso che sia sexy.

Mi lecco le labbra e lo sguardo di Deke si posa sulla mia bocca. "Adoro questa canzone," gli dico. Annuisce lentamente. I suoi occhi brillano verdi nella luce soffusa, lampeggiando come quelli di un gatto. Mi chino per dirglielo, quando mi afferra la mano e mi porta bruscamente via dal tavolo.

Lo seguo senza fare domande, ogni nervo in fiamme. Mi tira dietro di sé, lontano dalla folla, fuori dalla plaza, fino a un vicolo pieno di ombre. È buio e isolato, e non ho idea di cosa stia succedendo, ma proprio come ieri sera nessuno dei miei campanelli d'allarme inizia a suonare. Sono rilassata, contenta di stare con lui.

"Cosa ci facciamo qui?"

Si gira, il suo grosso corpo che mi spinge indietro fino a che non mi trovo chiusa tra lui e il muro.

"Deke?" chiedo, improvvisamente senza fiato.

"Sto riscuotendo quel favore." Il suo naso è tanto vicino da toccare il mio.

Una pulsazione inizia a farsi sentire in mezzo alle mie gambe.

Con un ringhio, preme le anche contro le mie. Abbassa l'avambraccio sul muro sopra alla mia testa, il grosso bicipite che oscura tutta la luce. La sua mano destra si posa sulla mia guancia. Apro la bocca e il suo volto scende.

Mi bacia lì nel vicolo. Le dita dei piedi si piegano dentro agli stivali. Il muro dietro alla mia schiena è freddo, ma il calore del corpo di Deke mi scalda tutta.

Geme e tira indietro la testa, ma mi tiene ferma lì, gli occhi che lampeggiano in modo strano al buio. "Ecco cosa voglio: il tuo bacio. Mi basta questo." Mi bacia di nuovo.

Mi schiaccio contro di lui, afferrando la stoffa della maglietta come se potessi tirarlo dentro al mio corpo. Piega la testa e la sua lingua scivola nella mia bocca. Gemo.

Stacca la bocca dalla mia e fa un passo indietro, il petto ansimante. Il punto in mezzo alle mie gambe è liquido, pulsante. Resto appoggiata al muro di mattoni, annaspante. Mi mancavano solo pochi secondi per venire, solo per la sua lingua che mi scopava la bocca.

"Deke," sussurro.

"Sadie." Mi tocca il labbro con un dito. Quando abbassa la mano, mi rendo conto che sta tremando.

Fa un altro passo indietro, girandosi un poco. "Scusa." La sua voce è roca e profonda. "Non avrei dovuto."

"Sì invece," balbetto. "Dovevi assolutamente." Alzerei la gonna per lui proprio qui nel vicolo.

"Cazzo." Si passa una mano tra i capelli. Sta per dire qualcos'altro, quando il rombo di una motocicletta fende l'aria.

"Cazzo," grida Deke, e si allontana mentre un uomo su una moto appare all'imbocco del vicolo. La grossa stazza di Deke copre quasi tutta la visuale. Non so cosa stia succedendo.

Il grosso motociclista indossa uno di quei caschi piccoli che non coprono la faccia né offrono una reale protezione. Il suo volto è familiare, come se potesse essere uno dei motociclisti che erano con Deke ieri, ma non ne sono sicura. Ha i capelli biondi e i suoi occhi lampeggiano al buio come quelli di Deke. "Immaginavo di trovarti qui," dice a Deke.

"Che cazzo vuoi?" ringhia lui in risposta.

"Rafe vuole vederti."

Deke impreca ancora.

"Cosa sta succedendo?" chiedo, e Deke ruota per guardarmi. Le spalle sono tese, e per certi versi sembra ancora più grande di prima.

"Non avrei dovuto," mi dice, e sento il cuore sprofondare sotto ai piedi.

"Cosa?" sussurro.

"Sadie." Il suo tono è implorante. "Scusami. Avrei dovuto starmene alla larga."

Ma che diavolo sta dicendo?

"Deke," lo chiama l'amico, e Deke arretra come se lo stessero tirando con una corda. Il volto è sofferente. Non mi piace.

"Scusami." Esco a grandi passi dal vicolo. Ho il cardigan stropicciato e i capelli tutti spettinati per il folle bacio di prima, ma non me ne frega niente. "Cosa sta succedendo?" Uso la mia voce da maestra severa con il motociclista biondo.

Il tipo sorride. "Ti stavi annusando questa qui?" dice a Deke. "Carina per essere una civile. Mi piace."

Mi esplode la testa. "Come, scusa?" ringhio. Il suono che mi sale dalla gola è impressionante come quello che produce Deke, se posso permettermi di dirlo. "Chi diavolo sei?"

Il biondo sorride ancora di più.

"Sadie." Deke si mettere tra me e il motociclista. "Devo andare."

"Perché?"

Scrolla le spalle, ma sembra infelice. "Non dovremmo

mescolarci con i civili. Ma chiamami se hai di nuovo bisogno d'aiuto. In qualsiasi momento."

"Deke," lo avvisa l'amico, ma questa volta lui lo ignora.

"Promettimelo," dice sommessamente.

"Te lo prometto," sussurro in risposta. Prima che possa avvicinarmi e abbracciarlo, si gira e si allontana. L'amico resta a cavallo della sua moto e mi impedisce di seguirlo. Lo fulmino con lo sguardo, ma la cosa non sembra scomporlo. Dopo un minuto, mi rivolge un canzonatorio mini-saluto militare e se ne va.

Resto ferma all'imbocco del vicolo buio a fissare la strada vuota.

Ma cosa diavolo è successo?

～

Deke

GUIDO INSIEME a Lance finché non arriviamo alla strada di montagna che conduce alla terra del branco. Poi do gas per varcare l'ingresso. Non intendo stargli dietro e seguirlo come un cucciolotto smarrito.

So che il mio alfa ha mandato Lance a controllarmi. E mi va anche bene. Non mi devo immischiare con i civili, soprattutto non con una come Sadie. È del tutto fuori dalla mia portata. Il solo pensiero mi fa venire voglia di ululare.

La mia moto sfreccia lungo i tornanti. Prendo ogni curva più veloce della precedente, immaginando Sadie premuta contro la mia schiena. Ho l'uccello duro e stringo i denti.

Accosto a bordo strada, vicino al belvedere. Là sotto le luci della città rispecchiano il tappeto di stelle sopra di me. Mi piacerebbe mostrare a Sadie questo panorama.

La pacifica quiete è infranta da una motocicletta che sfreccia oltre. Mi irrigidisco e poi mi strappo di dosso il gilet. Mi levo velocemente gli scarponi e mi sfilo i jeans. Resto con la maglietta bianca e mi porto dietro alla moto per nascondere la mia nudità.

La motocicletta ridiscende rombando la strada. Rallenta quando raggiunge il belvedere e si ferma a pochi metri da me. Il pilota si leva il casco.

È Channing. Lo sapevo. È l'unico di noi che guida una moto verde fluo e non un vero chopper. Sembra uno scemo su quello stupido razzo a due ruote.

"Deke, che cazzo fai? Sai che non ti puoi avvicinare troppo a un'umana..."

Non lo avviso. Balzo in aria e lascio che il mio lupo esca da me. La maglietta si lacera, strappandosi dolorosamente attorno ai miei arti trasformati. Ma sono sempre stato veloce a tramutarmi.

Quando Channing si accorge di cosa sta succedendo, ho già saltato la mia moto. Lui balza giù dalla sua un secondo prima che più di cento chili di lupo nero gli atterrino sul petto. Cadiamo entrambi a terra: lui e il suo bolide, e io sopra di lui. Mi spinge indietro, le mani ora trasformate in due zampe enormi, ma non esito a scansarmi e allontanarmi.

"Cazzo," grida. "Figlio di puttana." Si alza in piedi, levandosi con fatica i vestiti di dosso. Vede la sua moto a terra sul fianco, la vernice lucida graffiata dalla strada, e si infervora ancora di più per la rabbia. "La pagherai, cazzo!" Si strappa i vestiti con gli artigli. Il cretino dovrà tornare a casa nudo. Mi farà il culo. Io ho avuto dalla mia l'elemento sorpresa, ma quando è in sembianze di lupo siamo quasi alla pari. E quando è arrabbiato, come adesso, può farmi a pezzi.

Bene.

Un ringhio squarcia l'aria e un enorme lupo bianco e marrone avanza rigido verso di me. Channing il lupo abbassa la pancia quasi a terra, le orecchie indietro e i denti digrignati, pronto a saltare.

Sorrido come un folle e mi preparo, in attesa del dolore.

~

SADIE

QUANDO SONO di nuovo nel mio appartamento, metto giù il piatto di biscotti rimasto intatto e controllo il telefono. Ho delle chiamate perse da Adele, Charlie e Tabitha. Sospiro e faccio il numero di Adele.

"Sadie!" esclama, rispondendo al primo squillo. "Grazie a Dio. Sei a casa?"

"Sì." Lancio le chiavi sul banco. "Va tutto bene?"

"Stiamo arrivando. Siamo lì fra quindici minuti." Riaggancia.

Bene, magnifico. Corro a mettere qualche piatto sporco nel lavandino e a pulire alcune macchie di caffè dal ripiano. Poi apro una bottiglia di vino rosso che mi ha comprato Adele. Dopo stasera, ho davvero bisogno di un bicchiere.

Chi era quel tizio sulla moto? Era uno degli amici di Deke, ma non si comportava come tale. Ha bloccato Deke del tutto. E anche me. Ha annodato il pisello a lui e… qual è l'equivalente per una donna? Mi ha spaventato la topa? Inibito il clitoride? Dovrò chiederlo a Tabitha, lei di certo lo sa. Qualsiasi sia l'equivalente di annoda-pisello per una donna, quel tizio che Deke conosceva l'ha fatto a me.

Volevo davvero fare sesso addossata a un muro con Deke nel vicolo buio?

Sì, gridano le mie ovaie. *Sì, vogliamo i suoi scorbutici bambini motociclisti!*

Le mie ovaie non si sono mai fatte sentire così forte e chiaro quando c'era Scott nei paraggi, e Scott, per quanto riguarda le apparenze, sarebbe sembrato un padre di aspetto più rispettabile per i miei figli. Che strano. Non avrei mai detto che il duro motociclista fosse il mio tipo.

Neanche fra un milione di anni.

Verso il vino in un bicchiere e ne bevo un sorso.

Adele bussa alla porta, e quando apro mi rendo conto di cosa intendesse dire con *stiamo* arrivando. Entra a grandi passi seguita da Tabitha e Charlie.

"Oh, ciao a tutte," dico. "Ho del vino."

"Ne abbiamo portato anche noi," dice Adele. Sia Charlie che Tabitha sollevano una bottiglia ciascuna. Adele va dritta al cucinino e fa come fosse a casa sua, prende altri tre bicchieri e versa vino per tutte. La lascio fare – Adele è una cuoca, quindi la mia cucina è in buone mani – e vado verso il mio piccolo salottino.

"Va tutto bene?" Tabitha mi segue e ci sediamo tutte e due sul divano.

"Certo che sì," rispondo con disinvoltura, anche se la mia voce è chiaramente sottotono. Non ho neanche chiesto perché abbiano mollato tutto per venire qui. Penso di saperlo già.

Charlie si lascia cadere al suo solito posto: una sedia a sacco che tengo vicino al caminetto. Sia lei che Tabitha mi guardano cariche di aspettativa. Sapevo che avrebbero capito che c'era sotto qualcosa tra me e Deke, era solo questione di tempo. È un paesino piccolo e le voci girano alla velocità della luce. Se qualcuno ci ha visti nel vicolo stasera, la notizia dev'essere arrivata all'istante alle orecchie delle mie amiche.

Invece di chiedere chi ha visto cosa, mi volto verso Tabitha. "Qual è l'equivalente femminile di annoda-pisello?"

"*Intasa-vongola*," risponde immediatamente. Sapevo che lo sapeva.

"Io preferisco *tappa-passera*," dice Charlie.

"Non ha senso," ribatte Tabitha.

"Blocca-topa," propone Charlie, e lei e Tabitha iniziano a discutere di metafore e modi di dire che includono la vagina.

"Ok, basta così." Adele entra in salotto. Non si siede, ma si ferma in piedi con la schiena rivolta al caminetto e il suo vino in mano per guardarci tutte quante con atteggiamento imperioso, prima di concentrare l'attenzione su di me. "Sadie, hai qualcosa da dire alla classe?"

Sospiro. "Chi mi ha vista?"

"Io." Tabitha alza timidamente la mano. "Ed ero preoccupata, quindi l'ho detto a tutte."

"Cos'hai visto, esattamente?"

"Te e il grosso motociclista cattivo, stasera sulla plaza," dice Tabitha. "Stavo per venire da voi, ma dopo avere messaggiato tutte quante ho alzato lo sguardo ed eravate scomparsi."

Adele mi scruta in viso, preoccupata. "Sai che stavamo scherzando quando abbiamo detto che potevi farti un motociclista, vero?"

Scrollo le spalle. "Non lo so. Diciamo che ho pensato che l'idea avesse i suoi vantaggi."

Tutte e tre le mie amiche mi fissano scioccate.

"In realtà è piuttosto dolce."

"Dolce?" ripete Charlie dubbiosa.

Mi affretto a spiegare. "Ieri sera Scott mi ha teso

un'imboscata, quindi ho chiesto a Deke di darmi una mano fingendosi il mio compagno. E lui l'ha fatto. È davvero gentile."

"Aspetta. Riavvolgi," dice Adele. "Scott ti ha teso un'imboscata?"

"Già. Ho scoperto che ha installato una app di localizzazione sul mio cellulare, così sapeva che mi trovavo nella plaza. E poi ha ipotizzato che avrei prenotato un'auto per farmi portare a casa, perché era il Mercoledì della lagna, quindi si è piazzato nell'area del Rideshare in modo che potessimo parlare."

"Mio Dio. È passato da idiota a stalker vero e proprio," dice Adele.

"Lo ammazzo," mormora Tabitha.

"Ti aiuto io," dice Charlie.

"Ma è andato tutto bene. Deke mi ha aiutato e Scott si è tirato indietro."

"Com'è che ti ha aiutato Deke? Ha minacciato Scott?"

"Non proprio." Ripenso a quei bellissimi momenti in cui ho avuto un grosso motociclista al mio fianco, silenzioso e forte. La migliore forma di rinforzo. "Mi ha coperto le spalle mentre chiarivo le cose con Scott. E poi ha riaffermato ciò che ho detto, mi ha invitato sulla sua moto e siamo andati via insieme." Non posso impedire che uno stupido sorriso mi si stampi in viso. È l'unica cosa folle che abbia mai fatto in tutta la mia vita, e ne vado alquanto fiera.

"Cos'hai fatto?!" esclamano tutte insieme.

"Non posso credere che tu sia andata in moto con lui," dice Tabitha annaspando.

"Hai fatto sapere a qualcuno dove ti trovavi?" chiede Adele. "Hai fatto una foto della sua targa? Qualcosa del genere?"

"Sei montata sulla sua moto? Che figata!" esclama Charlie.

"No, non è una figata." Tabitha guarda Charlie con fronte aggrottata. "È salita sulla moto di uno sconosciuto. Avrebbe potuto portarla in mezzo al nulla, e non l'avremmo vista mai più!"

"Sì, ma prima si è fatta un giro da urlo su una moto fichissima," sottolinea Charlie con la lingua puntata dentro alla guancia, poi però abbassa la testa quando Tabitha fa finta di lanciarle un cuscino addosso.

"Calmatevi. Non è successo niente di brutto." Adele alza le mani nello sforzo di mantenere la pace. "Giusto, Sadie?"

"Sono stata benissimo. È stato un perfetto gentiluomo." Arrossisco ricordando il giro in moto. Il mio corpo premuto contro quello enorme di Deke, la moto che rombava in mezzo alle mie gambe. "So che non è una cosa che faccio normalmente, ma con lui mi sento del tutto al sicuro," aggiungo sottovoce.

Le mie amiche stanno in silenzio, riflettendo sulla cosa.

"Allora, cos'è successo stasera?" chiede Tabitha.

Scrollo le spalle. "L'ho invitato a vederci. Gli ho preparato dei biscotti come ringraziamento. E…"

"E?" Adele e le altre due si chinano verso di me.

"E… mi ha portata nel vicolo e mi ha baciata."

Altre esclamazioni.

"Lo sapevo." Tabitha dà un pugno al cuscino che tiene in mano.

"Carino." Charlie sprofonda nella sua poltrona a sacco. "È stato bello?"

"Guarda come arrossisce. Certo che è stato bello," dice Tabitha.

Adele prende il suo bicchiere di vino e beve un lungo sorso, guardandomi da sopra l'orlo.

"Avete usato delle protezioni?" scherza Tabitha agitando un dito in segno di canzonatorio rimprovero.

Le mie guance sono in fiamme. "Non siamo arrivati così in là."

"Ma ti sarebbe piaciuto?" Charlie sgrana gli occhi.

"È stato un bacio molto, molto bello." Intreccio le dita in grembo, facendo del mio meglio per mostrare il mio lato da maestrina. "Non intendo dire altro."

"Stai bene?" chiede Adele. I suoi occhi verdi mi scrutano.

"Sto bene. Dopo il bacio, se n'è dovuto andare."

"Scommetto venti verdoni che Scott lo viene a sapere e si presenta a scuola di Sadie con dei fiori," annuncia Charlie.

"Maleducata. Non dovremmo fare scommesse sulla vita sentimentale di Sadie." Tabitha scuote la testa rivolta a Charlie. "Ma accetto la scommessa."

Charlie sorride.

"Quello che voglio sapere è se pensi di rivederlo," dice Adele.

L'allegria svanisce. "Non lo so. Se n'è andato piuttosto all'improvviso. Uno dei suoi amici motociclisti si è presentato e ha detto che doveva andare. È stata una cosa strana."

"L'intasa-vongola?" chiede Tabitha.

Annuisco.

"Sadie, forse è meglio così." Adele non mi guarda negli occhi. È concentrata sul suo bicchiere di vino, che sta muovendo in modo da far roteare delicatamente il liquido vermiglio.

"Cosa intendi dire?" chiede Tabitha.

Adele si morde il labbro e poi dice: "Ho fatto delle indagini. Questi tizi sono soldati. Tipo delle squadre speciali. Missioni top secret e tutto il resto. Probabilmente assassini americani."

"Quale ramo dell'esercito?" chiede Charlie.

"Forze speciali. Sono stati onorevolmente congedati l'anno scorso."

Piego la testa di lato. "Come fai a sapere tutte queste cose?"

Solleva leggermente le spalle. Continua a non guardarmi.

"Adele lavora in modi misteriosi," dice Tabitha per spezzare l'imbarazzato silenzio.

"Beh, ora sono una specie di gang di motociclisti o qualcosa del genere," aggiunge Charlie. "Hanno comprato un vecchio resort sciistico della valle e lo usano come casa base."

"Si chiamano club, non gang," la corregge Adele.

"Quindi fanno parte di un club." Tabitha allunga le gambe, sprofondando di più nel mio divano. "E allora? Non è un crimine."

"C'è dell'altro," dice Adele sospirando. "Deke ha dei precedenti. Aggressione e percosse. Ha perso il controllo in un bar e ha pestato a sangue un tizio. L'ha mandato in ospedale. La polizia ha indagato, ma alla fine il tipo non ha sporto denuncia."

Cala il silenzio mentre noi tutte assorbiamo la notizia.

"Capisco," dico. "È per questo che hai messo in atto questo piccolo intervento?"

"Ci ha chiamate e ci ha detto che ti aveva vista con il motociclista. Non potevamo stare con le mani in mano," dice Tabitha.

"Ti vogliamo bene, Sadie," aggiunge Charlie.

Non posso più stare seduta. "Deke non è così." Vado in cucina e prendo il mio cardigan, me lo infilo e mi strofino le braccia come se avessi freddo. "Non mi farebbe mai del male." Ci penso a fondo. "Se è successo, probabilmente stava proteggendo una donna. È quel tipo di uomo."

Le mie amiche mi guardano dal salotto. Non dicono nulla, ma posso sentire la domanda non detta: *Come fai a saperlo?*

Come faccio a saperlo? È una sensazione. Ma in effetti non sono bravissima a giudicare la gente. Sono stata insieme a Scott, dopotutto.

"Non sto dicendo che non sia una cattiva persona." Mi rendo conto che sto camminando avanti e indietro e mi fermo. "Non lo conosco così bene, ma con lui mi sento al sicuro." Mi passo una mano tra i capelli. Sono ancora ingarbugliati. Ancora sento le sue grosse mani su di me, il suo fiato sul mio viso. Rivivo il bacio e l'eccitazione mi pervade dal centro della pancia, fiorendo in mezzo alle gambe.

"Non ho detto questo." Adele esita, nella sua solita postura piegata mentre sceglie le parole. Sembra davvero preoccupata. "Penso solo che dovresti stare attenta. Non vogliamo che tu finisca con il farti del male."

È ridicolo. Prima l'amico di Deke e ora le mie amiche. Il mio istinto riguardo a lui mi sta ingannando?

Scusa, mi ha detto. *Avrei dovuto restare alla larga.* È davvero così pericoloso?

"Beh, non preoccupatevi per me," dico con una finta risata. "Dubito che lo rivedrò."

"Mi spiace," dice Tabitha, con tono sottomesso. "Pare la cosa migliore."

∼

Deke

. . .

Dopo la lotta, il lupo Channing ansima a bordo strada, il sangue che gli bagna la pelliccia macchiando di rosso i punti bianchi. Con un sommesso ringhio, si infila in un cespuglio per leccarsi le ferite e ritramutarsi.

La rabbia dentro di me brucia ancora. Il mio lupo cammina con zampe rigide verso la mia moto. Brandelli di stoffa bianca sono disseminati a terra. La mia maglietta. Quella in cui Sadie ha affondato le mani mentre la baciavo. Quella stoffa porta ancora il suo odore.

Punto il naso verso la luna e ululo.

Dopo essermi tramutato, corro in moto per un'altra ora, su e giù dalla montagna di Taos, fino a che ho le mani rigide sul manubrio. Poi mi giro e torno verso casa lungo la strada buia.

Il branco ha comprato un alloggio di montagna qualche tempo fa. Abbiamo sempre saputo che avremmo avuto bisogno di un posto remoto dove ritirarci e poter correre liberi come lupi. L'anno scorso Rafe ha deciso che era ora di lasciare il servizio. Non che le missioni stessero diventando più difficili o pericolose, anche se in effetti lo erano. Eravamo una squadra, un regimento segreto di mutanti uniti sotto a un colonnello che lo sapeva bene. Andare in missione per noi era il massimo della vita. Ci buttavamo con la copertura del buio, i nostri super sensi che ci aiutavano a vedere con maggiore facilità ciò che gli umani non potevano scorgere. Abbiamo eseguito le operazioni più oscure godendoci ogni singolo istante. Ci piaceva tantissimo.

Rafe ha capito che stavamo perdendo la nostra umanità. Soprattutto io. Ha deciso che i nostri lupi avevano bisogno di maggiore spazio e libertà per la sicurezza di tutti coloro che ci stavano attorno. Il colonnello ha accettato e ha avuto buoni motivi per assoldarci come collaboratori privati. Ha organizzato un congedo onorevole, con solide pensioni, e poi ci ha assunti per lo stesso genere di missioni che facevamo prima, solo che ora il governo non può sapere nulla di noi, non può far nulla contro di noi se le cose dovessero andare per il verso sbagliato. Privilegio che sono disposti a pagare profumatamente.

Ma per me e il mio lupo era troppo tardi. Il mio lupo ama il brivido dell'uccisione e l'amerà per sempre. Anche ora, a un anno dalla pensione, il mio lupo è selvaggio. Deviato. Rafe ha tentato di salvarmi, ma sono già andato oltre.

Porto la moto dritta nell'enorme hangar che usiamo come garage. Quando spengo il motore, il silenzio mi aggredisce le orecchie. Preferisco il rumore e la vibrazione della motocicletta. La confusione calma i demoni che ho dentro.

"Deke." Il mio alfa esce da dietro l'Humvee. Non è una sorpresa: ho sentito il suo odore appena sono entrato.

"Alfa," dico. Un ringhio tinge la mia voce senza che io voglia farlo. Il mio lupo è agitato, pronto a combattere. Come sempre.

"Hai l'odore dell'umana," dice Rafe.

Sbuffo e prendo uno straccio pulito da un gancio appeso al muro, accanto al porta attrezzi. Lo passo sopra alla sella di pelle, fingendo di pulire un po' di fango.

"Pensi che non ti abbia sentito addosso il suo odore ieri sera?" Rafe alza il naso in aria e annusa. "Una civile. Sadie Diaz. Insegnante di scuola materna. I suoi antenati erano originari immigrati spagnoli della zona. Il padre fa parte del consiglio cittadino. Scott Sears è il suo ex."

Un ringhio mi riverbera nel petto. "Hai cercato informazioni su di lei."

"Certo che sì. Non ti avevo mai visto così interessato a un'umana."

"Non è niente," mento. Il che è stupido, perché qualsiasi mutante capisce quando si mente. Getto via lo straccio. "Probabilmente non la rivedrò più." Il mio lupo ringhia al pensiero.

"Non la rivedrai mai più," conferma il mio alfa con sicurezza.

Vaffanculo. Ringhio di nuovo, questa volta a voce alta, ed esco a grandi passi dall'hangar.

"Non puoi farla tua, Deke," esclama Rafe dietro di me. "Non sai cosa potrebbe fare il tuo lupo."

Ha ragione. Il mio lupo è un mostro. Privo di controllo. L'unica cosa in cui sono bravo è uccidere. E un giorno esagererò, e il mio branco dovrà abbattermi.

Non posso rivedere Sadie.

Meglio così.

CAPITOLO QUATTRO

Sadie

STAMATTINA HO gli occhi che bruciano e sono esausta. Se i miei bimbi o le colleghe maestre notano che il mio sorriso è un po' forzato, non dicono nulla.

Non ho pianto per Deke. L'ho a malapena difeso davanti alle mie amiche. Se ne sono andate dopo che, poco convinta, ho promesso di informarle se Scott farà un'altra mossa.

Non me ne frega niente di Scott. I miei pensieri sono consumati dal grosso motociclista e dal nostro meraviglioso bacio. Conoscevo Deke appena, e il mio cuore sembra vuoto, come se ci avesse già trovato un posto e ora se ne fosse andato.

Porto in classe i biscotti a forma di motocicletta. Charlie ne ha presi due ieri sera, ma ce ne sono ancora un sacco.

Siamo fuori in ricreazione quando uno dei miei alunni

mi tira la gonna: "Maestra Sadie, c'è qui un signore che vuole vederti."

E infatti ecco Scott con i pantaloni blu, la cravatta e un bouquet di rose rosse che attraversa il parcheggio, diretto verso il nostro cortile recintato. Piego le labbra. Rose? Che cliché. Tiro fuori il telefono per scrivere a Charlie che ha vinto la scommessa.

Faccio segno alle mie colleghe che vado a occuparmi della cosa e mi porto davanti al cancello. Scott sorride quando mi vede. Lo vedo praticamente accendere l'interruttore 'charme'. I suoi capelli radi ondeggiano al vento. Nessuna quantità di costosi prodotti può nascondere il fatto che alla fine diventerà calvo. È sciocco da parte mia non vedere l'ora che accada, ma se Scott si fosse impegnato anche solo la metà per essere una persona accettabile rispetto a quanto spende per agghindarsi, allora forse mi sarebbe stato tollerabile averlo attorno.

Perché mai ho iniziato a frequentarlo? Ero davvero così ansiosa di avere l'approvazione di mio padre?

"Scott." Incrocio le braccia sul petto. "Cosa ci fai qui?"

"Ho una riunione del consiglio alla porta accanto. Ma sapevo che ti avrei vista." Porge i fiori. Io inarco un sopracciglio.

"Non li posso accettare. Non stiamo più insieme." Maledizione a lui per avermi messa in questa posizione davanti ai miei piccoli alunni.

Il sorriso gli sfugge un poco dal volto. "Perché no? Sadie, stavamo bene insieme."

Non ce la posso fare. Mi sfugge una mezza risata. È così distante dalla verità da essere quasi divertente. Sorprendente che non me ne sia mai accorta prima.

Il sorriso di Scott è scomparso ora e scorgo un accenno di qualcos'altro, qualcosa di brutto. "Non sei tu, Sadie. Di solito non fai così."

"Magari è così che sono fatta veramente. Prima forse ero troppo gentile. Mi merito che tu rispetti i miei confini."

"Si tratta di quel motociclista? È la sua influenza? Stai davvero uscendo con lui?" Scuote la testa. "Tuo padre darà di matto."

Sto per rispondere, quando un rumore di motociclette ci interrompe. Due Harley Davidson entrano nel parcheggio accanto. I due grossi motociclisti fermano le moto in un posteggio condiviso e smontano a terra. La luce del sole si riflette sui loro occhiali da pilota. Indossano jeans neri che fasciano le loro cosce possenti e giacche di pelle nera. Sembrano appena usciti dal set del film d'azione più cazzuto mai girato.

Mentre si avvicinano, li riconosco. Deke e un altro dei tizi che stavano sulla plaza due sere fa. Un rossore mi risale dalle punte dei piedi e il calore avvampa regolare verso le mie guance. Sento il battito del cuore nelle orecchie.

Non sono l'unica a notarli. Metà dei miei bimbi sono schiacciati contro la recinzione e indicano le moto.

"Che belle!" grida una ragazzina. "Maestra Sadie, quelle sono motociclette. Come i biscotti che ci hai portato!"

Si leva il vento e la testa di Deke si gira verso di me. Lo saluto con un piccolo cenno della mano e mi appoggio alla rete per compensare l'improvvisa debolezza delle ginocchia. Deke cambia immediatamente traiettoria e si dirige verso di me. Dopo un secondo di esitazione, il suo amico motociclista fa lo stesso.

Deke arriva per primo, i suoi occhiali da sole puntati su di me. "Sadie.

"Deke." Lo saluto, la voce un po' inceppata. Lo vedo bene. Dietro di lui, il suo amico mi guarda torvo. Non è il biondo dell'altra sera, ma uno che si schiarisce la gola come se non volesse che Deke si dimenticasse della sua presenza.

Deke fa un passo di lato e indica l'amico con un cenno della testa. "Lui è Rafe."

"Ciao, Rafe," dico. Siamo tutti in piedi in un ampio cerchio, io con la schiena appoggiata alla rete, Scott alla mia sinistra, Deke dritto di fronte a me e il suo amico alla sua sinistra. Neanche un briciolo di imbarazzo.

Scott si schiarisce la gola, stufo di venir escluso. "Scusateci," dice, e la sua voce è acuta e piagnucolosa in confronto al profondo rombo di Deke.

"Sears," dice Deke lanciando una rapida occhiata ai fiori che Scott ha portato.

"Adalwulf." Scott cerca di confrontare Deke, ma lui si rifiuta di guardarlo.

"Cosa ci fate qui?" chiedo a Deke e Rafe.

"Riunione del consiglio. Il comune ci assolda per operazioni di sicurezza," risponde Rafe. Deke si limita a guardarmi. Non riesco a vedere i suoi occhi dietro agli occhiali da sole, ma sento le viscere contorcersi come se fossi completamente nuda.

No, non me la sto immaginando questa intensità tra di noi. E non si attenua. Anzi, si fa ancora più forte.

"Biscotti?" chiede Deke inarcando un sopracciglio.

"Hai sentito?" Ora sono completamente rossa in viso.

"Hai dato via i miei."

"Te ne sei andato senza prenderli."

Questa volta sia Rafe che Scott si schiariscono la gola, e mi rendo conto che io e Deke stiamo parlando come se fossimo soli.

"Quindi vi occupate di sicurezza?" chiedo a Rafe.

"Esatto. Siamo ex soldati dell'esercito."

"Rafe era il mio sergente," spiega Deke.

Una manina tira il bordo del mio maglioncino. "Maestra Sadie, possono tornare la prossima settimana?" chiede Jenny, una bimba della mia classe.

Sorrido a lei e ai piccoli radunati davanti alla rete. "Non lo so. Il signor Deke e il signor Rafe sono molto occupati. Volete che glielo chieda?"

Un coro di 'sì' entusiasti si leva dal gruppo. Alcuni saltano su e giù.

"Cosa c'è la prossima settimana?" chiede Scott. Lo ignoro e dico a Rafe: "Ogni martedì facciamo una 'giornata-professione'. La scorsa settimana sono venuti a trovarci i vigili del fuoco. Potreste venire a parlare di quello che fate?"

Gli angoli della bocca di Rafe si curvano all'insù, come divertito da qualcosa, ma si limita a dire: "Certamente. Tieni." Mi porge un biglietto da visita bianco. "Qui trovi il mio numero di telefono e la mail. Chiamami quando vuoi e ci organizziamo."

"Sarà fatto." Annuisco con calma e freddezza. Sono ancora irritata dalla regola che impedisce il mescolamento con i civili e che ha portato l'amico di Deke a interromperci ieri sera.

"Sadie," dice Scott, ma suona la campanella.

"Devo andare. Non li posso prendere," dico a Scott indicando con un gesto della mano il bouquet di rose. "Uno dei miei alunni è allergico." Gli volto la schiena e sorrido a Deke. "Ci vediamo la settimana prossima. Rafe, è stato un piacere conoscerti."

Sento un fremito dietro al collo mentre mi allontano. Mi fermo vicino al muro accanto alla porta e i miei bimbi si mettono in fila. So che Deke sta guardando, e questo mi stampa un grosso sorriso in faccia. Il destino ci ha portati insieme oggi, e se tutto andrà bene, la prossima settimana lo rivedrò. Già non sto più nella pelle.

~

Deke

"Lo DEVO AMMETTERE," dice Rafe mentre guardiamo Sadie che riaccompagna i suoi alunni a scuola, "la tua piccola umana è una tipa tosta."

"Non è mia," mormoro. "Per tuo ordine, se ricordo bene." Il mio lupo ulula contro il mio diniego. Non mi curo di rivolgere a Sears una seconda occhiata mentre mi dirigo verso l'ingresso della scuola.

Rafe mi segue. "Appena le hai visto Sears accanto non hai potuto evitare di andare subito da lei. Le sta dando fastidio?"

"Sì." Non dico nient'altro, ma Rafe può probabilmente sentire il rumore dei miei denti digrignati.

"Non gli hai dato un pugno in faccia. Un contegno impressionante."

"Sì, dovrebbero darmi un premio." Mi passo una mano sul viso. Vederlo con Sadie mi ha fatto venire voglia di infilargli la testa nel portabagagli e chiuderci sopra il portellone. Ripetutamente. E poi caricarmi lei in spalla e portarla a casa mia, in stile uomo delle caverne. Per proteggerla.

E per produrre orgasmi. Voglio dare a Sadie Diaz tutti gli orgasmi possibili. Tanto piacere da farle dimenticare che quello lì abbia mai fatto parte della sua vita.

"Non vai davvero a parlare alla classe, vero?"

Rafe scrolla le spalle. "Perché no? È un servizio per la comunità. Dobbiamo dare qualcosa a Taos."

"Pensi che sia una mossa furba?"

Rafe si volta verso di me. Piega la testa di lato. A suo credito c'è da dire che prende la domanda sul serio. "Tu cosa ne pensi, soldato? Pensi che il tuo lupo possa comportarsi bene circondato da un mucchio di bimbetti di cinque e sei anni?"

Deglutisco. Penso di poter contenere il mio lupo, ma non voglio promettere niente. "Forse non bisognerebbe rischiare."

"Obiezione accolta. Ma se ci andiamo, tu verrai con noi. Non permetterò al tuo lupo di sgarrare. E penso che ti farebbe bene."

Annuisco, scioccato.

Poi il mio alfa mi punta un dito in faccia. "Ma stai alla larga da Sadie Diaz. Questo è un ordine."

Il mio lupo ringhia, e reprimo il suono prima che mi possa uscire dal petto. "Sì, signore," dico rigidamente.

"È la cosa giusta da fare, Deke. Le umane non sono per noi." Mi guarda negli occhi, poi annuisce e si allontana. Lo seguo più lentamente.

Le umane non sono per noi.

Potrei controbattere. Ci sono alcuni lupi mutanti che conosciamo e che si sono accoppiati con delle umane. Non che li abbia mai chiamati per chiedere loro come funziona. Non ha importanza, non nel mio caso.

Sono troppo feroce perché ci si possa fidare di lasciarmi con un'umana. Soprattutto se delicata come Sadie.

Sadie

Appena arrivo a casa tiro fuori il biglietto da visita di Rafe. *Sicurezza Lupo Nero.* C'è scritto sopra il suo nome: Rafe Lightfoot. Ci sono due numeri: ufficio e cellulare.

Dopo un secondo di esitazione, chiamo l'ufficio. Una voce registrata di donna invita a lasciare un messaggio, quindi lascio il mio nome e numero di telefono insieme ai dettagli per la 'giornata-professione'.

Un minuto dopo il mio telefono vibra per un messaggio. "Sono Deke."

Afferro il telefono e lo stringo al petto. Era esattamente ciò che speravo succedesse quando ho lasciato un messaggio in segreteria invece di chiamare direttamente Rafe. So che Deke mi ha lasciato il suo numero, ma dopo il modo in cui sono rimaste le cose tra noi ieri sera non ero sicura che volesse risentirmi.

"Come hai avuto questo numero?" Scrivo, e invio subito, prima di diventare troppo nervosa per poterlo fare.

Nessuna risposta.

"Stavo solo scherzando. Ti prendevo in giro. Sono felice che tu mi abbia scritto," digito rapidamente.

Ancora nessuna risposta.

E poi il mio telefono suona. Lo rigiro tra le mani e quasi mi sfugge dalle dita prima che riesca a rispondere.

"Pronto?" Sono senza fiato, come se avessi appena corso una maratona e poi fossi salita di corsa su per una rampa di scale. Ossia esattamente ciò che dirò a Deke se mi chiederà del fiatone. Che sono appena tornata da una corsa.

"Bellezza," dice con voce biascicante, bassa e profonda, e sento lo stomaco attorcigliarsi.

"Ciao," dico con un sorriso, lasciandomi lentamente cadere indietro sul letto. "Hai ricevuto il mio messaggio." Sono troppo eccitata per canzonarlo.

"Per caso mi trovato in ufficio."

"Speravo che lo ricevessi tu."

Emette un leggero rombo. Una risata? Non riesco a capirlo. Mi mordo il labbro e poi gli spiffero che l'ho scelto per un'avventura di passaggio. Alla faccia dell'esternare i miei sentimenti.

"Pensavo che avessi chiamato Rafe per una 'giornata-professione', non me," mi ricorda con ironia.

"Vero. Ma forse volevo lasciare a te il mio numero." Sento le viscere attorcigliarsi per la mia audacia. Non è da me. Mi sembra quasi di sentirmi più coraggiosa quando parlo con Deke. O i miei sentimenti sono troppo forti perché li possa contenere.

Dopo una pausa, dice con voce più ruvida: "Ce l'avevo già il tuo numero. Dalla sera che ti ho dato un passaggio."

"Oh, giusto. Sei uno di quei tipi tecnologici che hanno sempre una soluzione per tutto." Poi lo rimprovero con delicatezza: "Perché non mi hai chiamato?"

"Non sei stata tu a darmi direttamente il tuo numero. E hai già uno stalker."

"Tu non sei uno stalker," dico rapidamente. Non mi piace la sfumatura oscura, quasi sofferente, della sua voce. "Ho come l'impressione di non piacere ai tuoi compagni motociclisti."

"Cosa?" chiede Deke dopo una pausa.

"I tuoi compagni. O amici, o colleghi, qualsiasi cosa siano." Cerco di evitare di definirli *gang*. Sembrano più uniti di semplici amici, più vicini al concetto forse di famiglia. Fratelli. Ricordo quello che Charlie ha detto riguardo all'aver prestato servizio insieme.

"Perché pensi di non piacergli?"

Guardo il mio ventilatore da soffitto socchiudendo gli occhi e ripensando ai due incontri avuti con gli amici di Deke. Un caso di intasa-vongola e uno di *flirtus interruptus*. "Sembra che abbiano dei problemi con me."

"Non è con te che hanno dei problemi." Deke si schiarisce la gola. "Non ci è concesso mescolarci con i civili, tutto qui."

"Perché no? Non fai neanche più parte dell'esercito, no?"

"Ci occupiamo sempre di affari pericolosi. Andiamo un sacco in missione. Frequentare una persona non è realmente concesso."

"E andarci a letto di tanto in tanto?" bofonchio.

Deke tossisce, come se gli avessi appena fatto andare qualcosa di traverso.

Stringo le cosce tra loro, cercando di alleviare la bisognosa pulsazione in mezzo alle gambe.

"Sai, in caso volessi qualcosa in cambio per quel favore."

Silenzio.

Deke rimane in silenzio così tanto che mi chiedo se sia ancora lì. "Deke?"

"Sadie, non è una buona idea." La sua voce è dura, e mi rendo conto che sembra triste.

"Perché hai dei precedenti?" chiedo più delicatamente che posso.

Un'altra pausa. "Come hai fatto a scoprirlo?"

"Ho i miei metodi." Vorrei fare una battuta, dire che sono una cazzutissima spia, ma le parole mi restano incastrate in gola.

"Sì. Sono pericoloso."

"Facevi parte della squadra speciale. Certo che sei pericoloso. Diciamo che fa parte della definizione del lavoro." Cerco di scherzare, ma lui si fa sempre più distante. Lo conosco appena e già fa male.

Deglutisco e mi sembra di avere dei coltelli piantati nella gola. "Posso almeno chiamarti?" chiedo.

"Sì, Sadie. Puoi chiamarmi."

CAPITOLO CINQUE

ALPI SVIZZERE. QUATTRO GIORNI DOPO

Deke

IL VENTO SFERZA tra le rocce e si insinua in mezzo al nostro accampamento. La brezza ghiacciata passa attraverso la mia giacca sottile. Se fossi umano starei tremando, ma il mio sangue da mutante mi tiene caldo. La neve scricchiola sotto agli scarponi mentre mi dirigo verso la Sierra uno, la posizione da cecchino più alta nella nostra missione. Lance è già lì, steso a pancia in giù, intento a guardare attraverso il mirino del suo fucile in direzione dell'elegante chalet. Siamo nel mezzo delle Alpi svizzere, ben sopra al nostro bersaglio.

La radio gracchia e la voce di Rafe dice: "Sierra uno, qui TOC. Avete gli occhi su Tango?"

"TOC, qui Sierra uno," rispondo. "Ancora nessun movimento." Diverse centinaia di metri sotto al nostro appostamento, la villa è illuminata come una candela, e ogni finestra emana un morbido e caldo bagliore. Accoccolato sul versante della montagna, circondato da pini spolverati di neve, il castello sembra un immenso villaggio natalizio. Uno di quei soprammobili kitsch che la nonna tirava fuori durante le vacanze, con montagne di batuffoli di cotone per dare l'effetto della neve finta. Solo che questo posto è reale. Venticinquemila metri quadri di residenza di lusso abitati dal più potente trafficante d'armi del mercato nero nel mondo intero. Gabriel Dieter, un tizio che ha trasformato la sua vita in malvagità pura.

"Dovremmo avvicinarci di più?" chiede Lance sottovoce, gli occhi sempre fissi sul bersaglio.

"Meglio di no." La missione è di pura sorveglianza. Avvicinarci potrebbe costringerci a un impegno maggiore, quando siamo venuti solo per guardare.

Ovviamente al mio lupo non piace per niente. Il solo fatto di essere in missione risveglia la sete di sangue. Il mio lupo ha voglia di fare a pezzi le montagne, ululare, fare fuori la sicurezza della villa – guardie, cani, laser – trovare Dieter e squarciare la gola del Tango. Missione compiuta. Ecco perché il mio alfa pensa che non sia né sano né equilibrato.

"Movimento, davanti a sinistra. Vicino alla piscina," dice Lance.

Mi porto la radio alla bocca. "TOC, abbiamo movimento. Occhi su Tango." Riporto i movimenti del soggetto. Gabriel Dieter si deve vedere con il contingente di una forza terroristica sconosciuta. Siamo venuti per spiarli, registrare i movimenti di Gabriel e portare tutte le prove possibili di questo affare illegale di armi.

Ma prima sembra che l'uomo voglia fare uso della sua elegante piscina esterna. Dieter esce dalla veranda di vetro. È alto e atletico. Una testa piena di capelli neri, senza segno di striature grigie né di debolezza in corpo. Ovviamente chiunque sarebbe tonico e in forma se avesse abbastanza soldi da poter assoldare dei chirurghi personali. Il male paga.

"Deke," mi chiama Lance, e mi rendo conto che il mio petto sta rombando per un ringhio. Il mio lupo vuole liberarsi dalla catena. Infilo la mano in tasca e tocco il telefono. È diventata un'abitudine, e ha avuto inizio con la chiamata di Sadie della scorsa settimana.

Ha iniziato a mandarmi messaggi un giorno sì e uno no. Una faccina sorridente, una battuta. "Buon lunedì," mi ha scritto un'ora fa, insieme all'immagine di un sole sorridente. "Ti auguro una settimana meravigliosa." Scuoto la testa per il suo ottimismo.

Leggere i suoi messaggi mi aiuta a concentrarmi. Solo far strisciare il pollice sullo schermo liscio del cellulare mi basta a calmare all'istante il lupo.

Mi devo controllare. Cosa penserebbe Sadie delle cose che il mio lupo ha fatto? Di quelle che vuole fare? Il pensiero mi adombra.

"Movimento nella casa. Estrema ala destra. Base della torre."

Prendo un binocolo e controllo il lato della villa a cui si sta riferendo Lance. Una porta si apre e degli uomini vestiti di nero si riversano all'esterno, tutti dotati di attrezzature tattiche. Stivali, ginocchiere, caschi e passamontagna sui volti. E pistole enormi.

"Cazzo." Mi giro e poso di nuovo gli occhi su Gabriel Dieter. Il mogol degli affari è in piedi accanto alla piscina, l'acqua che gli gocciola giù dal petto muscoloso. Alza una mano e mi fa un cenno di saluto.

"Bastardo." Getto il binocolo nella sacca. "Sa che siamo qui. Muoviamoci."

Lance è già in piedi. Ha il fucile, io tengo le nostre

borse. Ci giriamo e corriamo verso la cima della montagna.

La radio gracchia. "Ci hanno scoperti," ci grido dentro.

Trecento metri sotto di noi, gli uomini si dividono in file coordinate risalendo i versanti verso di noi.

"Abbandonare la missione. Venite di sopra," ordina Rafe.

Dei guaiti riempiono l'aria.

"Hanno dei cani," annuncia Lance confermando l'ovvio, e accelera il passo. Corriamo sulle rocce scivolose e ghiacciate, arrampicandoci verso la cima della montagna. L'aria è rarefatta e mi bruciano i polmoni, che fanno fatica a adattarsi. Le mie gambe fanno male e avrebbero voglia di maggiore energia, mentre la testa mi diventa leggera.

"Andiamo, Deke," mi chiama Lance. "Corri verso la cima."

Mi sforzo di arrampicarmi più velocemente. I ringhi dei cani delle guardie riecheggiano attorno a noi. Si stanno avvicinando. Spero che il nostro alfa abbia programmato un'uscita a sorpresa, altrimenti non so se andrà a finire bene.

I miei scarponi scivolano sul ghiaccio nero e mi fermo, riflettendo. Dovrei restare a opporre resistenza, offrire a Lance la possibilità di scappare. Così ne verrei fuori come un eroe. Nessuno piangerebbe la mia morte, eccetto i miei compagni di branco.

E Sadie…

"Deke, che cazzo stai facendo?" Lance si ferma di colpo qualche metro più su. Dietro di noi le grida e i passi dei soldati si avvicinano, insieme ai guaiti dei cani.

Ma c'è un altro suono, stavolta dall'alto. Il *flap-flap-flap* delle pale di un elicottero.

Il volto di Lance si illumina per un sorriso. "Figlio di puttana," mormora. "L'ha fatto di nuovo." Ci giriamo entrambi e risaliamo il versante di corsa, diretti verso la cresta ammantata di neve, mentre l'elicottero appare, sospeso sopra alla cima.

"Ho sentito che avevate bisogno di un passaggio," grida il pilota sopra al frastuono delle pale rotanti.

Rafe sbuca con la testa dallo sportello e ci lancia una scaletta. "Montate quassù, diamine."

Lance si lancia sulla scala e inizia ad arrampicarsi. I soldati che ci danno la caccia gridano e io afferro la base della scaletta. Da un momento all'altro inizieranno a sparare. È un miracolo che non abbiano già cominciato. Mi sa che Dieter non aveva pensato a preparare armi a lungo raggio.

Qualche istante più tardi, Rafe e Channing mi issano a bordo del velivolo e il pilota ci porta via.

"Che cazzo è successo?" chiede Rafe.

"Ci teneva gli occhi addosso," gli spiego. "Sapeva che eravamo lì."

Rafe impreca. "Non posso crederci."

"C'è una spia nel nostro gruppo?" chiede Lance.

"Nessuno sapeva dell'operazione, a parte il colonnello Johnson e la nostra squadra. Dieter sapeva che saremmo venuti. In qualche modo è venuto a saperlo." Sento Rafe che digrigna i denti.

Ringhia e tira fuori il telefono. Appena avrà campo, farà rapporto al colonnello Johnson: missione abbandonata. Abbiamo fallito, ma ci riproveremo un altro giorno.

Quando siamo di nuovo al quartier generale, tiro fuori il telefono per vedere se Sadie mi ha scritto. Non ho neanche una sua foto, solo nome e numero salvati nella cartella dei contatti, ma la sola vista del suo nome mi fa sentire il profumo della sua dolce fragranza.

"Deke messaggia con la sua ragazza," canticchia Lance.

Gli mostro i denti e lui ride, dando una gomitata a Channing. "Scommetto venti verdoni che se la scopa entro la luna piena."

Non penso, non esito. La vista diventa rossa e poi so solo che gli sono addosso. Lance è a terra e lo sto riempiendo di pugni.

"Che cazzo fai!" grida Channing, bloccandomi e trascinandomi indietro. Il bel viso di Lance è graffiato e gonfio, ma lo stronzo sta ridendo istericamente. Spingo via Channing e mi ritiro in un angolo, cercando di riprendere il controllo sul mio lupo.

"State buoni," ci ordina Rafe, come se fossimo ragazzini che si azzuffano in un cortile invece di tre lupi mannari che tentano di ammazzarsi.

"Beh, non puoi dire che non sia stato divertente," dice Lance sorridendomi, i denti striati di rosso. È pazzo quanto me, solo che è più bravo a nasconderlo.

"L'aereo è quasi arrivato. Datevi una ripulita, così possiamo andare," ci ordina Rafe.

"Altre missioni?" gli chiede Channing.

"No. Le prossime settimane saranno tranquille. Un paio di incarichi di sicurezza e un po' di sorveglianza. Ah," esclama, guardandomi, "e la classe di Sadie Diaz."

Mi batte forte il cuore quando sento il suo nome. Il mio lupo si agita in modo del tutto nuovo. In modo molto più vivace.

Quando sono a bordo dell'aereo con la cintura allacciata, mi metto la mano in tasca e trovo il telefono. Faccio scorrere il pollice sullo schermo, toccandolo come fosse un talismano.

Il seguito di una battaglia è sempre stato duro per il mio lupo. Sono stato plasmato come macchina da morte, ed è difficile tornare alla vita civile. La sete di sangue e il bisogno di battaglia mi vibrano nelle vene.

Ma quando sono con Sadie, tutta la pressione si allenta. Dimentico di essere un assassino. Riesco a ricordare che il mio lupo è solo un'arma, una creatura selvaggia, e che nella vita c'è ben altro oltre al combattimento.

CAPITOLO SEI

Sadie

ARRIVA LA GIORNATA DELLA PROFESSIONE, e i miei piccoli alunni non erano così entusiasti dal giorno in cui gli ho portato il pupazzo della lepre cornuta. Li faccio sedere in cerchio e gli spiego di comportarsi bene, ma quando arri vano quattro enormi soldati tutti erompono in grida di giubilo. Cerco di rilassarmi e distendere i lineamenti del viso, ma non riesco a trattenere il sorriso nemmeno io, mentre il cuore mi batte forsennatamente in petto. Come al solito Rafe prende il comando, mi saluta e si rivolge alla classe con una voce equilibrata e profonda che placa i bambini più velocemente di quanto avrei potuto fare io. Deke rimane indietro, i capelli folti e arruffati che lo fanno sembrare un po' più alto dei suoi compagni. È impassibile in volto e resta in silenzio. Non guarda mai verso di me, il che va bene. Devo concentrarmi.

Rafe presenta suo fratello, Lance, e riconosco il biondo del vicolo. Mi fa l'occhiolino e lo guardo con gli occhi socchiusi. Il quarto e ultimo membro del gruppo è Channing, che saluta la classe con un cenno della mano per poi incrociare le braccia sul petto, facendo ingrossare ancora di più i bicipiti. Tutti e quattro i nostri ospiti sembrano tipi tosti, in un mix di abiti civili e mimetiche. Deke indossa una camicia mimetica slacciata, con le maniche lunghe arrotolate ai gomiti. Sotto porta la solita maglietta e i jeans neri.

Gli levo gli occhi di dosso e torno al mio lavoro. "Bambini, vi presento il signor Rafe Lightfoot. Lui e i suoi amici sono venuti per parlarci del loro servizio nell'esercito. Ma prima possiamo elencare i quattro rami del settore militare?"

I bambini ripetono con voce cantilenante, ordinati e in coro: "Esercito, marina, aeronautica e marines." Solo Jackson, dietro, non segue la litania, e pensa che sia divertente sostituire marines con G.I. Joe. I due che gli stanno accanto lo correggono immediatamente. "È sbagliato. Si dice marines." E devo sedare il loro battibecco prima che si infervorino troppo.

"L'esercito è il migliore," dice il piccolo Owen, che sta davanti. "L'ha detto mio papà."

Rafe si accuccia davanti a Owen, gli occhi sorridenti. "Posso dirti un segreto?"

Owen annuisce, gli occhi sgranati.

"Tuo papà ha ragione. Ma è un segreto. Non dirlo a nessuno. Perché altrimenti i membri dell'aeronautica, della marina e dei marines sarebbero gelosi, e vorrebbero diventare anche loro soldati come noi." Fa l'occhiolino a Owen, che è sopraffatto dalla meraviglia, e si rialza. "Ogni ramo del settore militare è importante. Siamo tutti una grande squadra. Il lavoro di squadra è importante."

Per il resto del discorso di Rafe, mi sforzo di non guardare verso Deke. Perdo la battaglia, ma quando mi volto a spiarlo si è messo gli occhiali da sole. Lance nota la mia attenzione e mi fa un altro occhiolino. Ruoto gli occhi al cielo.

Rafe ha quasi finito, e i bambini si stanno facendo irrequieti, pronti per la ricreazione.

"Avete domande per il signor Rafe e i suoi amici?" chiedo. Dieci mani scattano in aria. Owen le tiene su entrambe, quando lo chiamo.

"Hai sparato a tanti cattivi?" chiede, e si sente fremere la classe, mentre tutti sono eccitati all'idea di sentir parlare di violenza.

"A volte," risponde Rafe con tono serio. "Ma solo quando eravamo sicuri che fossero dei veri cattivi e avevamo già fatto tutto il possibile per mantenere la pace."

"Avete tante pistole?" chiede Owen, contemporaneamente a Jackson che grida da dietro: "Sono morti subito? C'era tanto sangue?"

"Ok, basta con le domande!" dico. "È ora di andare in ricreazione. Dite tutti *Grazie, signor Rafe*."

"Grazie, signor Rafe," ripetono tutti quanti in una cantilena. Gli altri vogliono sapere la risposta alle domande di Jackson. Non avevo idea che fossero così assetati di sangue. La mia assistente viene ad aiutarmi a fargli indossare i cappottini per uscire in ricreazione. Mi trovo circondata da una marmaglia di bambini vestiti con colori vivaci, ma vado dritta verso Rafe appena riesco a sfuggire alla marea.

"Grazie ancora," gli dico.

"Non c'è di che. Bambini fantastici."

"E voi siete fantastici con loro." Con la coda dell'occhio vedo Owen che si avvicina a Deke. Il grosso soldato si inginocchia per aiutare il bambino ad allacciarsi la scarpa, e sento le ovaie sciogliersi.

E mentre me ne vado, finita la giornata, sono ancora

più determinata a capire cosa stia succedendo a Deke. Cosa gli impedisce di avvicinarsi a me? È come se avesse un grosso segreto, qualcosa che sta tenendo nascosto a me e al resto del mondo. E vorrei solo gettargli le braccia al collo e dirgli che non m'importa.

È quello che farò, decido mentre arrivo alla mia auto per andare a casa. Lo attirerò fuori e lo sedurrò. O qualcosa del genere. Basta starsene con le mani in mano. Ora mi lancio nell'Operazione-Deke.

Devo solo capire come portarla avanti.

In condizioni normali, chiamerei le mie amiche e direi loro di venire a bere vino per una sessione di brainstorming insieme, ma sono super impegnate al momento. Adele sta raccogliendo più incarichi di catering per coprire la stagione fiacca al negozio di cioccolata, e Tabitha le sta dando una mano. Anche Charlie è occupata, con qualche progetto segreto di cui non dice niente a nessuno. E poi, loro non sono del tutto pro-Deke. Sono fermamente pro-Sadie, e sembrano pensare che io non sappia quello che sto facendo, quando si tratta di lui. Lo capisco, non ho mai preso le decisioni migliori quando si tratta di uomini. Non vogliono che venga nuovamente schiacciata da un uomo dominante.

Deke non è così. È forte, ma non mi schiaccerebbe mai. E poi non è neanche interessato a me, né disponibile per una relazione. Potrebbe essere solo un'avventura selvaggia e passeggera.

Non ho mai avuto un'avventura selvaggia.

Non sono mai stata selvaggia. E Deke mi fa decisamente sentire selvaggia. In un modo meraviglioso.

Arrivo a casa, mi levo le ballerine dai piedi e strofino le mani tra loro. Sto per chiamare Deke quando vedo una chiamata persa e un messaggio in segreteria.

Mi sprofonda il cuore nel petto. È mio padre. "Sadie, dobbiamo parlare."

Trenta minuti dopo parcheggio fuori dal ristorante di lusso che piace tanto a mio padre. Non ho avuto tempo di vestirmi come so lui vorrebbe, ma mi sono messa un cardigan e un paio di ballerine più eleganti. Il mio abbigliamento da battaglia. Peccato che non possa entrare con un carro armato e con indosso una corazza. Non che mio padre non sia capace di perforare anche quel genere di protezioni. Allargo le spalle ed entro.

È già seduto a un tavolo al centro del ristorante, dove tutti possono vederlo. È consigliere cittadino e si dà vanto di conoscere tutti coloro che vale la pena conoscere, come direbbe lui.

È stato lui a presentarmi a Scott.

"Tesoro," mi saluta, mentre mi fermo doverosamente davanti a lui e mi chino per baciargli la guancia. "Mi sono preso la libertà di ordinare, intanto." Mi fa segno di sedermi.

"Ottimo." Dovrò farmi piacere qualsiasi cosa mi abbia preso. La volta scorsa era trota di fiume e insalata di rucola. Odio il pesce e due foglie di rucola mi sono più che sufficienti nell'insalata.

Guardo il mio bicchiere di vino, ma scuoto la testa quando il cameriere mi porge la carta dei vini. Sono un peso leggero. E poi bevo in pubblico solo con persone che sono sicura non mi prenderanno in giro, tipo le mie amiche. Quando uscivo con Scott ordinavo un sacco di succo di lampone con soda. Con mio padre non mi curo di prendere un finto alcolico. Berrà lui a sufficienza per tutti e due.

Mio padre è un bell'uomo, con i capelli striati d'argento. È abbronzato e in forma grazie al golf al club e allo sci in inverno. Sta già ricevendo qualche occhiata da un paio di donne sulla quarantina o cinquantina, con corpi sodi per lo yoga e volti tirati dal botulino. Continuano a lanciargli occhiate che lui finge di non notare, ma so che le vede. Ha perfezionato l'arte di nascondere il suo continuo spostare gli occhi in giro, quando stava con mia madre. Ora la sua abitudine è quella di fingersi ignaro delle attenzioni femminili, almeno in pubblico.

Un'altra cosa in comune con Scott.

Mi schiarisco la gola. "Hai detto che volevi parlarmi…"

"Sì." Siamo entrambi assorti in compiti diversi: io a posare il tovagliolo in grembo e lui a ispezionare il suo bicchiere di whiskey. Dobbiamo ancora veramente guardarci negli occhi. Fa tutto parte della nostra regolare farsa da cena padre-figlia. "Com'è andata al lavoro?"

"Benissimo." Non gliene frega niente della mia carriera di maestra d'asilo, quindi evito di raccontargli gli ultimi aneddoti della settimana e i momenti in cui i miei bimbi sono stati particolarmente carini. Non se li merita. "E a te?"

Si lancia in una qualche storia del consiglio cittadino e io annuisco e mormoro a intervalli esatti, da brava figlia. Un'altra cosa che Scott ha in comune con mio padre. Tutte le loro storie ruotano attorno al lavoro o al golf, ma soprattutto a loro stessi e alla grande importanza che rivestono. Una cosa che sembra diventare più lunga e noiosa ogni volta.

Dopo una ventina di minuti di racconto, mio padre si schiarisce la gola. "Questo è il progetto che Scott ha proposto, comunque," dice, apparentemente con casualità, anche se per la prima volta mi guarda negli occhi. "L'hai visto?"

"Chi?" Sono impegnata a dare grande dimostrazione di taglio della trota. Povero pesce morto, sacrificato per questa orribile cena. Vorrei poter tornare indietro nel tempo e rilanciarlo nel suo torrente di montagna. Almeno uno di noi sarebbe libero.

Mio padre si schiarisce di nuovo la gola. "Scott Sears. Il tuo ragazzo."

"Ex-ragazzo," dico con un grande sorriso. Probabilmente dovrei tenere un tono più basso, ma sono molto felice che Scott sia il mio ex.

"Sul serio? Che peccato." Mio padre ordina un altro bicchiere di scotch. "Pensavo che le cose andassero bene tra voi."

"Mmm." Faccio finta di avere la bocca piena di rucola.

"A dire il vero è per questo che ti ho chiamata qui. Volevo parlarti di Scott." Mi scruta da sotto le sue sopracciglia folte, un'occhiata che significa: *Parlo molto sul serio. Stiamo facendo un discorso molto importante.* "È un brav'uomo, Sadie. Non ce ne sono così tanti in un paesino così piccolo. Ha una posizione. È un contribuente importante della crescita e dello sviluppo di questa cittadina. Penso che saresti molto felice insieme a lui."

Sul serio?

"Quando hai deciso di diventare insegnante, come sai, io e tua madre eravamo preoccupati."

Stringo con maggiore forza la forchetta per trattenermi dal passare al coltello. Odio quando mio padre parla come se conoscesse la mamma e potesse dire quello che lei pensa. Da quello che ne so io, lui e mia madre non si parlano da anni.

"Ma abbiamo pensato che se avessi potuto trovarti un

brav'uomo con una buona posizione saresti stata bene. E poi, quando avrai dei figli vorrai un uomo a sostenerti."

Non ci posso credere.

"E, Sadie, Scott è quell'uomo." Mio padre parte con un'altra tirata, e resisto all'impulso di levare gli occhi al cielo. Il che non è da me, ma cosa ci sto a fare qui? Sarebbe facilissimo alzarsi in piedi, buttare il tovagliolo sopra al mio piatto e andarmene di gran carriera. Potrei addirittura prendere una bottiglia di vino prima di uscire. Non sarebbe necessario prendere la macchina per tornare a casa: potrei chiamare Deke. Dirgli che mi serve un passaggio e che gli devo un altro favore. Arriverebbe con la sua grossa moto proprio mentre sto finendo il vino, mi porgerebbe il casco e monterei a bordo del suo enorme bestione vibrante, con tutto quel potere in mezzo alle gambe... *mmmmm*.

Sono a metà della mia fantasia in moto insieme a Deke, quando mio padre dice: "E ovviamente c'è il matrimonio. Dovrai sistemare le cose prima della vostra partenza."

Avevo isolato le parole di mio padre dalla mente, ma questo risveglia la mia attenzione. "Matrimonio?" Oh Dio! Come ho potuto dimenticare il matrimonio di Jenn? L'avevo eliminato del tutto dalla mia testa.

Mio padre incrocia le dita e corruccia le labbra in segno di dispiacere. Capisce che non lo stavo ascoltando. "Non siete tutti e due invitati a un matrimonio? Quello dei vostri due amici a Santa Fe?"

Aaaaaaah. "Jenn e Geoff. Sì." Resisto all'impulso di prendermi la testa tra le mani. All'improvviso ho mal di testa. Jenn è un'amica delle superiori di Taos. Suo fidanzato Geoff è un amico del college di Scott. Sono stati proprio loro a farci finire insieme, quando Scott si è trasferito a Taos da Santa Fe.

"Starete a Santa Fe per tutto il weekend lungo, giusto?"

Improvvisamente mi rendo conto del motivo per cui mio padre è tanto compiaciuto, perché sa tutto di questo matrimonio e perché ha organizzato la cena.

"Hai parlato con Scott," lo accuso. "Ti ha chiamato e ti ha raccontato tutto. Per questo volevi parlarmi."

Mio padre si acciglia di nuovo. "Io e Scott abbiamo parlato, sì. Si occupa di Taos, come me. E spesso ci incrociamo."

"Certo. Siete pappa e ciccia."

Non lo intendo come complimento, ma mio padre lo prende come tale. "Sì. E lui mi ha parlato di questo matrimonio, mi ha detto che passerete del tempo insieme in un posto idilliaco. Sarà il momento migliore per parlare della vostra relazione e risolvere gli screzi tra voi."

Solo mio padre si riferirebbe al tradimento di Scott e alla sua stronzaggine definendo il tutto come uno 'screzio', aspettandosi che ci limitiamo a 'risolvere' tutto, convinto che metterò ogni cosa da parte. Come mia madre ha messo da parte la mancanza di tatto di mio padre finché non ha trovato il coraggio di lasciarlo.

"È perfetto," continua mio padre. È allegro adesso, mentre taglia la sua bistecca. "Ho sempre detto che tu e Scott siete fatti l'uno per l'altra."

Potrei mostrare la mia migliore interpretazione de *L'urlo* di Munch, vocalizzo e tutto, ma sono realmente senza parole.

"Sono tuo padre," continua. "Voglio semplicemente il meglio per te."

QUANDO FINALMENTE MI RITRASCINO A CASA, ho un mal di testa pazzesco. Le cene con mio padre sono sempre come una discesa nel nono girone dell'inferno, ma questa è stata qualcosa di diverso. A quanto pare la visione che mio padre ha del mio futuro si trasformerà in una specie di *Desperate Housewife* anni Cinquanta. E Scott è pienamente d'accordo.

Hanno concordato la cosa. Ho trovato il fegato per oppormi a Scott, ma i due che lavorano in combutta... sono troppo. Non so, sono sempre stata uno zerbino per mio padre. Ha una personalità molto dominante. Dopo la fuga di mia madre, lui era tutto ciò che mi restava, e probabilmente temevo di venir rifiutata anche dall'ultimo genitore che mi restava, se gli avessi dato dispiaceri.

È roba vecchia e stupida, ma la risonanza è ancora presente in ogni conversazione e interazione che abbiamo. Mi dice cosa fare della mia vita, e io faccio del mio meglio per non farmi schiacciare.

Ma ho problemi più urgenti che pensare a come oppormi a lui. Il matrimonio è tra due settimane. Io, Scott e il resto degli invitati siamo attesi in un resort di Santa Fe per un fine settimana lungo. So che la famiglia di Jenn non ha badato a spese. Anche la famiglia dello sposo è facoltosa, ecco perché Scott era così entusiasta di andarci.

Dovrò mettermi un vestito da damigella e stamparmi un bel sorriso in faccia, e accanto a Scott. Lui avrà tre giorni e due notti per convincermi a continuare la nostra relazione. Sarà probabilmente il testimone dello sposo che mi starà accanto all'altare. Jenn ha programmato tutto pensando che stessimo insieme. Ha addirittura scherzato sul fatto che sarebbe stata una sorta di prova per me e Scott. Non le ho mai raccontato del tradimento.

Perché ho permesso che la farsa tra me e Scott andasse avanti per così tanto tempo? Perché ero troppo gentile per mettere fine a tutto, anche se non mi interessava. Odio ferire i sentimenti delle persone. E ora che ci penso, alcuni dei sentimenti che avevo paura di ferire erano quelli di Jenn e Geoff. Pensavo di dover continuare a uscire con il loro amico perché erano stati loro a farci finire insieme.

Dio, quanto amo compiacere!

Ovviamente Scott non condivide con me questa caratteristica. I suoi strumenti preferiti in una relazione sono controllo e critica. E corna. L'unica cosa che ho guadagnato da questa relazione è stata l'approvazione di mio padre.

È una totale emergenza. Sono tentata di chiamare Jenn e confessare di avere la mononucleosi. Ma non se lo merita. E mi sono già presa le ferie per il matrimonio.

C'è solo una cosa da fare. Mando giù un bicchiere di vino e apro la chat tra me e Deke sul cellulare.

O la va o la spacca.

"Mi serve un altro favore," gli scrivo. "Ma è grosso. Davvero grosso."

Dieci secondi dopo, il mio telefono squilla.

"Cosa ti serve?" mi chiede Deke. Niente *ciao*, nessun preambolo, niente di niente. Faccio un respiro profondo. Avrei dovuto bere più vino.

"Sadie, stai bene?"

"Sì, sì, sto bene."

"Si tratta di Sears?"

"Scott? No. Beh, non esattamente. Ma ti devo chiedere un piacere. Un piacere grosso."

C'è una pausa in cui ricordo ciò che mi aveva chiesto in cambio per l'altro favore. Come se stesse pensando alla stessa cosa, la sua voce si ammorbidisce. "Davvero, piccola?"

Perdindirindina, ora sono super eccitata. "Ehm, sì."

"Grosso quanto?"

"Grossissimo. Sarei estremamente in debito. Oltre a tutto ciò che già ti devo."

"Sono sicuro che ci verrà in mente qualcosa." Scherza. Omioddio, stiamo flirtando. Quasi cado dal letto.

"Forse."

"Di cosa si tratta? Dimmi."

"Ho bisogno di un uomo con cui andare a un matrimonio," dico, e continuo di corsa, prima di perdere il coraggio. "Ancora una volta una relazione per finta, non una vera," aggiungo rapidamente.

"Per finta." Sembra deluso?

"Ehm, è un resort a Santa Fe, quindi sarebbe per l'intero fine settimana. Sono invitata alla cerimonia, quindi devo andarci un giorno prima. Ci sarà anche Scott. Dovevamo andarci insieme ma…"

"Non dire altro," dice Deke.

"Sul serio?" Mi sento come se mi avessero levato dal petto un peso di cinquanta chili. "Lo farai?"

"Bellezza," dice senza aggiungere altro. Lo prendo come un: *Certamente.* "Quand'è?"

"Fra due settimane, partendo di giovedì. Ho già preso le ferie, ma mi è uscito di mente perché non ho voglia di pensarci." Gli fornisco i dettagli. "Posso guidare io, ma non penso che staresti comodo nella mia macchinetta."

"Guido io. A che ora devo venirti a prendere giovedì?"

"Ehm, sei sicuro?"

"Sì. A che ora?"

"Attorno a mezzogiorno?"

"Ci sarò."

"Grazie mille. Sono davvero in debito."

"Mmm." La sua voce è un mormorio oscuro. Come se adorasse l'idea che io sia in debito con lui. O come se questa volta avesse in mente di riscuotere più di un bacio.

Oh Dio, lo spero proprio! Mi è piaciuto l'ultimo favore che ha riscosso da me.

"Hai un completo da mettere?"

"Bellezza," ripete, e riaggancia.

Rido di fronte alla linea interrotta. Non avevo mai conosciuto un uomo come Deke.

∼

Deke

CE L'HO duro quando riaggancio con Sadie, e i miei pensieri sui piaceri da riscuotere si fanno rapidamente sporchi.

Oh, merda. In cosa mi sono appena ficcato? Ho disobbedito a un ordine diretto del mio alfa, accettando di andare con Sadie.

Ma non avevo modo di rifiutarglielo. Non potrei mai lasciarle passare un intero weekend lungo con il suo ex accanto, se lei non lo desidera.

Il mio lupo già vuole fare a pezzi quel tizio per averle dato fastidio.

Passare un intero fine settimana a stretto contatto con degli umani – nientemeno che a un matrimonio – è uno speciale genere di inferno per me, ma per Sadie farei qualsiasi cosa. Terrò a bada il mio lupo. Cercherò di comportarmi in modo civile. Pronuncerò frasi intere. Darò una buona impressione nelle veci del suo fidanzato. Cavolo, troverò anche un dannato completo elegante.

Mi alzo in piedi, un brivido di piacere che mi pervade, proveniente dal mio lupo. Sento il suo desiderio di guaire e saltellare.

Beh, che mi venga un colpo.

Il mio lupo è felice. Addirittura eccitato.

Esco dal capanno e vado al fiume, salendo lungo la sponda per sfogare parte dell'energia che ho imbottigliata dentro. Devo pensare a cosa raccontare a Rafe. Come presentargli la cosa.

È una missione. Non un appuntamento.

Non mi sto impegnando con un'umana su base sociale. Si tratta di lavoro.

Mezzo miglio più su, incontro Lance che sta pescando nel torrente. Scuoto la testa, perché seriamente non capisco. Siamo predatori. Diamo la caccia agli animali su quattro zampe. Non abbiamo bisogno di starcene seduti sulla sponda di un fiume, in sembianze umane, con una canna da pesca per recuperare la cena.

"Non dirlo," mormora Lance, leggendomi correttamente nel pensiero. Presumo che stia parlando sottovoce per non spaventare i pesci.

"Non ho detto una parola." Mi fermo accanto a lui. Per una volta, i rumori della natura vengono registrati come pacifici dal mio cervello. Ho sempre voglia della natura selvaggia, e adoro vivere qui, dove possiamo girovagare liberi tra le montagne, a quattro zampe o su due ruote, ogni volta che vogliamo, ma questo pomeriggio mi sembra diverso.

È come se capissi l'improvviso desiderio che ha Lance di pescare. Non si tratta di catturare la cena. Si tratta di cercare la calma. Di stare in piedi accanto all'acqua a guardarla gorgogliare. Di ascoltare gli alberi.

Perché il mio lupo è così calmo?

Sadie, lo sento quasi sussurrare.

Scuoto la testa. Non posso avere Sadie. Sadie non è fatta per essere mia.

Lance mi guarda incuriosito. "Sembri… diverso."

Non rispondo. Non posso dirgli di Sadie, perché non c'è niente tra noi. E non ci sarà niente.

"È la maestrina, vero?"

Inspiro di scatto sentendola nominare.

"Placa la follia," ammetto alla fine.

"Sembra dolce."

Solo sentirlo parlare di lei mi fa saltare il cuore nel petto. "Sì," dico con tono burbero. "Ma non è quello che pensi. Non mi sto legando a lei."

"Giusto." Lance guarda nel fiume, probabilmente per fare in modo che non debba mentirgli in faccia.

"Il suo ex le dà fastidio," spiego. "E lei mi ha chiesto di fingere di essere il suo ragazzo per spaventarlo e farlo stare alla larga."

Ora Lance si volta a guardarmi e le sue sopracciglia si inarcano per la sorpresa. "Davvero?"

"Già." Mi passo una mano sul viso.

"Cazzo, Deke. A me sembrano un mucchio di guai. Ma lo sa che così probabilmente farà finire il suo ex in una sacca per cadaveri?"

Una sensazione di nausea mi sale dallo stomaco. "Non accadrà," dico bruscamente, anche se non sono del tutto sicuro che sia vero.

Se quel tizio la toccasse anche solo con un dito, lo ammezzerei. Non si discute.

Ma non sembra essere questa la natura del suo turbamento. Il fatto che Sadie non sembri particolarmente ferita dal suo ex calma il bisogno del mio lupo di giustiziarlo per lei. Pare più una scocciatura che una reale minaccia, al suo cuore o alla sua persona.

"Non lo so, Deke. L'ultima donna umana che hai protetto ti ha portato a un'accusa di aggressione e percosse. E avresti tranquillamente ammazzato quel tizio, se non ci fossimo stati noi a fermarti. Non sto dicendo che non fossi giustificato, ma…"

"Lo so," lo interrompo bruscamente. "Perdo il controllo. Il mio lupo passa in modalità-guerra in ogni situazione."

"Non sarei contento che quella dolce maestrina vedesse questo lato di te," dice Lance con voce delicata. "Tutto qua."

Un sommesso rombo mi sale dal petto. A dire il vero penso che il mio lupo stia ringhiando all'idea che spaventi Sadie. In effetti mi vorrei prendere a pugni in faccia, se mai accadesse.

"Non toccherò l'ex," giuro. "Ma non intendo negare il favore a Sadie."

Non potrei farlo.

Mi spiace dovermene andare via per il finesettimana quando la squadra sta tentando di capire come hanno fatto a scoprirci in Svizzera, ma al momento sembra che stiamo brancolando al buio, e Sadie ha bisogno di me.

"Capisco." Lance cattura un pesce con la sua lenza e tira, sollevando dall'acqua una trota luccicante e saltellante.

Emetto un verso di approvazione. Se ne prenderà qualche altra, potremo mangiare tutti pesce per cena. Leva con delicatezza l'amo e lascia cadere il pesce nella sua rete nell'acqua. "Fai solo attenzione. Sadie mi piace…"

Si interrompe quando un ringhio feroce mi esce dalla gola.

"Non in quel senso," dice rapidamente. "Per niente. Amico… è di questo che sto parlando. Non so se sarai capace di trattenerti."

Merda. Potrebbe avere ragione. Ma ormai non posso più tirarmi indietro.

"Mi tratterrò," giuro. "Sadie sarà al sicuro con me."

CAPITOLO SETTE

Sadie

IL GIORNO del viaggio a Santa Fe, ho le farfalle nello stomaco. Ho raccontato solo alle mie amiche del mio accompagnatore al matrimonio, ma non ho detto niente a mio padre e neppure a Scott, che ha tentato con tutto se stesso di convincermi a fare il viaggio insieme a lui. Sapevo che se gliel'avessi detto sarebbe corso da mio padre, e non avevo voglia di gestire la montagna di giudizi che mi sarebbero piovuti addosso per essermi legata così intimamente a quello che mio padre chiaramente definirebbe un personaggio sgradevole.

La giornata si apre soleggiata e meravigliosa. Faccio una lunga doccia e mi depilo le gambe. Posso fare con calma, perché non devo correre a scuola. Ho lasciato al supplente con un carico pieno di lezioni pianificate, quindi lì tutto dovrebbe filare liscio. Basta che abbia esperienza con bambini piccoli.

Rifletto sulle cose, e poi mi depilo un po' di più. Ho

messo in valigia l'intimo bello. Continuo a dirmi che ho preso i perizomi di seta solo perché non si vedano le cuciture delle mutandine di cotone sotto al vestito da damigella. *Come no.* Le mie ovaie non si fanno prendere in giro.

Per il viaggio indosso pantaloncini da yoga e una felpa, con i miei stivaletti con il bordo di pelo ai piedi, che funzionano anche da scarponcini da camminata. Il resort ha dei sentieri privati, e sono sicura che io e Deke avremo tempo per scappare a fare qualche escursione. Ho la sensazione che la natura gli piaccia. Ricordo quanto è stato bello quando mi ha portato sopra al ponte con la sua moto.

Se avremo del tempo da passare da soli, riscuoterà il suo favore? Mi chiederà un bacio… o qualcosa di più?

Sono sicuro che ci inventeremo qualcosa.

Forse dovrei chiederglielo. Dirgli quello che voglio. Gli spiegherei chiaramente che non ho aspettative. Che so che non si tratta di un vero appuntamento. Che mi sta solo facendo un altro favore. Il resort ha una spa e una vasca esterna con acqua calda. Ho messo in valigia un bikini: non si sa mai.

E non permetterò a Scott di rovinarci il divertimento. Spero che veda Deke insieme a me e mi lasci in pace per il resto del finesettimana.

"Non vuoi giocare?" dice una spaventosa voce gracchiante dall'angolo. Faccio un salto e ruoto sul posto, ma è solo quella stupida lepre cornuta. Ha iniziato a funzionare male, partendo di colpo in momenti non pianificati, quindi l'ho portata a casa dall'asilo. Forse non avrei dovuto comprarla in un losco negozio di giocattoli online.

Il rombo di una moto all'esterno mi fa scorrere dentro un brivido. *Deke.* Lancio la lepre nell'armadio della mia camera e prendo la valigia.

La macchina di Deke è una grossa Mercedes nera con motore potenziato. Rumorosa e rombante, come la sua moto. È già smontato e sta facendo il giro del veicolo per venirmi incontro. Indossa il suo solito outfit da motociclista: grossi scarponi, maglietta sbiadita e jeans neri, con un sorriso da duro in viso. Ovviamente non si è messo in ghingheri per il finesettimana.

Oh, mio Dio, sono stata una pazza a chiedergli di accompagnarmi. Tutti alla festa penseranno che sia andata fuori di testa.

Ma è vero? Forse. Il mio perizoma sexy rosa è già fradicio. Armeggio con le chiavi, e per qualche miracolo riesco a chiudere la porta e a corrergli incontro.

"Deke." Sono così bassa in confronto a lui che devo alzarmi in punta di piedi per salutarlo. Gli getto le braccia al collo, perché sono assurdamente felice di vederlo. Perché voglio ringraziarlo per avere accettato di farmi questo favore.

Si irrigidisce solo un momento, e mi rendo conto di avere esagerato. Non è un vero appuntamento, ovviamente. Non dovrei essere così amichevole. Ma poi mi posa una grossa mano dietro alla nuca, mi tira verso di sé e mi bacia, proprio lì davanti a casa mia. Alla piena luce del giorno, davanti ai miei vicini. E dopo un secondo, le mie labbra sono premute contro le sue, e non me ne frega più di niente e di nessuno. La sua bocca è calda sulla mia, dominante ma non autoritaria. Ha l'alito che sa un po' di menta.

Mi fa piegare leggermente indietro, così che mi trovo un po' sbilanciata. Senza pensare, lascio cadere la valigia e mi aggrappo ai suoi grossi bicipiti per tenermi su. Sento il suo sesso gonfiarsi sotto ai jeans, premendo contro la mia pancia.

Sarei felicissima di annullare l'intero finesettimana solo per stare qui a strusciarmi contro di lui. Interrompe il bacio ma non si tira indietro. Preme invece la fronte contro la mia per un secondo.

"Sadie." La sua voce profonda riverbera dentro di me. I suoi occhi sono verde chiaro alla luce del sole. Le mie ovaie sbavano.

Si raddrizza e mi aiuta a riprendere l'equilibrio, prendendo la mia valigia e sostenendomi con la mano libera posata dietro alla schiena.

Oh, santo cielo.

"Buona idea," dico, senza fiato, quando sono in auto e Deke è tornato al posto di guida dopo avere infilato la mia valigia nel bagagliaio. Mi ha anche aperto la portiera e allacciato la cintura, il che va benissimo perché le mie braccia sono di gelatina, dopo il bacio. Ho ancora il cuore pieno di farfalle svolazzanti. Le ovaie sono ancora pietrificate. "Dovremmo allenarci a fare il fidanzato e la fidanzata, nel caso in cui la gente faccia domande."

"Allenarci... sì, decisamente." Mette in moto l'automobile e partiamo. Nel giro di pochi minuti, siamo già in volo verso l'autostrada.

"Penso che sia una buona idea," insisto, cercando di placare le farfalle che sbattono le ali nella mia pancia come reazione al bacio. "La gente penserà che sto ancora con Scott. Dovremo dare delle spiegazioni."

"Ci sarà un quiz?"

"Può darsi." Mi acciglio. "Conoscono tutti Scott. Sono tipici conoscenti suoi."

Deke sbuffa, e mi sento ancora più infelice. Jenn è una buona amica, ma se tutti gli altri si mettessero dalla parte di Scott? Hanno un modo da alta società di fare i maleducati e paternalisti nel modo più aggraziato possibile. Con polo e sorrisi scintillanti che nascondono denti affilati come rasoi.

"Sadie," esclama Deke, e mi rendo conto che sto

fissando fuori dal finestrino. Il vetro riflette le linee di preoccupazione sulla mia fronte. "Rilassati." Mi posa una mano sul ginocchio e stringe.

E mi rilasso davvero, mettendomi comoda sul morbido sedile. Per essere un veicolo di utilizzo militare, gli interni sono piuttosto di lusso.

"E possiamo decisamente allenarci, se vuoi." La sua voce suona più bassa e roca del solito. Un'altra stretta del ginocchio e l'eccitazione mi divampa dentro.

"L'allenamento porta alla perfezione," dico con voce trillante. Chi se ne frega se gli amici di Scott non approvano le mie scelte di vita? Deke mi proteggerà. Una parte ribelle di me che non ho mai conosciuto sta esultando all'idea di scioccare tutti quanti al matrimonio, durante questo weekend.

E chissà, in privato potrei addirittura scioccare me stessa con il mio comportamento.

Rabbrividisco e faccio ondeggiare di nascosto il sedere.

"Hai freddo?" Deke accende un tecnologico riscaldamento per i sedili. Alza anche la temperatura dell'abitacolo e si assicura che l'aria calda soffi verso di me.

"Così va bene, grazie," dico.

"Sicura? Ho una coperta dietro." Allunga una mano dietro al mio sedile, rovista un po' in giro e poi mi porge una bottiglia d'acqua. "Ho anche portato degli snack."

"Davvero?" È spaventosamente premuroso. "Perfetto, grazie. Ritiro tutto. Non hai bisogno di allenamento." Gli sorrido. "Sei già il perfetto finto fidanzato. Molto meglio di Scott."

Deke sbuffa. "Probabilmente non è difficile. Non riesco a immaginare che quel tizio possa prestare attenzione a qualcun altro oltre a se stesso." Mette la freccia per entrare nell'autostrada che ci porterà fuori città. "Non sono affari miei, bellezza, ma cosa ci vedevi in lui?"

"Mi sto ponendo la stessa domanda. Penso di essermi messa con lui solo perché era quello che voleva mio padre. E penso che lui l'abbia fatto per legarsi appunto a mio padre."

"Nessun amore perduto, quindi?"

"No. Penso di avere tentato di credere che lo amavo, ma… sì. Non penso di essere stata innamorata. Ma non volevo creare il caos con una rottura. Quindi, quando mi ha tradita, è stato un sollievo."

"Ti ha *tradita*?" dice Deke incredulo, come se fossi una sorta di dea del sesso da cui nessun uomo potrebbe mai stare lontano.

"Sì. Ma come ho detto, ne sono stata felice. Un buon motivo per fare quello che segretamente sapevo che avrei dovuto fare due anni prima."

"Sei molto legata a tuo padre?"

"Per niente. L'opposto, ma quando mia madre se n'è andata, lui ha richiesto la mia totale custodia. Lei gliel'ha concessa, anche se avrei voluto andare con lei."

"Bella merda," dice sottovoce dopo che sono rimasta in silenzio.

"È successo tanto tempo fa. Ok, prepariamo la storia," dico mentre Deke sfreccia oltre le montagne. "Come ci siamo conosciuti? Cosa diciamo?"

"La verità. Ti ho vista nella plaza e ti ho voluta."

Arrossisco. "Hai voluto *conoscermi*."

Reprime un sorriso e dice: "Certamente."

Un fuoco si accende in mezzo alle mie gambe. Stringo le cosce tra loro e mi schiarisco la gola. "E io ti ho visto con i tuoi amici motociclisti, e anche a me è venuta voglia di conoscerti. E come primo appuntamento mi hai portato a fare un giro in moto. E poi mi hai riaccompagnata a casa, ma sei stato un perfetto gentiluomo."

"Bellezza," dice con tono che sembra sofferente. "Non raccontare questo."

"Sei un perfetto gentiluomo. E guidi una moto e il tipo di auto di cui cantano tutte le canzoni rap."

Questo gli tira fuori un vero sorriso. "Ascolti la musica rap?"

"Non tanto. Una volta pensavo che *Shawty* fosse un rapper conosciuto da tutti gli alti rapper. Ecco quanto ne so di rap."

Deke ride a lungo. Magari l'ho anche incoraggiato cantando i primi versi di *In Da Club* di 50 cent e spiegandogli che pensavo che la canzone parlasse del suo amico Shawty che festeggiava il compleanno.

"Allora questa l'abbiamo definita," dico qualche ora dopo, mentre giriamo per entrare nel resort. "Ecco la nostra storia. La raccontiamo così e andrà tutto bene." Ma quando arriviamo all'alloggio, sento il viso che mi si tende in un sorriso nervoso. Ci sono un sacco di auto eleganti che vengono sistemate dai parcheggiatori: Porche, Land Rover, addirittura una Maserati. Tanti soldi, auto veloci, gente con abiti costosi che beve troppo e finge di essere importante: ecco il mondo di mio padre. Si sfregherebbe le mani soddisfatto davanti a tutti questi potenziali contatti di lavoro. Vedrebbe questo matrimonio come un evento di networking.

Di sicuro Scott si lavorerà chiunque per tutto il tempo. Quasi lo sento mentre mi fa una lezione su come comportarmi per fare una buona impressione. Alzo le spalle fino alle orecchie, irrigidendomi in difesa al solo ricordo.

Scott voleva una moglie perfettina e ha chiarito piuttosto bene che non ero adatta a rivestire il ruolo. Ero sempre un po' fuori posto, troppo onesta, troppo bizzarra, troppo me stessa. Lui e mio padre hanno sempre tentato di eliminare le peculiarità della mia personalità. Mi hanno schiacciata, ma non sono mai riusciti a mettermi al tappeto.

Come uno zerbino.

Apro la portiera e smonto dall'auto prima che Deke venga ad aiutarmi.

"Rilassati." Mi prende per mano. "Andrà tutto bene."

"Certo," dico, ma la mia calma è finta come la nostra relazione.

∾

Deke

NON SO NEANCHE quand'è stata l'ultima volta che mi sono sentito così leggero. Sadie mi fa ridere. È dannatamente *adorabile.*

Il resort si trova ai piedi del Sangre de Cristos. Può darsi che riesca a sgattaiolare via e andare a fare una corsa. Per eliminare un po' di questa voglia repressa che ho in corpo. Vorrei correre adesso, ma Sadie è troppo agitata e sta facendo venire in superficie tutti i miei istinti di protezione. Ossia la ricetta ideale per il disastro.

Lance aveva ragione. Se Sears le si avvicina, potrei perdere la testa.

E se lo uccidessi non sopravvivrei. Rafe sarebbe costretto ad abbattermi.

Le cingo le spalle con un braccio, in segno di protezione, mentre attraversiamo la lobby. Si appoggia a me quasi inconsciamente. *Fantastico.* Quando arriviamo al banco della reception è di nuovo sorridente, un sorriso genuino e non quella orribile cosa contorta che aveva prima in viso e che si fondeva con l'odore della sua angoscia.

La mia presenza sembra alleviare la sua tensione. Magari potrei provare altri metodi per rilassarla. Se me lo permettesse. Devo vedere la cosa come un lavoro. Sono qui con una missione: essere il finto fidanzato di Sadie. Proteggerla dal suo ex. Non sono venuto per accoppiarmi con lei, nonostante il mio lupo sembri pensarlo.

"Dovremo aggiungere una stanza in più," dice al receptionist. "Avevo chiamato prima per avvertire."

"Mi spiace, signorina, siamo completi al cento per cento." Il ragazzo alla reception mi guarda e io stringo il braccio attorno alle spalle di Sadie.

Lei mi lancia un'occhiata. "Ma quando ho chiamato non avete detto così."

Resto in silenzio mentre Sadie e il receptionist cercano di risolvere la faccenda. Il mio lupo tira pugni contro la superficie per tutto il tempo. A lui non dà fastidio dividere la stanza, il letto. Cavolo, non vedeva l'ora. Ma non è lui che si deve trattenere. Per non fare sua Sadie nel momento in cui si troverà da solo con lei. Per non affondare i denti nella sua carne dal profumo dolce e marchiarla per sempre come mia.

"Deke, mi spiace." Sadie si volta verso di me mordendosi il labbro. "C'è solo una stanza."

"Bellezza. Andrà benissimo," dico, e faccio scorrere il pollice sopra al suo labbro preoccupato. Le sue pupille si dilatano e l'eccitazione impregna il suo odore. "Troveremo una soluzione," le prometto.

Ti farò fare allenamento. Ho l'uccello turgido nei jeans.

"E poi non va forse bene così? La gente non si farà domande sulla condizione della nostra relazione. Crederanno… che stiamo insieme." Mando giù quello che stavo per dire. *Sapranno che sei mia.* Il mio lupo vorrebbe gridare la notizia ai quattro venti, fino a far vibrare le pareti dell'hotel. Dovrò lavorare sodo per tenerlo a bada. Soprattutto se dormiremo nella stessa camera.

"Hai ragione. Va bene così. Perfetto. Tutto perfetto."

Disegno un leggero cerchio sulla sua schiena con il palmo della mano, mentre lei si sta autoconvincendo. Odio vederla agitata. Sospira e si volta verso di me, e le mie braccia la cingono all'istante, come se fossi stato fatto per abbracciarla. Stringo i denti e spero che il mio uccello non le infilzi la pancia. Ma quando vedo Sadie abbandonarsi addosso a me, capisco che ne è valsa la pena.

"Ti senti meglio?" le mormoro nei capelli.

"Sì. Grazie." Mi sorride, e cazzo se non voglio baciarla qui, adesso, davanti a tutti. Il problema è che non mi fermerei a un bacio.

"Sadie," mormoro, e poi i miei muscoli si irrigidiscono quando mi arriva una folata di acqua di colonia al profumo di Stronzo. O qualsiasi robaccia da vomito usi l'ex ragazzo di Sadie. Guardo oltre la testa di lei, e in effetti ecco lì Scott Sears che sculetta con i suoi bei vestitini costosi.

Una parte di me vorrebbe gettarsi Sadie in spalla e correre su per le scale, nella nostra stanza. L'altra parte di me vuole buttare Scott fuori dall'hotel. Indossa degli scarponcini da montagna che sembrano costosi, ma mai usati. Non c'è neanche una briciola di terra sopra. Quanto sopravvivrebbe effettivamente questo pezzo di merda durante una camminata nel mezzo del niente? Il mio lupo avrebbe voglia di rincorrerlo giù per la montagna per scoprirlo.

"Arriva," sussurro nell'orecchio di Sadie. "Tieniti stretta a me."

Sadie inarca le sopracciglia confusa, ma si tiene con più forza, un braccio stretto attorno alla mia vita. Io la tengo al mio fianco, sotto al braccio, e ci sta perfettamente, cavolo. Poi vede di chi sto parlando.

"Oh," dice sospirando.

"Qui fai tu." Le strofino il naso sulla testa.

"Sadie?" Scott ci vede dalla reception. Il suo sguardo rimbalza da me a lei e viceversa. Le emozioni gli velano il volto in comica progressione: sorpresa, irritazione, rabbia. Alla fine, si fermano sul finto felice. "Che bello vederti qui." Sembra rilassato e noncurante, ma non mi guarda e il suo odore resta sull'arrabbiato.

"Già, mi sono presa la giornata libera dal lavoro. Sono venuta qui con Deke." Si preme di più contro il mio corpo e mi posa una mano sul petto, rivolgendomi un sorrisino che non posso fare a meno di restituirle. "Abbiamo fatto un bellissimo viaggio in auto. Lui l'ha reso perfetto."

Scott sembra avere appena annusato la carogna di un animale. Il suo finto sorriso si attenua un poco.

"Grazie, bellezza." La stringo di più a me e abbasso la testa per inalare il suo dolce profumo. È del tutto sincera. Guarda Scott, però, e il suo odore cambia. Penso che gli faccia un po' pena.

"Spero che questa cosa non crei troppo imbarazzo tra noi," dice Sadie.

"No, no," dice Scott con voce forzata. "In realtà sto uscendo con un'altra adesso. È una modella. Cercherà di liberarsi per venire qui da me."

"Oh, è meraviglioso," dice Sadie. Non c'è neanche un briciolo di gelosia nel suo profumo. Solo sollievo.

Scott però sta mentendo. Tira fuori il telefono e lo agita. "Oh, devo rispondere," dice, anche se il cellulare non sta neanche squillando. "Ci vediamo stasera?"

"Sì." Sadie lo saluta con un gesto della mano e io la faccio virare verso la grande scalinata. Il facchino ha già portato le nostre valigie in camera.

Mentre saliamo, mi volto a guardare Scott. È piegato in un angolo, le spalle chiuse, e parla al telefono, probabilmente con un'agenzia di escort, per vedere se riesce a procurarsi una compagna per il finesettimana. Eh.

Un punto per il lupo pazzo.

CAPITOLO OTTO

Deke

LA NOSTRA STANZA è luminosa e spaziosa, con una veduta sulle montagne che si dispiegano attorno al resort. Sono sollevato. Dovrei riuscire ad allontanarmi abbastanza per tramutarmi e andare a correre per sfogare l'energia in eccesso. Spazi ristretti e troppi umani attorno mi rendono nervoso. Per non parlare della tensione sessuale.

Anche mentre penso di andarmene per fare una corsa, però, il mio lupo oppone resistenza.

Come se non volesse lasciare Sadie da sola, neanche per un minuto. L'impulso a proteggerla è travolgente.

Sto alla finestra mentre lei si muove per la stanza, disfacendo le valigie. Per essere una persona minuta, Sadie occupa dieci volte lo spazio che ci si aspetterebbe. È il suo odore, la sua energia solare e il suo sorriso. Il resto sono vestiti. Ha portato un sacco di indumenti per un viaggio di quattro giorni.

"È andata bene." Va avanti e indietro tra il bagno e la

camera, mettendo la sua roba dappertutto. Menomale che la stanza è grande. C'è un bel letto matrimoniale fatto di rustico legno che dovrebbe essere abbastanza robusto da sostenere quello che sarei capace di sfornare.

Scuoto la testa per scacciare il pensiero. Siamo nella stessa camera, ma mi comporterò da gentiluomo. Dormirò sul pavimento.

A meno che non sia lei a fare la prima mossa, ribatte il mio lupo.

"Penso che dovremmo essere a posto per questo fine-settimana. Scott dovrebbe lasciarmi in pace, con te qui."

"Sarà meglio," sbuffo. Odio sentire il suo nome sulle labbra di Sadie. Non merita il suo tempo e le sue attenzioni. *E neppure io,* ricordo a me stesso.

Sadie arriccia il naso. "Pensi davvero che abbia una nuova fidanzata?"

"No." Mi volto dalla finestra e allargo le braccia, in modo da apparire meno spaventoso.

Sadie piega le labbra e i suoi occhi si illuminano divertiti. "Pensi che stesse mentendo?"

Quanto si fida… che graziosa. Solo che gli stronzi come Scott se ne approfittano. La guardo con occhi dolci. "Bellezza."

"Oh, mi sa che non potrebbe essere così facile." Si morde di nuovo il labbro.

Si sente bussare alla porta. "Servizio in camera," dice un'allegra voce all'esterno.

Anche se probabilmente non è un pericolo, vado alla porta prima che Sadie possa arrivarci, dominato dal mio bisogno di farle da guardia del corpo.

"Sadie Diaz?" La donna sgrana gli occhi quando vede il mio petto ampio e capisce che deve alzare lo sguardo ancora di più per arrivare alla mia faccia.

"Sì," esclama Sadie dietro di me.

La donna scopre un vassoio di fragole fresche al ciocco-
lato. C'è un bigliettino che le accompagna. "Dal tuo
ammiratore segreto," dice, sorniona, facendomi l'occhiolino come se fossi stato io a mandargliele.

Dannazione. Il pensiero non mi era venuto in mente.
Ma Sadie se le merita di sicuro, anche se vengono da quel
testa di cazzo del suo ex.

"Oh," dice Sadie senza tanto entusiasmo. Mi lancia
un'occhiata dispiaciuta. "Ottimo."

Prendo il vassoio e chiudo la porta.

Sadie apre il biglietto. *"Buon soggiorno. A presto*," dice,
leggendo il biglietto ad alta voce.

Cerco di trattenermi dal ringhiare sonoramente.

"Che schifo. È tipico di Scott. Non fa lo stalker ordina-
rio. Lui butta via i suoi soldi e mi mette le app nel telefono,
e poi non mi lascia in pace neanche se ho te qui. Ovviamente sto con te, ma lui deve dare prova di essere l'uomo
più grande, con il conto corrente più pesante o qualcosa
del genere…"

"Oh. È piuttosto coraggioso. Non crede che gli strap-
perei le braccia per essersi avvicinato troppo alla mia finta
fidanzata?"

Sadie ride sommessamente e l'impacciata tensione la
abbandona.

"Ehi." Mi avvicino e le poso le mani ai lati della testa,
premendo i palmi sulle sue guance. "Lo terrò alla larga
da te."

"Grazie. Sono davvero contenta che tu sia venuto con
me. Avevo un'estrema paura di questo finesettimana, ma
adesso…"

"Adesso cosa?" Non so perché, ma la sua risposta mi
sembra importante. Addirittura fondamentale per la
missione.

Arrossisce e scrolla le spalle. "Pare che potrebbe diventare divertente."

Ho l'uccello che preme contro la cerniera. Il divertimento è decisamente anche sulla mia agenda.

Per Sadie, ovviamente. Non sono qui per me. Fa tutto parte della missione.

E se questa missione richiede di fornire a Sadie Diaz degli orgasmi che la portino a gridare, che così sia.

Sadie

Si sente di nuovo bussare alla porta. Apro e saluto il facchino, che ha portato un cestino di benvenuto da parte degli sposi. "Ricevimento di benvenuto alle cinque," mi ricorda, e lo ringrazio.

"Consegna del cestino di benvenuto." Lo poso e lo scarto. "Oh, bene, c'è una cartella con il nostro programma per il finesettimana." Lo metto da parte. Il resto del contenuto del cestino è tutta roba divertente e nomino ogni oggetto come una scema. "Abbiamo anche dello champagne e bicchieri scritti a mano." Sui bicchieri c'è scritto *Avanti con la lagna*. Jenn veniva ai nostri Mercoledì della lagna quando stava a Taos. "E una graziosa borsetta bianca con scritto *damigella della sposa*: ciabattine. Le posso mettere per la giornata alla spa." Ormai è uno sproloquio, ma Deke mi ascolta.

Mi lascio andare a un sospiro gigantesco. "Sto solo cercando di capire come andranno le cose."

"Le cose?" Deke è in piedi dietro di me e mi fa venire la pelle d'oca dappertutto.

"Questo weekend. Tutta questa cosa. Ho bisogno di un programma, Deke. Mi serve un piano."

Piega la testa di lato, gli occhi scuri che mi scrutano per un momento. Poi dice: "Ok."

"Ok?"

Agita una grossa mano. "Spiegami."

"Sul serio? Non intendi semplicemente dirmi di seguire il flusso?" Mi sembrava quel genere di persona.

"Questa è la nostra missione. Non si va mai in missione senza un piano. Ovviamente, quando le cose vanno per il verso storto, bisogna improvvisare."

Prendo la cartella e la apro. "Il nostro tema è 'Rustico romantico'," leggo ad alta voce. "L'abbigliamento è 'Chic da montagna'." Mi volto verso Deke e gli chiedo con finta serietà: "Tutti i tuoi vestiti sono da montanaro chic?"

"Non so cosa voglia dire, ma ne dubito." Storce le labbra.

Gli sorrido, sentendomi già meglio. Deke rende tutto sempre migliore.

"Beh, tutti i miei vestiti sono da montanara chic, quindi saremo a posto." Riporto l'attenzione sul programma per leggerlo con attenzione. Il letto scricchiola mentre Deke cambia posizione. Il suo peso fa affondare il materasso e quasi rotolo verso di lui. Ora siamo faccia a faccia, tanto vicini da poterci baciare.

"Sarebbero questi i vestiti da montanara chic?" mormora. Le sue dita pizzicano il mio piccolo top sportivo.

Sento il suo tocco attraverso il tessuto. Mi si strizzano le viscere. "No, questo è abbigliamento comodo sportivo."

"Non so cosa significhi neanche questo."

"Abiti eleganti per allenarsi. Ho anche un armadio pieno di abiti chic da maestra d'asilo fuori servizio. Per lo più jeans, ballerine e cardigan." Mi avvicino un po' di più a lui. Qualche centimetro ancora e gli toccherò il petto con il seno. Non che sia intensamente consapevole della cosa, eh. "Sono sicura che sei interessatissimo a tutte le mie scelte in fatto di moda."

"Forse." Il suo fiato caldo mi scalda il viso. Con il dito

segue il contorno del colletto della mia maglietta. "Ma devo ammettere che sono più interessato a quello che c'è sotto."

Mi si inturgidiscono i capezzoli. "Ah sì?" Mi sposterei ancora più vicino, ma vorrebbe dire praticamente saltargli addosso. *FALLO!* gridano le mie ovaie. Stanno agitando un cartello che dice: *PRENDITI IL PISELLO.*

"Devo confessare che questa non è la solita missione a cui mi dedico, ma sono dispostissimo a provare le sfide di natura unica che può presentare." I suoi occhi sono sorridenti.

Rido. "So che una delle sfide è gestire le mie ansie." Prendo il programma e lo getto via.

"Oh, io so cosa fare con la tua ansia," mormora.

Gli rivolgo un'occhiata interrogativa, ma si sta strofinando il viso, distogliendo lo sguardo come se non avesse voluto lasciarsi sfuggire quelle parole.

Il resto del cestino è pieno di snack e campioncini per la spa. C'è anche un biglietto di Jenn che mi ringrazia di partecipare alla giornata speciale che lei e Geoff vivranno. E inoltre un calendario personalizzato con immagini di me e loro due. Purtroppo in un sacco di foto c'è anche Scott. Bleah.

"Non sono mai stato a un matrimonio," mormora Deke. "È una cosa tipica questa?"

"Purtroppo sì. Il costo medio di un matrimonio è trentamila dollari." Jenn e Geoff stanno decisamente spendendo molto di più.

"Cristo. Intendi farlo?" Agita una mano indicando il cestino.

"Ehm, cosa? Usare i campioncini della spa?"

"Sposarti. Spendere trentamila dollari per un matrimonio."

"Uhmmmm." Il mio cervello va in cortocircuito.

"Voglio sposarmi. Un giorno. Voglio dei bambini. E mio padre probabilmente insisterà per un grosso matrimonio elegante, per scopi lavorativi."

"Fanculo tuo padre," dice Deke con una tale disinvoltura che vorrei registrarlo, in modo da poterlo riascoltare di continuo. "Fregatene di lui. Tu cosa vuoi?"

Improvvisamente ho questa immagine di me e Deke in cima a una montagna, per mano. Io indosso un grazioso ma semplice vestitino estivo bianco e lui porta i soliti abiti. Dietro di noi ci sono le mie amiche e i compagni motociclisti di Deke, che applaudono. Il celebrante è Rafe, e dopo che io e Deke ci baciamo, andiamo tutti verso dei tavoli da picnic per un barbecue. Semplice. Casual. Bellissimo. Lo sento con un fortissimo senso di desiderio. E improvvisamente ho le lacrime negli occhi, perché è tutto ciò che voglio.

Ah, troppo appiccicosa. Deke ha detto che non è interessato a una relazione. Per me sarà solo un'avventura. Solo un'avventura.

"Preferirei qualcosa di più semplice," sussurro. "All'aperto. Qualche amico, magari mia madre. Un celebrante e un picnic a seguire. Tutto qua." Prendo a due mani il coraggio e chiedo: "E tu? Qual è il matrimonio dei tuoi sogni?"

"Non mi sposerò mai," dice. E i miei sogni muoiono con un leggero e triste suono di trombone. "Non è roba per me, bellezza."

"Ok, capito." Inizio a raccogliere la roba del cestino. *Questo non è un appuntamento*, ricordo a me stessa. Però mi ha baciata. Forse potrebbe essere la mia guardia del corpo con dei vantaggi aggiunti. Solo per il finesettimana.

Mi fermo con lo champagne in mano e mi chiedo se aprirlo o meno, ma è un po' presto per bere. Non voglio andare al ricevimento di benvenuto barcollando.

"Sadie," mormora Deke.

"Sì?" rispondo, ma non lo guardo.

"Il sogno con la staccionata bianca e i bambini non è per me."

Mi acciglio, perché lo sento di nuovo triste. Sto per chiedergli *perché no*, quando il telefono accanto al letto suona. Allungo una mano e prendo la cornetta.

"Sadie! Sei qui!" grida la sposa nel mio orecchio. Si sentono dei gridolini di sottofondo. Jenn deve essere con le altre damigelle, e devono avere già iniziato con lo champagne.

"Appena arrivata." Mi siedo sul letto.

"Vieni giù!" grida Jenn. "Siamo nella stanza 404."

"Ehm…" Lancio un'occhiata a Deke. L'ultima cosa che voglio è lasciare Deke da solo e andare a una festa con gli invitati. Mi sento un po' in colpa al riguardo: il matrimonio è il motivo principale per cui mi trovo qui. "A dire il vero sono un po' stanca. Ci vediamo al ricevimento?"

"Ok, va bene. Se tu e Scott riuscite a staccarvi l'uno dall'altra…" Ridacchia. Qualcuno di sottofondo esclama qualcosa che non capisco bene.

"A dopo." Saluto velocemente e riaggancio. Merda. Devo dire a Jenn che non sto più con Scott. Mi sa che era troppo sperare che Scott lo dicesse a Geoff e che la cosa arrivasse così alle orecchie di Jenn.

Gemo e mi lascio cadere indietro sul letto, con le mani che mi coprono la faccia. È troppo chiedere che tutto venga annullato in modo che possa restare in camera a sedurre Deke? A scavalcare i suoi muri e arrivare a conoscerlo meglio?

Arrivare a conoscere il suo pisello, mi incitano le mie ovaie. "Arrrrrrghhh."

"Va tutto bene?" mi chiede Deke.

"Questa roba mi sta stressando a morte. Posso gestire

ventotto bimbetti urlanti, ma le formali questioni sociali mi ricordano troppo la sofferenza subita durante i cocktail party di mio padre, da bambina. Preferirei di gran lunga restarmene rintanata qua dentro con te."

Gli occhi di Deke luccicano di verde. "Ah sì?" Avanza verso di me con passo felpato da predatore. Ok, bene. Può darsi che su questo siamo d'accordo.

Sì! Sì! Le mie ovaie sono in tenuta da cheerleader e agitano dei pompon.

"Può darsi che abbia in mente un modo per alleviare il tuo stress." La sua voce è bassa e allusiva, ma dal modo in cui mi guarda in viso in attesa della mia reazione, capisco che mi sta mettendo alla prova. Non è sicuro.

"Può darsi che io abbia bisogno dei tuoi servizi." Mi metto in ginocchio sul letto e alzo la bottiglia di champagne, come suggerimento.

"Bellezza." All'improvviso sono stesa con la schiena sul materasso e i polsi bloccati ai lati della testa. Deke mi prende la bottiglia di champagne dalla mano e la posa sul comodino.

Deke! Deke! esultano le mie ovaie.

"Ecco come andranno le cose," mi spiega. Il suo viso è sospeso a pochi centimetri dal mio. Sento il suo alito che sa di menta. "Ti spoglierò nuda, ti legherò al letto e ti leccherò la fica fino a farti gridare. E dopo che mi sarai venuta sulla lingua almeno una dozzina di volte, scenderemo a quella festa e faremo quello che dobbiamo fare. Ti pare un buon piano?"

Vengo.

Sul serio. È tutto quello che mi basta. L'oscura promessa di Deke fa contrarre il mio sesso e un'ondata di piacere mi arriva in mezzo alle gambe.

Ho realmente i denti che battono mentre bofonchio: "Mi piace il tuo piano."

Il suo sorriso è ferino. "Brava ragazza."

Deke mi sfila la maglietta dalla testa. Improvvisamente mi si mozza il fiato in gola, lo shock e l'eccitazione si mescolano trasformandomi in un ammasso tremante e fremente di nervosismo.

"Deke..." In realtà non ho altro da aggiungere alla frase. Mi sa che sto dicendo il suo nome solo come vocativo. Perché è appena salito al livello di un dio del sesso, e ancora non sono neanche nuda.

Deke usa due dita per afferrare le spalline del reggiseno e le abbassa dalle spalle. Sfilo le braccia e poi mi copro i seni mentre lui tira giù le coppe. Sento i capezzoli fremere, i seni sodi e carichi di desiderio.

"Mmm. Bellissima," mormora Deke, fissando i miei capezzoli che appaiono tra le dita. Copre le mie mani con le sue, aiutandomi a massaggiare e stringere i seni. Sono già bagnata per lui. Mi dimeno sotto al suo grosso corpo, desiderandolo più vicino. Fa ruotare la fascia del mio reggiseno e lo slaccia, poi me lo sfila di dosso.

"Mi piace come ti tocchi, Sadie, ma ora dovrai darmi quei polsi." Solleva il mio reggiseno e capisco cosa intende fare. Un altro mini-orgasmo mi attraversa mentre gli tendo le mani, unendo i polsi.

"Brava ragazza." Mi avvolge il reggiseno attorno alle braccia e le lega. Lo vedo scrutare velocemente la testiera del letto – una cosa rivestita di stoffa e addossata alla parete – e smontare dal letto. In un lampo si è levato un laccio dallo scarpone e l'ha fatto passare attraverso il reggiseno che mi fa da manette e poi dietro alla testiera, da qualche parte. Stacca il letto dalla parete – con tanto di me sopra – come se non pesasse niente, e in un'altra frazione di secondo mi trovo con i polsi tirati sopra alla testa mentre lui fissa il laccio a qualche punto del letto.

Sono incredibilmente eccitata dalle sue rapide doti di

sopravvivenza. Non che legare una donna a un letto sia una dote di sopravvivenza, ma le Forze speciali in lui sono evidenti, e la cosa è eccitantissima. Quando mi ha legata per bene, si concede un lungo momento per osservarmi. Le palpebre calano e un leggero rombo gli risuona nel petto.

Mi muovo, cercando di attirarlo a me. Il suo sguardo si posa sui miei capezzoli duri e mi monta sopra, abbassando la bocca su uno di essi. Ci fa passare sopra la lingua. Lo graffia leggermente con i denti. Preme il palmo con fare possessivo sul mio seno e sposta la bocca dall'altra parte.

È delizioso. Il paradiso. Non ero mai stata toccata in questo modo da un uomo. È così aggressivo, eppure infinitamente più attento di qualsiasi altro amante abbia mai avuto.

Afferra l'elastico dei miei pantaloni e li abbassa, levandomeli e lasciandomi con nient'altro che un provocatorio paio di mutandine addosso. Sono contentissima di essermi messa queste.

"Mmm," mormora, facendo scivolare un dito sotto alla stoffa e spostandolo in mezzo alle mie gambe. "Molto carine, Sadie."

Un gemito mi sfugge dalle labbra.

"Le hai indossate per me?"

Mi si strizza il sesso. "S-sì."

I suoi occhi luccicano di verde e inspira profondamente attraverso le narici, quasi come se stesse cercando di controllarsi. "Cazzo, Sadie." Si stringe il sesso attraverso i jeans. "Hai un lato malizioso, eh?"

"Mmm mmm." Altra strizzata. Tiro contro le mie manette solo perché voglio toccarlo, portare avanti più velocemente la cosa.

Fa scorrere le nocche sulla stoffa umida delle mutandine, facendomi bagnare ancora di più per l'eccitazione.

"Sì," gemo. "Ti prego."

"Ti prego? Che dolcezza." Le mutandine praticamente mi volano via dalle gambe.

Stamattina con la rasatura mi sono creata una pista di atterraggio, e la vista dell'acconciatura fa ringhiare Deke. "L'hai fatta per me, questa?"

"Sì," ammetto.

"Cazzo, Sadie." Deke mi allarga le ginocchia e mi lecca dall'ano al clitoride.

Grido e tiro contro il reggiseno che mi lega. È bello… bellissimo! Ma non ero mai stata leccata in modo così intimo. È imbarazzante. E incredibile. Mi penetra con la lingua, poi mi allarga le grandi labbra e lecca di nuovo il clitoride.

"Oooh, oh!" gemo. "Deke."

"Così, piccola. Di' il mio nome quando ti faccio venire." Fa scattare ripetutamente la lingua sul clitoride. È meraviglioso, ma molto presto non mi basta più. Alzo le anche per averne ancora.

"Allarga di più le gambe, piccola."

Le allargo. Le allargo fino a dove ho imparato con le mie lezioni di danza classica da bambina.

"Ne vuoi di più?" In qualche modo mi legge nel pensiero. Con mio estremo shock, dà un paio di forti schiaffi al mio sesso. Non fa male, ma mi sorprende. "Ti piace che ti sculacci la fica?"

Oh. Mio. *Dioooo.*

Vorrei coprirmi il viso con le mani. Perché mi piace, sì. Mi piace un sacco. Davvero tantissimo. Come fa a saperlo?

"Deke!"

Mi dà qualche altro leggero colpo, facendomi impazzire, poi riabbassa la bocca e mi lecca e succhia dappertutto in mezzo alle gambe.

"Deke, oh, ti prego." Ho un disperato bisogno di raggiungere il culmine, adesso. È bellissimo.

Trova il posto giusto e succhia con forza. E vengo, le gambe che si agitano con forza, il pube che ruota e oscilla, mentre il mio canale si stringe attorno a nient'altro che aria.

"E questo è uno."

Sgrano gli occhi. Diceva sul serio quando parlava di molteplici orgasmi?

Non posso negare che la scena sia super sexy: sono completamente nuda, legata al letto, e lui è ancora completamente vestito. L'uomo al comando.

Deke mi slega i polsi e si lascia cadere accanto a me, poi ci fa rotolare entrambi sul fianco. Sono addossata a lui, le mie piccole gambe intrecciate alle sue, enormi.

"Apri le gambe, piccola," mi ordina. La sua mano si sta già infilando lì. *Sì!* Dondolo ancora le anche per accoglierlo. Posa la mano sul mio sesso pulsante. Un dito sfrega contro l'ingresso mentre il palmo struscia sul clitoride. Gli bagno immediatamente le dita con il mio lubrificante naturale, evidente segno della contentezza del mio corpo. Le sue dita sono grosse, ma lui si lavora l'ingresso.

"Deke." Sono travolta da un'improvvisa ondata di eccitazione. Il suo fiato caldo mi accarezza l'orecchio e le sue anche strusciano contro il mio sedere. Il suo rude dito trova il mio clitoride e mi sento attraversata da una scossa di piacere. La sensazione è così dolce da fare quasi male. Grido e ruoto le anche, cercando di staccarmi e girarmi, ma Deke mi copre in parte con il suo corpo e il suo braccio è d'acciaio, irremovibile. E i suoi polpastrelli che si fanno strada tra le pieghe del mio sesso sono morbidi. Il dito indice si muove sul clitoride e poi scende più giù, inserendosi dentro di me insieme al medio.

Oh! Ecco di cosa avevo bisogno. Una penetrazione. Grido di piacere, abbassando una mano e afferrandogli un polso per spingerlo più a fondo.

"Cazzo, così. Prendilo, Sadie. Prendi quello che ti do. Prendi tutto quello che ti serve."

È bellissimo. Mi arrendo, permettendo al piacere di crescere e crescere, il fuoco nella mia pancia che diventa sempre più incandescente.

"Deke!" Il mio grido risuona allarmato, ma se ho paura è solo perché non avevo mai provato un tale piacere.

"Prendilo, Sadie." Il fiato di Deke mi soffia sull'orecchio, quasi come se fosse torturato quanto me.

Le stelle mi si accendono dietro agli occhi. Vengo di nuovo, annaspando tra le braccia di Deke. Non mi permette di muovermi e continua a strusciare il palmo contro il punto giusto, proprio lì, inseguendo l'orgasmo. Le mie gambe si agitano sopra alle coperte e mi dimeno tra le sue braccia, ma lui mi tiene stretta, facendomi sentire il piacere nella sua espressione più squisita. E quando svanisce, sono ancora tra le braccia di Deke, accoccolata e al calduccio.

In totale beatitudine.

Sono madida di sudore. I capelli sono arruffati nel modo migliore: fantastici capelli da sesso. Mi alzo dal letto e vado allo specchio, dove posso fissare la dea dagli occhi luminosi che sono diventata. Ho le labbra gonfie e schiuse, le guance arrossate dall'orgasmo.

Deke mi segue, un'ombra scura alle mie spalle. Mi appoggio al suo petto e lui mi cinge con un braccio, stringendomi a sé. Mi ha fatto andare fuori di testa a letto, e non si è neanche levato i jeans.

I suoi occhi scuri danzano nello specchio. Il suo sussurro mi solletica l'orecchio. "Ti senti meglio?"

"Oh sì." Mi giro e gli poso le mani sul petto. "E tu?"

I suoi occhi sembrano cambiare colore, come fanno a volte: da castano a verde. Con espressione sofferente, fa un passo indietro, staccandosi da me. "Io sto bene così."

Cerco di non essere delusa che non sia interessato ad avere qualcosa in cambio.

Questo non è un appuntamento.

L'unica cosa che mi lascia confusa è la dimensione del rigonfiamento che ha nei jeans.

~

Deke

OH, cazzo.

Ho le palle gonfie come due meloni. E sono del tutto disposto a soffrirle così, per poter offrire a Sadie la maggiore soddisfazione possibile. Cavolo, sopporterei ogni tortura immaginabile per assicurarle conforto e agio durante questo finesettimana.

Ma sarebbe molto più facile se lei non sembrasse ferita dal fatto che non ho accettato la sua offerta di ricambiare il favore.

Cioè... cazzo! Se solo sapesse quanto lo vorrei... Darei entrambe le mie palle per avere la sua manina avvolta attorno all'uccello. Oppure quelle dolci e morbide labbra. Ma il mio lupo sta diventando aggressivo.

Sembra sopraffatto dall'idea che Sadie mi appartenga. Che *ci* appartenga. Vabbè.

Il che significa che il bisogno di marchiarla sta iniziando a far vacillare il mio autocontrollo.

Al mio lupo non frega un cavolo che non possa marchiarla.

Non gliene frega niente che l'accoppiamento sia una cosa off-limit per tutti i membri della squadra speciale di mutanti, e in particolare per me. Non sono neanche lontanamente sicuro per un'umana. Rabbrividisco. Il pensiero

di poter realmente fare del male a Sadie se il mio lupo otte-
nesse il controllo mi riempie di paura vera.

E il mio lupo in risposta ringhia in maniera protettiva.

Ora devo scendere al piano di sotto e interagire con
una stanza piena zeppa di umani mentre il mio lupo è più
imbestialito che mai. Guardo fuori dalla finestra, cercando
di capire se ho un po' di tempo per uscire là fuori e
tramutarmi.

Ma no, Sadie ha bisogno di me. E lei è la mia priorità
adesso.

Devo affrontare questa folle tradizione umana del
matrimonio e tenere a bada il mio lupo. E pronunciare
frasi intere quando parlo. E apparire presentabile.

Visto che faccio parte di una squadra che ha fatto
saltare per aria interi regimi per ordine del presidente,
questa missione dovrebbe essere una passeggiata. Perché
allora mi sembra l'operazione più difficile che abbia mai
affrontato?

Perché non mi ero mai interessato così tanto a una
missione.

Ecco cosa mi fa Sadie.

Quando si tratta del pericolo, di eliminare nemici, è
tutto a posto. Anche quando perdo il controllo del mio
lupo, tutto ha comunque un senso. Il lavoro viene eseguito,
anche se con maggiore spargimento di sangue del previsto.
Ma in questo caso il mio lupo potrebbe fare del male a
Sadie se perdessi il controllo, e la marchierebbe. Potrebbe
addirittura ucciderla. Le umane sono creature fragili. Un
taglio sull'arteria e...

Cazzo, non posso neanche pensarci.

E poi c'è il problema dell'ex. Penso di avere il controllo
su di me, ma se il mio lupo credesse di vedere Sadie in
pericolo, anche leggermente, il risultato potrebbe essere
letale.

Mi schiarisco la gola mentre Sadie gironzola per la stanza. "Posso usare la doccia?"

"Sì, certamente. Vai pure." Mi rivolge il genere di sorriso che potrebbe illuminare la stanza, e il mio cuore fa le capriole.

Mi costringo ad alzarmi, entrare in bagno e levarmi i vestiti. Mi sentirò meglio dopo una bella sega pensando alla mia meravigliosa…

No, non è mia.

Non è la mia meravigliosa niente.

È una missione. Una missione che non manderò all'aria.

Apro l'acqua completamente fredda e mi metto sotto al getto ghiacciato. Qualsiasi cosa pur di alleviare la voglia che mi pervade. Ma l'acqua non intacca minimamente la bollente eccitazione del mio corpo. Mi porto le dita – quelle ancora ricoperte dal suo odore – al naso e inspiro a fondo. L'uccello si rizza di scatto. Lo afferro con decisione e inizio a farmi una sega ricordando i suoni meravigliosi che le sono usciti di bocca mentre la facevo venire.

Dolce Sadie.

La mia bellissima umana.

No, non è…

Mia, ringhia il mio lupo.

E glielo lascio fare. Solo per un momento. Perché le luci stanno già danzando dietro ai miei occhi e le cosce hanno già iniziato a fremere. Tengo dentro il ringhio che mi sale dalla gola e vengo sopra alla parete.

E dannazione, mi sento solo marginalmente sollevato.

Il bisogno di Sadie Diaz mi sta consumando.

CAPITOLO NOVE

Sadie

MI METTO un vestito e un paio di scarpe con i tacchi per andare alla festa. Una volta domati i miei capelli e indossate le perle sembro più presentabile, ma le guance sono ancora arrossate per gli orgasmi. Deke indossa una maglietta pulita e un nuovo paio di jeans neri. Si infila sopra alla maglietta una camicia a maniche corte, che lascia sbottonata. Penso che questa sia la sua versione di eleganza. Con la sua grossa stazza e i tatuaggi, riesce comunque ad apparire in tutto e per tutto pericoloso come quando è vestito di pelle. Non mi lamento. Deke assomiglia al fratello più selvaggio e più pericoloso di James Dean, e la cosa ha degli effetti su di me. I capezzoli sono duri sotto al corpetto del vestito, quindi ci aggiungo un bel cardigan per coprirmi meglio.

Diversa gente si volta a guardarlo quando ci intrufoliamo tra i membri di mezz'età della famiglia di Jenn e

Geoff. Ignoro le sopracciglia inarcate e vado verso l'angolo, dove la sposa sta tenendo banco.

"Sadie!" grida Jenn allargando le braccia. Il bicchiere di champagne nella sua mano si inclina, ma è pieno solo per metà.

"Sei radiosa," dice sua sorella Brigit annaspando. Le altre amiche damigelle, mezze brille, si girano a guardare.

"Eccoti," dico a Jenn abbracciandola. Ci stacchiamo sfiorandoci con due baci sulle guance. "Sei bellissima."

"Anche tu!" cinguetta Jenn. Ha un diamante gigantesco e accecante al dito. Mi meraviglio con una serie di 'oh' e 'ah' per l'anello di fidanzamento. Dev'essere costato più della sua Jeep Wrangler.

"E tu chi sei?" chiede Laura, la cugina più grande di Jenn, rivolgendosi a Deke. Laura non è una damigella, ma dall'espressione ammirata con cui lo sta guardando è evidente che apprezza quanto me le sue ampie spalle.

"Oh." Faccio un passo indietro e poso la mano sul braccio di Deke, facendo capire che è mio. "Ragazze, lui è Deke. Il mio accompagnatore per il finesettimana." Ho ripetuto la frase più volte mentalmente. Non è un fidanzato, non è un amico, non è un compagno. Ma 'accompagnatore' rende l'idea.

"Ciao, Deke," dicono le donne in coro, scambiandosi delle occhiate eloquenti.

Brigit mi dà una gomitata, ammiccando con le sopracciglia in segno di approvazione.

Jenn si schiarisce la gola. "Champagne?"

Prendo un bicchiere e Deke rifiuta.

"Congratulazioni," dice a Jenn con tono burbero, facendola arrossire contenta.

"Grazie. Come hai conosciuto Sadie?"

Apro la bocca, agitata. Prima che dica qualcosa a caso, Deke mi posa una mano dietro alla schiena, sostenendomi.

"Ci siamo incontrati a Taos, sulla plaza. Il destino ci ha messi insieme," risponde. Si guarda attorno, come a sfidare chiunque a contraddirlo. "Doveva succedere."

Le damigelle sbavano all'unisono.

Qualcosa mi stringe il petto. Il desiderio che sia tutto vero e non una frottola inventata.

"È meraviglioso." Brigit mi fa l'occhiolino. "Wow," dice con il solo movimento del labiale. Annuisco e sorseggio il mio champagne serenamente, mentre Deke sta dietro di me, il mio forte e silenzioso sostegno.

Appena ne ha l'occasione, Jenn mi tira in disparte. "Sadie, scusa. Pensavo che stessi ancora con Scott."

"No, non fa niente. Ci siamo lasciati da un po'. Non volevo darti scocciature mentre stavi programmando il matrimonio," dico. "Mi spiace. Mi sa che speravo che te lo dicesse Geoff."

"Oh, cara, figurati. Non intendevo dare per scontato che stessi con Scott. Vi ho messi in coppia per l'intera cerimonia. Oh no," si porta la mano alla bocca. "Siete nella stessa stanza?"

"No, ho chiamato l'hotel e mi sono fatta dare una camera da sola," le assicuro. "Va tutto bene. Non ti preoccupare per me. Questo è il tuo fantastico weekend."

"Lo so!" squittisce, e allarga le braccia. Il bagliore del diamante che ha al dito le balza all'occhio e tiene la mano sospesa, ammirando con sguardo adorante l'anello.

Cerco di non preoccuparmi dei diversi sentimenti che provo all'idea di Scott che mi accompagna all'altare. Ma poi guardo Deke e non mi interessa più niente.

A qualche metro di distanza, il gruppetto di damigelle erompe in una risata. Mi giro a guardare e vedo lì Deke, la sua forma torreggiante sopra alle allegre donzelle. I suoi occhi sono su di me, non su di loro. Come se fosse pronto ad accorrere e proteggermi in caso Jenn mi aggredisse improvvisamente, o qualcosa del genere. Annuisce e io gli sorrido, sentendo un calore dentro di me.

Deke è qui. Andrà tutto bene.

∾

Deke

MI ARRIVA una folata di acqua di colonia al profumo di Stronzo e reprimo un colpo di tosse.

Mi allontano dalle donne brille senza dire una parola. Una di loro mi grida: "Torna presto!" Come se potessi mai guardare un'altra mentre sono qui con Sadie.

Mi avvicino a Sadie e la cingo con un braccio. "Mi sei mancata, bellezza," mormoro, e l'umana a cui sta parlando – la sposa – mi rivolge un ampio sorriso.

"Oh, anche tu," mi dice.

"Siete così carini insieme," sospira la sposa. "A proposito, ora che ci penso sarà meglio che vada a vedere cosa sta combinando il mio uomo. Ci vediamo a cena?"

"Sì," conferma Sadie, e io mantengo il viso impassibile. Immagino che dovremo mangiare prima o poi, ma il mio lupo è già nervoso in questo posto confinato. Ci sono troppe persone qua dentro. Troppo rumore. Il mio lupo vuole che trascini Sadie di sopra e banchetti invece con la sua fica.

La sposa se ne va e Sadie mi dà una gomitata al fianco. "Hai visto?"

Intende Scott e la sua nuova bambolina. "Sì."

"Oh mio Dio," sussurra. "Sta davvero uscendo con un'altra."

"Oppure si paga la compagnia."

Sadie arriccia il naso. "Sul serio?"

"Già."

Ride, e il mio lupo se la tira un po'. Sono contentissimo che non gliene freghi un cazzo di quel tizio.

Dall'altra parte della stanza, Scott ci vede e si dirige verso di noi. Tiro Sadie più vicina a me. "Cos'ha alle labbra? Sembra che l'abbia punta un'ape."

"Non sono naturali. C'è lo zampino di qualche riempitivo," sussurra Sadie.

Sorseggia il suo champagne, guardando furtivamente il suo ex che si avvicina. "Non posso credere che abbia chiamato un'accompagnatrice. Almeno non ha la metà dei suoi anni. Bleah, ma cosa ci vedevo in Scott?"

"Non ne ho la più pallida idea."

"Sadie." Scott finalmente arriva davanti a noi. Mi chiedo brevemente se Sadie si infastidirebbe, nel caso gli levassi il sorriso dalla faccia con un pugno. "Vi presento Elana."

Elana mi squadra dalla testa ai piedi e si mette in modo che possa ammirare la sua scollatura, mentre mi offre la mano. "Deliziata," dice con voce roca.

Faccio un cenno di saluto con la testa a Elana e lascio che Sadie le stringa la mano.

"Piacere di conoscerti," dice Sadie dolcemente. "Avrai saputo che io e Scott ci siamo lasciati da un mese. Sono felicissima che abbia trovato qualcuno."

"Tu perdi e io ci guadagno," dice Elana.

"Decisamente." Sadie sembra sollevata. "Solo per avvisarti: la sposa pensava che io e Scott stessimo ancora insieme, quindi siamo in coppia durante la celebrazione. Ma Scott è tutto tuo." Sadie alza le mani in direzione di Scott, come se lo stesse spingendo via. "Non lo voglio *per niente al mondo*."

"Capito," dice Elana.

"Bene! Possiamo tutti comportarci da adulti. Non voglio che la situazione si faccia imbarazzante."

"Oh, penso che potremo andare tutti d'accordo." Elana mi fa l'occhiolino.

Sadie la nota e mi si avvicina di più.

È adorabile. Sta dichiarando che sono suo. Potrà anche non sembrare una femmina alfa, ma ne ha le potenzialità.

"Qualsiasi cosa faciliti le cose a *Sadie*," dico, mettendo tutta l'enfasi che posso sul suo nome. "Lei è la mia priorità."

"Oh, che dolce," dice Elana, e poi si volta verso Sadie. "Pare che tu te ne sia accaparrata uno buono."

"Sì. Ehi, volete dello champagne?" Sadie fa segno a Brigit perché porti un bicchiere a Elana.

"Assolutamente sì." Elana si illumina. "Adorerei un bicchiere."

Scott resta lì impalato con mezza smorfia in viso. Se sperava di vedere Sadie ed Elana azzuffarsi, gli è andata male.

"Ai matrimoni," brindano Sadie ed Elana, facendo tintinnare i loro bicchieri.

"Come state?" Una donna profumatissima si avvicina e si inserisce nel gruppo. Accanto a me, Sadie si irrigidisce.

"Sadie, sei tu?" La donna è di mezz'età, con i capelli biondo platino. Si china per invitare Sadie a darle un bacio sulla guancia e un'ondata del suo profumo eccessivamente intenso quasi mi manda k.o. Abbasso la testa e mi giro un po'. Vorrei affondare la faccia tra i capelli di Sadie, in modo da inalare dell'aria pulita. Il mio lupo piagnucola.

"Signora Atkins," dice Sadie con educazione. Bacia la donna sulla guancia e si tira indietro, tornando accanto a me. Le prendo la mano e gliela stringo.

"Oh, chiamami Lacy, sei praticamente un membro della famiglia. E Scott, eccoti qua." Lacy fa segno a Scott e prende un bacio anche da lui. "E questa chi è?" Scruta prima Elana e poi me.

"Lacy, lui è Deke. Il mio compagno per il finesettimana," dice Sadie. "Deke, lei è la madre di Jenn."

Scott segue immediatamente, presentando la sua accompagnatrice.

Lacy si acciglia. "Oh, non state più insieme? Che peccato, Sadie, lasciarti scappare così il nostro Scott!" Dà una pacca sul petto a Scott. "Volevo assicurarmi che avessi un posto in prima fila per il lancio del bouquet. Pensavo che voi due sareste stati i prossimi."

Sadie si sta irrigidendo. La voce di Lacy è forte quanto il suo profumo, quindi ci sono altri ospiti che si stanno voltando a guardare. Sbatto le palpebre per evitare che mi lacrimino gli occhi.

"Cosa sta succedendo?" Un uomo alto e magro con un'espressione annoiata permanentemente stampata in faccia si avvicina. Si ferma accanto a Lacy, che si gira per informarlo. "Ricordi Scott e Sadie, George? Questi sono i loro nuovi compagni."

L'uomo si gira verso di me. "Che lavoro fai?"

"Sicurezza." Tengo la mia mano stretta su quella di Sadie. Tanto questo tipo non si offre di stringermela.

"Sei la guardia del corpo di Sadie?" L'uomo riesce a guardare un po' più giù rispetto al suo naso, scrutandoci dall'alto, anche se è più basso di me.

"No, anche se potrebbe esserlo," dice Sadie con una finta risata. Posso sentire l'odore della sua tensione. "Era nell'esercito, e ora è proprietario di un'agenzia che si occupa di sicurezza."

"Ah, una start-up," dice l'uomo con poco interesse.

Scrollo le spalle. "Se contratti multimiliardari con il governo si possono definire una start-up."

L'uomo strabuzza gli occhi.

"Ho trenta dipendenti in tutto il mondo." Odio dare informazioni, ma lo faccio per Sadie. Nessuno la farà sentire piccola. In questa stupida gara a chi ce l'ha più lungo, le dimensioni hanno importanza. Le dimensioni della nostra società.

George mi scruta con improvviso interesse e rispetto.

"Trenta dipendenti? Non lo sapevo," dice Sadie, guardandomi impressionata.

Lacy socchiude gli occhi. "Non lo sapevi?"

"Ci siamo appena conosciuti." Sadie è sulla difensiva, e vorrei poterle dire di rilassarsi. Questa gente non ha importanza.

"Tuo padre lo sa?" chiede George a Sadie, e lei preme le labbra tra loro. Non so perché il commento la disturbi, ma decido che più tardi lo scoprirò. E mi segno anche mentalmente di dare una controllata ai libri paga di George, per vedere se ha qualcosa da nascondere. Così, dovesse farla innervosire di nuovo, potrò dargli il benservito.

"Col signor Diaz vado ancora a pranzo ogni mese," si intromette Scott. "Mi ha fornito delle informazioni preziosissime riguardo al progetto Denson." Lui e George iniziano a parlare di permessi e zonatura mentre noi altri restiamo impacciati ad ascoltare.

"Avete guardato il programma?" chiede Sadie a Lacy, in un tentativo di cambiare argomento. "Ci sono un sacco di divertimenti a disposizione in questo resort. C'è addirittura una teleferica!"

Elana sembra annoiata. Lacy si rivolge a me. "Immagino che non avrai voglia di venire con me a lezione di yoga al mattino. È fuori sul molo inferiore."

Wow. Questa non me l'aspettavo. La *cougar* è pronta ad andare a caccia.

"Oh, non sono sicura che sia una cosa adatta a Deke," dice Sadie cercando di salvarmi. Le stringo la mano.

"Se Sadie vorrà, sarò felice di unirmi."

"Sicuro?" chiede Lacy, facendomi capire che si tratta di un test. "È la mattina presto."

Scrollo le spalle. "Non potrà essere certo peggio dell'addestramento di base."

"Ah sì, sei un soldato. Di che settore?"

"Esercito, signora," dico. "Forze speciali."

"Beh, almeno sai che la disciplina non gli manca," dice a Sadie, con voce venata di apprezzamento.

Sì. Abbastanza disciplina da trattenermi dal gettarmela in spalla e portala di sopra nella nostra stanza.

"E mi piacerebbe un sacco avere un uomo in uniforme." Lacy raddrizza la schiena in un modo che le fa spingere in fuori le tette. "Piacere di averti conosciuto, Deke. Non vedo l'ora di vederti domattina."

"Bene, ascoltatemi tutti," chiama Brigit dall'altra stanza. "Posso avere la vostra attenzione? La sala da pranzo è pronta per dare inizio alla nostra festa."

La gente inizia a uscire dalla stanza, ma io e Sadie restiamo indietro. Non lo do a vedere, ma sono tesissimo. L'ultimo posto dove voglio andare è un locale ancora più stretto, insieme a tutta questa gente. Era un sacco di tempo che non pronunciavo tante parole tutte insieme con degli umani, e il mio lupo ha una voglia disperata di scopare o combattere per alleviare la tensione.

"Oh mio Dio," mormora Sadie. "Che orrore. Mi spiace un sacco."

"Bellezza." È davvero dolcissima. Non voglio che si preoccupi per me. Voglio anzi che la smetta del tutto di preoccuparsi.

Mentre iniziamo a seguire gli altri verso la sala da pranzo, mi tira in un corridoio laterale. È poco illuminato da qualche applique a parete che devono essere solo decorative, perché il risultato è pessimo e non si vede niente.

"Stai bene? So che non ti piace la calca."

Resto immobile. "L'hai notato?" Cazzo, non sto facendo un buon lavoro come avevo sperato, con questa missione.

Annuisce, e i suoi caldi occhi castani mi scrutano con profonda compassione. "Si tratta di PTSD?" mi chiede sottovoce.

Mi passo una mano sul viso. "Sì." Facciamola passare così. Odio mentire, ma dire a Sadie che sono un lupo mannaro che non è capace di tenere a bada il suo animale non è ovviamente possibile.

Prova una porta e la apre. È una sala riunioni, buia e vuota. "Vieni qui." Mi tira dentro.

"Sto bene, bellezza." Odio che ora si stia preoccupando per me. Dovrei essere io a farle un favore. Ma poi mi sbottona i jeans e un'eccitazione improvvisa mi esplode sotto alla vita.

"Lascia che ti aiuti ad alleviare la tensione." Si inginocchia e perdo ogni facoltà di pensiero razionale. "È il minimo che posso fare dopo quello che tu hai fatto a me."

"Sadie," dico con voce strozzata, ma le mie mani sono già tra i suoi capelli scuri. Sono incapace di dirle che non è tenuta a farlo. Di rifiutarle il piacere che mi sta offrendo tanto generosamente.

Libera il mio sesso e sorride mentre me lo prende in mano. Non avevo mai visto niente di tanto bello in vita mia.

Fa con calma, facendo roteare la lingua attorno alla cappella. La mia schiena sbatte contro la parete dietro di me con un tonfo. Le mie gambe iniziano a tremare. L'eccitazione mi scorre ovunque.

Miracolosamente, non sento quella folle aggressività

che provavo prima, quando ero sopra di lei. La sensazione che i canini stessero per scendere a marchiarla per sempre come mia. Il mio lupo sembra disposto a ricevere e basta.

L'intero momento è un dono.

Il cuore batte forte sotto alla maglietta nuova che ho comprato per il finesettimana. Il respiro è affannato mentre il mio sesso si allunga e inarca, diventando più duro del marmo sotto alla sua lingua. Alza gli occhi caldi e bronzei sui miei, mentre le sue soffici labbra si schiudono per prenderlo in bocca.

Reprimo un gemito. Il pugno che tengo tra i capelli si stringe. "Oh, santo cielo, Sadie. È bellissimo."

Si tira indietro e poi lo prende più a fondo. Ripete l'azione. Le mie cosce tremano di più. Non spingo né guido la sua testa. Lascio che conduca lei, esterrefatto per la sua dolcezza. Questa umana è tutto.

Gentile, bella, adorabilmente divertente. Anche se stare con lei è una costante tortura, erano anni che non mi sentivo così leggero. Forse da quando sono entrato nell'esercito. Le accarezzo la guancia con il pollice mentre lei va su e giù con la testa sul mio uccello, prendendomelo in bocca con brevi e deliziosi risucchi. La sua lingua di velluto rotea sotto al mio sesso ogni volta che lo prende a fondo, le guance si svuotano ogni volta che succhia con forza mentre lo tira fuori.

Sto morendo di estasi.

Voglio che duri tutta la notte, ma già sento che sto per venire.

Appoggio la testa indietro, contro la parete, e chiudo gli occhi per restare fermo, per assaporare un po' di più questo piacere intenso e edonistico.

Sadie continua a lavorarsi il mio uccello come una campionessa. La maestrina di scuola materna si è trasformata in una pornostar, e vorrei spingerla giù e…

No.

No, quello no.

Non posso farla mia.

Non posso farla mia, ma le rimetterò di sicuro la bocca addosso e le restituirò il favore prima che la serata finisca. La farò gridare così forte che le pareti del resort vibreranno e le luci esploderanno.

"Sadie," dico con voce soffocata. La miccia che ha acceso per portarmi all'orgasmo si sta esaurendo troppo velocemente. L'eccitazione mi pervade. Le palle si fanno dure. "Sadie, sto per venire," la avviso con voce gutturale.

Non si ferma. Sadie va più veloce, succhia con maggiore forza, i suoi bellissimi occhi da cerbiatta si alzano sui miei, come se volesse vedere il mio volto quando vengo. Non vorrei, ma il guinzaglio che mi tiene sotto controllo si spezza, le afferro la testa con entrambe le mani e le scopo la bocca, una, due, tre volte. Alla quarta, le vengo nella gola.

Lei resta ferma.

Deglutisce.

La dolce Sadie deglutisce. Incredibile.

"Scusa," dico con voce roca, rendendomi conto della mia mancanza di rispetto. Le libero bruscamente la testa, ma lei non si stacca di colpo. Mi succhia l'uccello, pulendomi e deglutendo ancora, gli occhi che danzano colmi di piacere per quello che ha fatto.

Le accarezzo il viso, le massaggio istintivamente le orecchie, dimenticando che non è una lupa. "Cielo," dico annaspando. "È stato incredibile, Sadie."

"Davvero?" Si asciuga la bocca mentre mi infilo l'uccello di nuovo nei pantaloni e la aiuto a rialzarsi.

"Sei incredibile." Non riesco a smettere di dirle ogni pensiero che mi passa per la testa. "Il migliore pompino della mia vita."

"Ne dubito." La sua risata è roca e soddisfatta.

"Lo giuro sul fato."

"Sul fato?" Piega la testa di lato, il suo sguardo curioso che mi scruta il viso.

Ops.

Tiro il suo corpo a me. "Intendevo su Dio." Scrollo le spalle. "Fato era una parola che la mia famiglia usava un sacco." Non posso mentirle ancora. "I miei sono degli hippie amanti della natura del Vermont," mi trovo a raccontarle, anche se non ne parlo da secoli. "Pacifisti. Odiavano che sia entrato nell'esercito."

"Grazie per il tuo servizio," mormora.

"Cazzo, sei dolcissima." Accarezzo l'adorabile curva della sua guancia con il pollice e abbasso la testa per baciarla. Le mie labbra si posano leggermente sulle sue. La mia aggressività è sparita, alleviata dall'incredibile orgasmo che ho avuto.

Lei si alza in punta di piedi per rispondere al mio bacio.

L'aggressività ritorna. Le poso una mano dietro alla testa per tenerla ferma al suo posto, le mie labbra premute contro le sue con maggiore insistenza. La lecco dentro alla bocca. Me ne impossesso.

Si sentono delle voci in corridoio: due invitati che parlano del matrimonio mentre passano.

Sadie si tira indietro con un sorriso. "Dovremmo andare."

"Già." Non voglio muovermi. "Preferirei portarti di sopra e restituirti il favore."

Preme il corpo contro il mio. "Farmi da accompagnatore è il tuo favore," mi ricorda, con la voce più sexy che abbia mai sentito. "Questo era il mio pagamento."

"Va bene allora." Abbasso la testa per mormorarle nell'orecchio. "Ma avrò bisogno di un'altra cosa."

"Che cosa?"

"Levati le mutandine."

Sgrana gli occhi, e l'odore della sua eccitazione mi riempie le narici. "Cosa? Qui?"

"Ah-ah. Ti voglio nuda a pensare alla mia bocca sul tuo sesso per tutta la serata. In attesa di quello che succederà quando ti riporterò in quella stanza."

Un brivido la attraversa e il suo delizioso odore si fa più intenso. Guarda verso la porta che dà sul corridoio. Sentiamo altri ospiti che ridono e parlano, ma il suono recede man mano che si allontanano. Il mio udito da mutante mi avvertirebbe se qualcuno stesse per interromperci. Non permetterò a nessuno di beccarci, ma Sadie non lo sa e io non glielo dico. L'emozione è metà del divertimento.

"Meglio che facciamo veloci. Qualcuno potrebbe venire a cercarci," la canzono.

"Oh Dio." Si leva velocemente le mutandine. Vedo di sfuggita un pezzo di gamba nuda e poi la gonna ricade al suo posto. Ma ha le guance rosse, dello stesso colore delle mutandine.

Tendo la mano per farmele dare. Dopo un secondo di esitazione, lascia cadere il pezzettino di stoffa e pizzo sul mio grosso palmo. Il mio uccello pulsa. Chiudo il pugno, lottando contro l'impulso di fare altro.

"Deke?" Mi guarda, piena di fiducia nei miei confronti.

Mi infilo le mutandine in tasca. "Andiamo, bellezza." Le prendo la mano e la tiro verso la festa.

"Oh mio Dio," sussurra. Mentre percorriamo il corridoio, continua a girarsi per controllarsi dietro, come temendo che l'abito possa risalirle lungo la schiena.

"Non ti preoccupare." Mi fermo un attimo prima di uscire dal corridoio e le faccio scorrere una mano sul sedere, facendo finta di lisciarle la gonna. "Non ti permetterò di mostrare il sedere a nessuno." Il mio lupo farebbe fuori volentieri qualsiasi uomo vedesse Sadie nuda. Starò di guardia tutta la sera, per assicurarmi che nessuno si avvicini troppo.

Nessuno tocca Sadie. Nessuno eccetto me.

Le poso una mano sul culo, nudo sotto alla stoffa del vestito, e stringo.

"Oh Dio," dice ancora.

"Fai la brava," le dico. "Che dopo ti do una ricompensa."

CAPITOLO DIECI

Sadie

NON SO COME RIESCO A SUPERARE la cena. Mi sento come se ci fosse un'enorme insegna al neon sopra alla mia testa con scritto: *SADIE DIAZ NON HA LE MUTANDE.*

Deke è l'unico che lo sa. E più la cena e i drink si allungano, più lui muore dalla voglia di agire. Si vede.

Per la prima volta in vita mia mi sento in possesso di potere sessuale. Tutto è iniziato vedendolo venire con quel pompino. Ora mi sta rivolgendo sguardi carichi di eccitazione e sommessi ringhi. Quando mi chino in avanti per ridere di una cosa che un ospite dietro di noi ha detto, gli sfioro il braccio con i seni. Il suo braccio *sodo e muscoloso.*

Ma l'effetto lo subisco io, perché i capezzoli si induriscono subito sotto al mio vestito.

Poi strofino il piede contro la sua lunga gamba. Lui la sposta, piantandola davanti a me. Poi mi posa una mano sul ginocchio, e fa lentamente scivolare le dita sulla coscia.

Mi si strizza la pancia e trattengo un sussulto. Temo che potrei gridare se arrivasse in cima, quindi gli afferro il polso giusto in tempo. Ha la mano grandissima, le lunghe dita a pochi centimetri dal mio sesso. Dal mio sesso nudo.

Espiro e inspiro di scatto. Sono febbrilmente eccitata.

Accanto a me Deke inarca leggermente le sopracciglia, ma a parte questo non lascia trapelare alcun segno che stesse per farmi un ditalino proprio qui, proprio ora, proprio durante la cena. Io intanto mi sto dimenando tutta. Diversamente da Deke, non possiedo la modalità nascondi-seduzione-sessuale.

"Stai bene, Sadie?" chiede Brigit dall'altra parte della tavola. "Sembri un po' accaldata."

"Tutto bene," bofonchio, sollevando il bicchiere. "Troppo champagne. Meglio che vada a prendere dell'acqua."

"Ce l'hai proprio qui l'acqua," dice Elana indicando il mio bicchiere.

"Oh, giusto." Lo prendo e lo sollevo. "Intendevo dire dell'aria. Ho bisogno di una boccata d'aria," annuncio a tutti, e mi allontano dal tavolo. Prendo il cardigan, che mi ero sfilata e avevo appeso allo schienale della sedia prima di sedermi a cena. Mi assicuro anche di tenere giù la gonna, mentre vado verso la terrazza. Non si sa mai che si alzi.

La serata è fresca, e va benissimo. I miei tacchi picchiettano sul pavimento. Non sono vestita per poter restare qua fuori a lungo, ma in questo momento l'aria frizzante e il cielo tempestato di stelle sono ciò di cui ho bisogno. Faccio un respiro profondo, poi un altro.

Poi un'ombra cala accanto a me. Deke è riuscito a seguirmi senza che lo sentissi. I suoi grossi scarponi non producono alcun suono sul pavimento di legno. Totale modalità furtiva.

Controllo, ma nessuno là dentro ha notato che mi ha seguito qui. Sono seduti al tavolo del ristorante, a parlare e ridere tra loro.

"Tu," lo accuso.

"Io." Mi stringe al bordo della terrazza, dove mi fa piegare indietro e mi bacia.

L'eccitazione mi scorre in corpo, tanto potente da farmi girare la testa, come se avessi mandato giù un bicchiere pieno di whiskey. Le stelle stanno roteando sopra di me, quando mi stacco per respirare. "Deke, qualcuno potrebbe vederci."

"Che vedano," ringhia. La ruvida barba rada sulla sua mascella mi graffia il collo. "Non è questo il motivo per cui sono qui? Per dare spettacolo?"

Provo un lampo di delusione. Giusto. Questo non è un vero appuntamento.

Solo che, dannazione... sembrava così reale. È tutto finto per lui?

"Hai ragione," rispondo, facendo in modo di apparire più calma che posso. "Meglio che mi baci ancora."

"Oh, farò ben di più."

E mi porta più addentro nell'ombra. Proseguiamo lungo la veranda posteriore, scendiamo le scale e arriviamo a un angolo nascosto che si affaccia su una stupefacente veduta delle montagne. Sabato la sposa si sposerà con questa catena montuosa a fare da sfondo. Ma stasera sono solenni e oscuri giganti, i versanti rocciosi per metà ammantati di pini.

Seguo Deke perché lui ha un piano, ma mi fermo un secondo per ammirare la veduta.

"È bellissimo qua fuori," sussurro. E rabbrividisco perché il calore che mi ero portata qua fuori di è dissipato, e ho solo un cardigan a proteggermi dal freddo.

Deke si sfila la camicia e me la mette attorno alle

spalle, ignorando le mie proteste che potrebbe avere freddo. La sua maglietta bianca è quasi luminosa al buio. Mi tira contro il suo ampio petto.

"Dovremmo tornare dentro," dico, anche se adesso ho caldo e sto bene, accoccolata nella sua camicia e tra le sue braccia. "Congelerai."

Ride, come se l'idea che lui possa avere freddo fosse una battuta. "Mi terrai caldo tu," dice, e mi gira verso le montagne. Le sue braccia mi cingono e mi appoggio al suo corpo.

"Non così caldo. Ho un vestito e *niente mutandine*," gli ricordo. A giudicare dall'erezione che mi preme contro il sedere, non si è dimenticato del dettaglio *senza mutandine*.

"Mmmm." Strofina il naso contro il mio collo. "Dovresti essere pronta per la tua ricompensa." Le sue labbra mi sfiorano l'orecchio. "Appoggia le mani sulla ringhiera."

Mi chino in avanti e obbedisco.

Mi tira su la gonna. L'aria fredda mi accarezza il sedere nudo e tutto il mio corpo viene pervaso dalla pelle d'oca. Le sue dita mi accarezzano le natiche, scivolando sulla pelle fresca, esplorando.

Sposto il peso da un piede all'altro, sempre restando nella mia posizione, eccitata e fremente, ma nervosa. "Qualcuno potrebbe trovarci," sussurro dietro alla spalla.

"Non permetterò a nessuno di vederti," promette. Le sue grosse mani coprono le mie natiche, stringendo e offrendo un po' di calore. "E poi non gliene frega niente a nessuno."

"Ti assicuro che a Scott frega," dico, e immediatamente mi rimprovero per avere parlato di lui.

"Te lo farò dimenticare," dice Deke, e sembra una promessa.

Fa scorrere un dito tra le mie gambe.

"Già dimenticato."

Mi preme in avanti, e ora mi trovo appoggiata alla ringhiera mentre lui mi palpa il sedere. Porta la mano più in basso e mi accarezza le grandi labbra con dita leggere. Mi alzo in punta di piedi, ma con l'altra mano mi tiene fermi i fianchi in modo che non possa scappare. Sono piegata in avanti, con il sedere in fuori e in bella mostra, esposto e offerto a questo omaccione.

"Mi stai trasformando in una ragazzaccia," dico con voce ansimante.

Le sue dita si fermano. "Non penso proprio. Credo che tu sia sempre stata una ragazzaccia."

Leva la mano che teneva in mezzo alle mie gambe e mi dà una sculacciata. Annaspo. Il suono sembra riverberare nell'aria silenziosa e ferma della notte. Il mio cuore ha un sussulto e io resto immobile, tendendo l'orecchio per sentire se il rumore tornerà come eco dalle montagne. Ma non lo fa, e Deke ricompensa il mio coraggio con altre carezze sul mio sesso.

"Mi hai succhiato l'uccello come una pornostar. Penso che tu abbia un lato davvero malizioso." Le sue dita continuano a rovistare tra le mie pieghe, alternandosi con qualche altro schiaffo che sembra riempirmi d'eccitazione. Poi torna a toccarmi per portarmi all'orgasmo.

Mi metto in punta di piedi, strusciandomi contro le sue dita, con la luce soffusa della Via Lattea che brilla sopra di me, incastonata tra le montagne e l'orizzonte opposto, come una sciarpa tempestata di diamanti. Fredde dita di vento mi accarezzano il volto, ma sono ben stretta nella camicia di Deke e nel suo profumo, e il gelo non potrà mai toccarmi.

"Brava, così, strusciati," mi ordina Deke, spingendo il pollice contro il mio clitoride, mentre fa scivolare un grosso dito dentro di me. "Prendi il tuo piacere, piccola, prendilo tutto."

Piego le anche alla ricerca della giusta angolazione, per sentirmi sempre più stimolata.

"Cazzo," mormora Deke. "Ti devo assaggiare." Si inginocchia dietro di me e mi allarga di più le gambe, posando la bocca sul mio sesso. La barba rada mi graffia l'interno coscia mentre la sua lingua esplora le mie pieghe segrete. Sono del tutto piegata in avanti, le unghie piantate nel legno della ringhiera, e spingo il sedere indietro mentre tento di cavalcargli il viso. Non è l'angolazione migliore, è una posa un po' ridicola, ma non me ne frega niente.

Ringhia e affonda il viso tra le mie gambe, tenendomi ferme le anche, sollevandomi un po' da terra. "Cazzo," dice di nuovo, e mi gira verso di lui spingendomi al contempo sopra alla ringhiera. E poi la sua testa scura è di nuovo tra le mie gambe, la gonna tirata fino alla pancia e appallottolata ai miei fianchi. Mi tengo stretta alla balaustra ma Deke mi stringe, reggendomi in qualche modo le gambe, e intanto mi divora. Le mie cosce sono posate sulle sue grosse spalle, la sua lingua è *proprio lì* e, *oh santo cielo...*

Vengo, il piacere si abbatte su di me e mi fa piegare in due sopra di lui. Scuote la testa, graffiando la pelle sensibile del mio interno coscia con le guance ricoperte di barba rada, poi ricomincia a leccare il mio sesso. La sensazione è fortissima, e un'altra ondata di piacere mi pervade. E poi mi sento cadere, esausta, del tutto priva di forze. Deke mi prende, ovviamente, e mi solleva tra le sue braccia.

Sento dei passi e delle voci al piano superiore della veranda, ma sono troppo stordita dall'orgasmo per curarmene. Lascio penzolare la testa sulla sua spalla mentre Deke mi porta di sopra, e da un ingresso laterale rientriamo nel resort.

Sento una risata sciocca da parte di qualcuno che ci vede, ma non so chi sia.

"Troppo champagne," dice frettolosamente Deke mentre prosegue. Io faccio ciao con la mano a chiunque sia da quella parte e rido contro la maglietta di Deke, mentre lui mi porta oltre la soglia, come una sposa.

~

Deke

FACCIO fatica a non ringhiare a ogni persona che ci passa accanto, mentre andiamo verso la nostra camera. Il mio lupo è felicissimo che l'abbia portata altrove, ma il bisogno di farla mia è ancora più forte, soprattutto con tutta questa gente attorno.

Mi appoggia la testa al collo mentre la porto su, il fiato regolare e leggero. Deve essere assonnata e rilassata per effetto dell'orgasmo.

Deposita il pacco ed esci.

Il pensiero esce sotto forma di ordine da parte del mio alfa Rafe.

La disciplina è l'unica cosa che ci tiene alla larga dalla follia della luna.

Apro la porta della nostra camera e appoggio Sadie sui suoi piedi, dandole una leggera sculacciata sul sedere. "Devo andare a prendere una boccata d'aria fresca," le dico.

Mi guarda sbattendo le palpebre, sorpresa e in parte ferita a giudicare dall'espressione. "Siamo appena stati fuori."

"Lo so. Devo andare a fare una corsa. È, ehm, la PTSD. Divento irrequieto, e correre mi aiuta a dormire."

Cazzo, mi sento un grandissimo stronzo per averle mentito.

Subito la sua espressione si fa comprensiva e allunga una mano per toccarmi il volto. Le afferro la mano e me la porto alle labbra prima di potermi fermare. I suoi lineamenti si ammorbidiscono ancora di più. "A te va bene? Stai bene qui?"

"Sì, certamente. Capisco."

Grazie al cielo. Mi metto un paio di pantaloncini che avevo portato per dormirci, ma non ho scarpe da corsa, e la cosa sembra un po' sospetta. Decido di mettermi scalzo.

Sadie esce dal bagno, dove si è lavata la faccia e i denti. Sgrana gli occhi quando vede il mio outfit da corsa. "Oh, sei uno di quei tizi che vanno a correre a piedi scalzi?"

Non sapevo che esistesse una cosa del genere, ma annuisco. Non è una bugia.

"Wow. È incredibile," dice in un sussurro. "Ne ho sentito parlare, e capisco la teoria che ci sta dietro, ma mi manda in pappa il cervello."

Dato che non ho alcuna idea di quale sia questa teoria, mi avvicino e le do un leggero bacio sulla fronte. "Non aspettarmi alzata."

"Oh! Ehm, ok."

Vado verso la porta.

"Puoi dormire nel letto con me quando torni." Lo propone quasi intimidita.

"Bellezza." Non voglio dirle di no, ma non posso assolutamente dormirle accanto. Non se voglio proteggerla da me.

Infatti non ho in programma di tornare in questa stanza, se non quando la notte sarà quasi finita e avrò corso fino a essere esausto.

Me ne vado prima che mi tenti chiedendomi di restare più a lungo, e vado dritto alla porta. Trovo un sentiero e lo seguo, allontanandomi dal resort, fino a che non arrivo a un punto sicuro e mi spoglio per tramutarmi.

E poi inizio a risalire la montagna di corsa, correndo lontano da Sadie. Correndo lontano da me stesso. Correndo fino a che non sono certo che sia sicuro tornare indietro.

CAPITOLO UNDICI

Sadie

Mi sveglio in un letto caldo. È già mattina e la parte del letto dove Deke avrebbe dovuto dormire è vuota. Sul suo cuscino c'è un biglietto che dice: "Sono andato a fare un'altra corsa. Ci vediamo a yoga."

Speravo in una continuazione della nostra avventura sessuale di ieri sera, ma non l'ho sentito tornare in camera.

Peccato.

Mi alzo dal letto e mi preparo per lo yoga. Quando tiro le tende, il meraviglioso panorama mi saluta. Mi sento divinamente, sprizzante di energia grazie anche a una bella dormita. Stanotte ho dormito meglio di quanto non mi succeda da settimane. Non ce la saremo spassata ancora a letto, ma è bellissimo avere Deke qui.

Sarà una bella giornata. Prima devo superare la lezione di yoga, ma poi avremo del tempo libero fino alle prove della cena di oggi. Magari riuscirò a convincere Deke a trascorrerlo a letto con me.

Mezz'ora dopo, sono fuori con la sposa e il resto delle ragazze radunate sulla veranda. Arrossisco quando vedo l'angolo dove io e Deke abbiamo passato il nostro momento intimo ieri sera. Ho degli ottimi ricordi di quell'angolo.

"Ehi, Sadie." Brigit mi saluta quando srotolo il mio materassino accanto al suo. È completamente truccata e profumata dalla testa ai piedi. La maggior parte delle donne qui porta lo stesso profumo di Lululemon. "Dormito bene?"

"Sì. Sai, l'aria di montagna," rispondo.

"Dopo vai a camminare? Io ed April siamo uscite presto stamattina. Era davvero bellissimo."

"Deke è già andato a correre," dico. "Sì è alzato prima che mi svegliassi."

"Oh, è un tipo mattiniero?"

"Ehm, sì," tiro a indovinare. A dire il vero non ne ho idea. Mica stiamo realmente insieme.

"Prova a chiedergli se ha visto animali. Abbiamo visto un gruppo di falchi, e April è convinta di avere visto un lupo."

"Era enorme," aggiunge April dal materassino dall'altra parte di Brigit. "Non l'ho visto chiaramente, ma qualcosa sì. E aveva la coda grossa."

"Forse un grande coyote." Brigit sembra scettica, e April tira fuori la lingua facendo una smorfia alla cugina.

"Scommetto che ci sono un sacco di lupi in questa zona," dico.

"Sì, ma è impossibile che uno di loro si sia avvicinato così tanto al resort." Brigit riesce a dire l'ultima frase e poi l'insegnante dà il via alla lezione.

"Deke non dovrebbe essere qui?" sussurra Brigit. Jenn e sua madre, ai loro posti, si girano e mi salutano con un cenno della mano.

"Wow," commenta una delle donne. Mi volto a guardare verso le scale che portano alla veranda, dove Deke è appena comparso. Chissà perché ma è già scalzo, e come divisa da yoga si è messo un paio di pantaloni della tuta larghi. Ma va benissimo, perché non indossa nient'altro. Ha il petto nudo, con la maglietta bianca messa attorno alle spalle, e ogni muscolo del petto sporge in perfetto rilievo. Deve essersi accaldato durante la corsa.

"Scusi il ritardo," mormora all'istruttrice, che sembra essere sul punto di mollare il gruppo per fare un paio di sessioni private di yoga con lui. C'è un coro di mormorii dalle donne riunite mentre Deke passa in mezzo a noi. Due corrono a procurargli un materassino. Non è rimasto molto spazio, quindi dopo avermi fatto un cenno di saluto Deke si sistema accanto all'insegnante. La donna finalmente ritrova la voce e inizia la lezione, e tutte quante facciamo finta di seguirla, anche se tutte in realtà stanno guardando Deke, che ancora non si è infilato la maglietta. Ci sono dei caloriferi disposti sulla veranda ma non fa tanto caldo – si vede che Deke è un essere a sangue caldo, grazie mille, santa Teresa, o chiunque sia la santa patrona dell'eccitazione!

Se avessi saputo cosa Deke teneva nascosto sotto alle sue magliette da James Dean e alle giacche di pelle, avrei eliminato dalla faccia della Terra ogni indumento di taglia-Deke in modo da mandarlo in giro nudo. Ogni posizione di yoga gli fa gonfiare i muscoli. Ma il suo corpo è liscio e sodo, e non rigido come quello di un body-builder. È un'opera d'arte, e stamattina siamo tutte sorella Wendy, la vecchia suora critica d'arte. Soprattutto quando Deke fa la posa del guerriero due, i piedi piantati a terra e le braccia tese. Con lo sfondo delle montagne, sembra un modello per abbigliamento sportivo.

Jenn ruota la testa verso di me e pronuncia con il labiale: "Wow." Anche sua madre sembra colpita.

Quando la lezione finisce, Deke viene al mio fianco e mi bacia sulle labbra, recitando alla perfezione la parte del bravo fidanzato.

"Ottimo lavoro," gli sussurro, e lui inarca un sopracciglio, curioso. "Ti dico dopo." Gli do un colpetto sul petto e poi continuo a picchiettarlo con la mano, perché è davvero meraviglioso.

"Ragazzi, volete venire con noi nella vasca idromassaggio?" chiede Jenn. "Andiamo tutte lì adesso." Abbassa la voce per aggiungere. "Anche se penso che potrebbe esserci Scott. Mi ha chiesto cosa pensavi di fare oggi."

Faccio una finta smorfia. "Allora passo." In realtà non me ne frega niente di Scott, ma so che la socializzazione di gruppo non è il forte di Deke, e sono contenta di avere una scusa per poter evitare questo momento. Mi sento una damigella sleale, ma oggi preferirei passare il tempo con Deke che con il resto degli invitati al matrimonio.

"Avete dei programmi per la giornata?" Lacy infila la testa nel cerchio.

"Ehm…" Mi scervello alla ricerca di qualcosa per me e Deke ma che includa meno probabilità possibili di imbatterci in Scott.

"Io ho qualche idea," dice Deke cingendomi con un braccio.

"Allora lascio fare a te." Mi appoggio a lui, sollevata. "Deke è romanticissimo: programma sempre le cose al meglio," annuncio al gruppo. Jenn e Brigit sorridono. "Ma prima, brunch. Sto morendo di fame."

"Magari potremmo andare a fare una passeggiata," sussurro a Deke mentre andiamo verso il ristorante, cercando di farlo rilassare. "Quello che vuoi, a me non interessa. Mi va bene tirare pacco alla folla. So che a te non piace starci in mezzo."

"Ho programmato tutto," risponde tirando fuori il telefono. Mi accompagna lungo la fila per il buffet e mi fa sedere a un tavolino d'angolo, poi si scusa per fare una chiamata.

Purtroppo, la cosa mi lascia scoperta di fronte agli attacchi.

"Questo posto è occupato?" Lacy e George, il patrigno di Jenn, si siedono prima che possa dire di no. Fanno segno a un'altra coppia, Jim e John, il fratello di Lacy e suo marito. Quando Deke torna, il tavolo è completamente occupato.

Scusa, gli dico con il solo movimento delle labbra. Mi stringe una spalla e si siede, tenendomi addosso la sua mano rassicurante.

"Oh, Sadie, non mangiare quella roba," mi rimprovera Lacy prima che possa mettermi in bocca una forchettata. Tutt'a un tratto mi tornano alla mente anni di giornate passate a giocare a casa di Jenn, alle prese con i problemi alimentari di sua madre. "Tutti quei carboidrati..." Rabbrividisce. "Ma magari poi potrai fare esercizio per smaltirli. Sono sicura che quei bimbetti dell'asilo ti tengono in forma."

Poso la forchetta con un sospiro.

"Ti piace sempre insegnare?"

"Sì, lo adoro," insisto. Lacy è come la versione femminile di mio padre. Non c'è modo di scappare a tutti i suoi giudizi.

"So che tuo padre sperava che lavorassi nell'ambito legale come lui. Almeno potrai trovare un marito che ti supporti." Mi dà un colpetto sulla mano.

Guardo il mio piatto con una smorfia mascherata da sorriso e vedo la mia salsiccia tagliata in microscopici pezzetti. E proprio come quando vedo mio padre, dove mi metto a tagliare la cena, incapace di mangiarla. Il mio corpo è rigido, pronto a lottare o scappare se le scomode domande di Lacy dovessero diventare una minaccia.

George si rivolge a Deke. "E tu dove hai studiato?"

"Alla Lakewood High," dice Deke senza perdere un colpo.

"No, intendevo al college."

"Non sono andato al college. Sono entrato nell'esercito quando ho compiuto diciotto anni. Volevo aiutare la mia nazione. Se avessi potuto, ci sarei entrato prima."

Sbavo. Deke è davvero un pezzo di eroe.

È diversissimo da uomini come George, mio padre e Scott, concentrati solo su loro stessi. Intenti ad andare avanti. A dare peso alle apparenze.

Deke prende un grosso boccone di bistecca. Non ha problemi a mangiare.

"Mmm," dice George. "E adesso non saresti interessato a una laurea?"

"Non mi serve. L'esercito mi ha insegnato quello che dovevo sapere. Il resto lo posso imparare da solo." Deke digrigna i denti e la forchetta di George cade sul piatto.

"Facevi parte delle forze speciali, giusto?" chiedo, affascinata. So che non dovrei rivelare quanto poco so di Deke. Lacy sta raccogliendo pezzetti di informazioni come uno scoiattolo raccoglie ghiande. Sono sicura che la prima volta che incontrerà mio padre a Taos gli snocciolerà tutto quello che ha scoperto per svergognarlo.

"Forze speciali nell'esercito? Nightstalker?" chiede George.

"Una cosa del genere," risponde Deke.

Per me è troppo. Deke non è neanche il mio vero compagno. Certo non si merita il terzo grado da parte di queste persone, che non sono neppure miei parenti.

"Ok, basta assillarlo," dico usando la mia voce da insegnante, gentile ma decisa.

Lacy sembra scioccata. Non rispondo mai male. O almeno non l'avevo mai fatto.

Devo dire che è una sensazione fantastica. Liberatrice. Con Deke a farmi da rinforzo, è facile essere forti.

"Quasi finito, bellezza?" Deke mi dà un colpetto.

"Sì." Metto giù le posate, più che pronta ad avere finito.

"Andate da qualche parte?" chiede George. "A fare un'escursione, magari?"

"Non un'escursione," dice Deke. "Ho programmato una cosa speciale per Sadie." Si alza in piedi e io faccio lo stesso.

"È una sorpresa anche per me," spiego ai presenti mentre Deke prende la mia giacca e mi aiuta a infilarla. "Ma penso che la giacca mi servirà."

"Meglio che ti prepari," conferma lui. "Il nostro passaggio è quasi arrivato."

E poi lo sento. Il rumore ritmato delle pale di un elicottero che si sta avvicinando, volando sopra al resort.

"Quello cos'è?" Sulle sedie, i commensali si voltano.

"Oh mio Dio," dice Lacy mentre l'elicottero verde dell'esercito fluttua al di sopra dell'ampio prato. "È una specie di esercitazione militare?"

"No. Sono venuti a prenderci," annuncia Deke. "Ho chiesto un favore."

"Ma è legale?" George si acciglia e lo guarda da sopra i suoi occhialetti. L'elicottero intanto è atterrato, ma le grosse pale stanno ancora ruotando, pronte a riportarlo in volo da un momento all'altro.

"Andiamo," dice Deke porgendomi la mano. Gliela prendo e andiamo insieme verso la porta, correndo poi in direzione dell'elicottero.

"Non ci posso credere," grido. Il suono della mia voce è subito spazzato via dal rombo dei motori.

Il pilota seduto alla guida è un tizio gigante con una folta barba marrone. Ha muscoli più grossi di quelli di Deke, cosa che neanche pensavo possibile.

"Lui è Teddy," mi grida Deke nell'orecchio, in modo che possa sentirlo sopra al rumore dell'elicottero.

"Piacere di conoscerti!" grido io, e Teddy mi sorride. Anche se fa freddo, Teddy non ha la giacca, ma solo dei vecchi pantaloni mimetici e una maglietta verde che mette in bella mostra i grossi bicipiti e i tatuaggi. Un altro tipo tosto che viene dal mondo di Deke.

Deke mi fa montare a bordo dell'elicottero e mi allaccia saldamente la cintura di sicurezza. Ho tutti i capelli sparpagliati sul volto, e si concede un attimo per spingermeli indietro prima di farmi indossare gli occhialini protettivi e il casco.

"È incredibile!" grido. "Non ci posso credere! Dove andiamo?" Dubito che possa sentirmi sopra al rombo dei motori.

Invece di rispondermi, mi dà un buffetto sul naso e si siede accanto a me. Quando si è allacciato la cintura, fa un segnale a Teddy e l'elicottero si solleva dal prato. Mi tengo stretta ai lati del sedile. Sento un vuoto nello stomaco mentre sfrecciamo via, sopra al resort e in direzione della catena montuosa. E poi stiamo volando lungo il versante della montagna e più su, diretti a nord, con il Sangre de Cristos che serpeggia sotto di noi in un panorama stupefacente. E davanti nient'altro che cielo azzurro, le aquile e noi.

Allungo una mano verso Deke e lui me la stringe. Ci teniamo stretti mentre Teddy piega da una parte, poi dall'altra, regalando a entrambi una veduta completa del paesaggio del Nuovo Messico, sotto di noi. Le strade e gli edifici sembrano giocattoli per bambini, pezzetti persi nell'enorme vastità. Le strade lasciano spazio a miglia e miglia di colori variegati: i pini, con i loro aghi gialli e luccicanti, in mezzo al verde-blu di abeti e altri alberi aghifoglie. Le cime delle montagne più alte sono spruzzate di neve.

È tanto bello che mi si mozza il fiato in gola. Tengo con forza la mano di Deke e lui restituisce la stretta. L'elicottero fa troppo rumore per permetterci di parlare, ma non abbiamo bisogno di parole per condividere questo momento.

Alla fine, Teddy fa atterrare il velivolo sulla cima spoglia di una collina. L'erba si appiattisce in un ampio cerchio e i rami degli alberi circostanti ondeggiano selvaggiamente, sferzati dal vento artificiale.

"Arrivati," grida Deke. Prende un cestino da picnic che non avevo notato e viene ad aiutarmi a slacciare la cintura. Il freddo mi sferza contro, ma l'aria fresca di montagna è meravigliosa. Teddy si tocca la fronte con due dita e le punta verso di me in segno di tacito addio, per risollevare l'elicottero e volare via.

"Tornerà," dice Deke. Posa a terra il cestino da picnic e mi aiuta a levarmi il casco e gli occhiali protettivi, per poi togliersi anche i suoi.

"Ma è una follia!" esclamo. Faccio un giro su me stessa, con le braccia allargate come se fossi Maria in *Tutti insieme appassionatamente*. Erba verde sulla cima della montagna, uccelli che cinguettano, alberi tutt'attorno: la scena sembra tratta da un film. "Non posso credere che tu abbia organizzato tutto questo!"

Deke stende la coperta a scacchi bianchi e rossi per il picnic. "Ho pensato che gli ospiti del resort non potranno seguirci fin qui."

"Quindi hai noleggiato un elicottero?" Scuoto la testa e mi siedo sulla coperta. "Assurdo."

"Teddy è un vecchio amico. Ha accettato. Ha preparato tutto lui." Deke mi appoggia accanto un cestino da picnic che potrebbe sfamare l'orso Yoghi. È pieno di panini, tè in bottiglia e ogni sorta di prelibatezza, tipo uva, anacardi e un piatto di formaggio.

"Oh, gnam." Inizio a disporre le nostre pietanze mentre Deke si sdraia accanto a me. "Teddy non voleva restare per pranzo?"

"Resterà nei paraggi. La sua idea iniziale era di cantarci una serenata."

"Oh, che dolce! Gli hai detto di no?"

"Suona la cornamusa. Gli ho detto *vaffanculo.*"

Mi copro la faccia e rido. "Incredibile. Mio Dio, Deke, questa è la cosa più bella che qualcuno abbia mai fatto per me. Grazie mille." Mi mordo il labbro. Vorrei chinarmi su di lui e baciarlo, ma se le nostre labbra si toccassero so che vorrei subito di più. Il sesso all'aria aperta in ottobre non mi ha mai attirato molto, ma con la garanzia che l'amico di Deke non tonerà per avere una visione aerea di me nuda, lo farei sicuramente.

Deke scuote la testa come se mi avesse letto nel pensiero. "Se vuoi ringraziarmi, mangia un po'." Mi passa il piatto di formaggio. "Non hai praticamente toccato cibo a colazione."

Il calore mi pervade. *Se n'è accorto.*

Ma chi è quest'uomo? È troppo bello per essere vero.

"Non serve che me lo dici due volte." Il mio stomaco brontola.

"Ho detto a Teddy di preparare roba per femmine. Ho pensato che questa roba ti sarebbe piaciuta."

"Cosa sarebbe la roba per femmine? La pasta d'olive?"

La spalmo su un cracker e glielo metto davanti alla bocca. "Apri," ordino.

Scuote la testa ma obbedisce.

"Quindi Teddy è uno dei tuoi amici dell'esercito?" chiedo.

"Una cosa del genere," risponde Deke, schivo come sempre quando si tratta della sua vecchia carriera.

"Quindi potresti dirmelo ma poi dovresti uccidermi," lo canzono.

Piega le labbra in una smorfia. "Qualcosa del genere."

"E ha organizzato tutta quanto in... cosa? Un'ora?"

Deke scrolla le spalle. "Magari l'avevo avvisato in anticipo."

"Operazione Salvataggio Sadie," dico ironica, e le sue guance si curvano per un secondo in un furtivo sorriso.

"Cosa facevi nell'esercito, comunque?" chiedo, dopo aver divorato buona parte del vassoio di formaggio. Sono affascinata, anche se so che non mi dirà niente.

"Facevo tutto quello che l'esercito mi diceva di fare."

Ruoto gli occhi al cielo.

"Io te lo dico," dice, tirandomi più vicina a sé sulla coperta da picnic, "ma tu in cambio dovrai darmi qualcosa."

"Le mutandine non te le do," dico con tono asciutto, e lui spinge indietro la testa e ride. Il suono mi scalda dentro.

Mi metto un acino d'uva in bocca e mi godo la rara vista di Deke felice.

"No," mi dice quando ha finito di ridere. "Pensavo più che potresti spiegarmi che problemi ci sono tra te e tuo padre."

Mi mordo il labbro e distolgo lo sguardo. "Non l'ho mai reso felice."

"È il tuo lavoro? Rendere felice tuo padre?" Deke è

bravissimo ad andare dritto al cuore della faccenda con meno parole possibile.

"Lui pensa di sì." Giocherello con qualche anacardo sul piatto. "Fin da quando mia madre mi ha lasciata. Lei non voleva abbandonarmi," spiego. "Alla fine si è stufata di mio padre, ma non aveva i soldi per divorziare. Quindi se n'è andata. E lui non le ha permesso di portarmi con sé. Ci ha provato, ma non poteva permettersi gli avvocati. E io ero solo una bambina. Non potevo dire nulla. Sarei andata con lei, se avessi potuto."

"Cavolo, bellezza, che schifo." Deke riassume il tutto nella sua tipica maniera.

"Sì. Sì, davvero uno schifo." Lancio gli anacardi nel bosco per qualche fortunato scoiattolo.

Deke mi prende la mano e intreccia le sue dita alle mie. "Questo matrimonio, questa gente… è l'ambiente tipico di tuo padre?"

"Sì. Tutto quanto. Io e Jenn siamo cresciute insieme. Lacy e George sono suoi amici."

"Non c'è bisogno che tu faccia colpo su queste persone."

"Lo so, lo so, ma…"

"No. Dovrebbero essere loro a sforzarsi di fare colpo su di te."

Lascio che le parole mi avvolgano come un'altra calda coperta.

"Mi sono sentita più coraggiosa con te al mio fianco," ammetto. "Sono una persona gentile, ma posso anche essere tosta. Avere una guardia del corpo mi aiuta a piantare dei paletti."

Gli occhi di Deke luccicano alla luce del sole. Mi mette una mano dietro alla nuca e tira le mie labbra contro le sue. Gemo e lo stringo a me, piegando la testa per offrire completamente la mia bocca. Le nostre lingue si intrecciano e l'eccitazione cresce tra noi. Vorrei levarmi la giacca e sedermi a cavalcioni su di lui. Iniziare qualcosa e vedere dove andiamo a finire.

Ma il telefono di Deke suona tra noi. Mi tiro indietro, mi gira la testa. "Probabilmente dovresti rispondere."

Deke controlla il telefono, distoglie lo sguardo e impreca sottovoce.

"Che c'è? Qualcosa che non va?"

"No. Niente di cui preoccuparsi, bellezza. Andiamo. Raccogliamo tutto prima che Teddy torni."

Deke

"CHE CAZZO PENSI DI FARE?" La rabbia nella voce del mio alfa mi fa stringere i denti. Dopo essere tornati al resort, mi sono congedato da Sadie e mi sono allontanato per rispondere alla telefonata di Rafe. Lei non ha idea dei guai in cui mi sono cacciato. E comunque non capirebbe. È umana, io no.

Un altro motivo per cui non possiamo stare insieme.

"Stiamo ancora cercando di capire cos'è successo in Svizzera e tu decidi di partire. Pensavo che andassi a cacciare da lupo. Per eliminare la tensione che provi da quando hai conosciuto l'umana. Ho dato per scontato che fossi solo e che stessi facendo ciò che avevi bisogno di fare. E oggi ricevo una telefonata da Teddy Medvedev, che mi dice che è venuto a prendere te e l'umana con un elicottero a Santa Fe per portarvi a fare un giro."

Cazzo. Avrei dovuto immaginare che Ted fosse in contatto con il mio branco. Non gli ho chiesto di mantenere il silenzio per non destare sospetti.

Mi nascondo dietro all'edificio del resort, diretto verso la foresta, dove posso parlare liberamente.

"È vero?" mi chiede Rafe. "Sei ancora con Sadie Diaz in questo momento?"

"Sì. È vero." Francamente, sono sorpreso che Lance non mi abbia già smascherato. Mi aspettavo questa chiamata almeno ventiquattr'ore fa.

Rafe grida così forte che devo tenere il telefono distante dall'orecchio. "Ma che cazzo fai, Deke? Dopo tutto quello che ti ho detto, fai esattamente il contrario. E ora ti ordino di stare alla larga…"

"È una missione di sicurezza, non un appuntamento." Lo interrompo prima che possa terminare. "Aveva bisogno di un finto accompagnatore per un matrimonio per tenere alla larga Sears. Tutto qua. E non intendo abbandonarla ora. Ho fatto una promessa."

Silenzio. Il mio alfa è così incazzato che sento i suoi denti che stridono. "È una pessima idea, Adalwulf."

"Lo so. Cazzo, *lo so*."

"Non finirà bene."

"Ce la posso fare." Mi massaggio la fronte con il pollice, cercando di eliminare il tono implorante dalla mia voce. Mi metterei in ginocchio e implorerei, se il fato fosse in ascolto. "Posso mantenere il controllo."

"Devi. La posta in gioco è troppo alta."

Ha ragione. Se perdessi il controllo, rischierei di danneggiare la persona più preziosa sulla faccia della Terra. "Starò attento."

"Non basta." Rafe sospira, ma non mi ordina di tornare a casa.

"Manterrò il controllo," ripeto, e dico sul serio. Farei qualsiasi cosa, anche se fossi costretto a portare via Sadie.

"Sarà meglio," mormora Rafe. "Sei un pericolo per lei. Escine prima che puoi. Prima che sia troppo tardi."

. . .

SADIE

COME STA ANDANDO? Il messaggio arriva alle sedici e quarantacinque da parte di Adele. "Alla grande," le scrivo. "Anche meglio, anzi."

"Si comporta bene?"

"Deke o Scott?" scrivo, sfacciata.

TUTTI E DUE, mi risponde.

"Scott è Scott. Deke è perfetto." Troppo perfetto. Oggi è stato irreale. Il giro in elicottero, il picnic organizzato... ma dopo che Teddy ci ha riportati al resort, si è allontanato e non lo vedo da allora. "Ho da fare." Sono delusa: dopo il nostro appuntamento speravo di aver modo di stare da sola con lui. Per conoscerlo, orizzontalmente parlando. A *letto*.

E buonanotte all'Operazione Sadie la seduttrice.

È un perfetto gentiluomo, spiego a Adele.

Meglio per lui.

Sorrido e rimetto il telefono in borsa. Stasera ci sono le prove della cerimonia, e ho passato la scorsa ora a prepararmi.

Deke appare proprio mentre sto dando l'ultimo ritocco al rossetto. Occupa il bagno e ne viene fuori con un completo da cena molto credibile: un blazer scuro sopra ai soliti jeans e maglietta neri. Sta benone, anche con gli scarponi da motociclista.

"Ehi." Gli sorrido. "Sei pronto?"

Annuisce e si china per baciarmi sulla guancia. Ma è mesto, chiuso. Lontano, dietro ai suoi occhiali da pilota.

"Cosa c'è?" gli chiedo. "Cosa c'è che non va?"

Scuote la testa, e con una mano posata sulla mia schiena mi accompagna fuori dalla nostra stanza e giù alla lobby, dal resto degli invitati. Esibisco la mia migliore maschera da felice ospite e sfioro con un bacio tutte le altre damigelle. Deke resta al mio fianco, un'ombra alta e silenziosa. Alla fine usciamo per le prove della cerimonia. C'è aria di eccitazione, e quando Jenn, la futura sposa, arriva, tutte lanciamo gridolini e battiamo le mani.

"Ecco fatto," ricordo a me stessa. "Ecco perché siamo venuti." Per il gran giorno della mia amica.

Tutto fila liscio, ma non posso fare a meno di ruotare la testa per controllare Deke molto di frequente. È seduto nel pubblico dal lato della sposa, e fissa in lontananza. Fa il ruolo del fidanzato annoiato. Solo che non è annoiato. Questo è il Deke Meditabondo. Il suo umore mi ricorda il modo in cui si è comportato dopo il nostro bacio nel vicolo, quando è arrivato il motociclista intasa-vongola.

Si irrigidisce un poco quando Scott mi accompagna verso l'altare, ma Scott si comporta bene. Scommetto che percepisce la tacita minaccia proveniente da Deke, anche se lui non parla.

Quando prendo posto, scruto Deke. Non posso vedergli gli occhi perché porta ancora gli occhiali da pilota cazzuto, anche se il sole è quasi tramontato dietro alle montagne. Mi appunto di prenderlo in giro per avere indossato gli occhiali da sole di sera, per farlo sorridere. Deke alza il mento in cenno di saluto.

Voglio scoprire cosa lo abbia reso così pensieroso. Sadie la seduttrice farà il suo debutto stanotte.

Le prove finiscono e tutti quanti andiamo a cena. Alcune persone parlano dell'elicottero, e Deke si trova per un po' al centro dell'attenzione. Sono pronta e intenzionata a mettermi in mezzo per deviare ogni domanda, ma Deke se la cava. "Tour in elicottero organizzati da Teddy," dice, porgendo dei biglietti da visita. "Dateci un'occhiata."

"Il tuo uomo sta dando bella mostra di sé," dice Elana

facendomi le fusa nell'orecchio, mentre sto lì vicino a guardare Deke che parla alla folla curiosa dei giri in elicottero. È paziente e calmo, e addirittura si china per parlare con la nonna di Jenn, che è in sedia a rotelle. Lei gli dà un colpetto sulla guancia, sorridendogli.

"È un brav'uomo," mi dice Elana, con gli occhi incollati al culo di Deke mentre lui è chino in avanti. Quando si alza, è di una spanna più alto di tutti quanti.

"Mmm," mormoro mentre sorseggio il mio champagne.

Elana smette di guardare Deke e si volta del tutto verso di me. "Molto meglio del tuo ex. Cosa diavolo ci vedevi in lui?"

"Non lo so neppure io. Grazie. Pensavo che sarebbe stato imbarazzante con te qui."

"Oh no, tesoro. Io sono qui solo per fargli fare bella figura. Ha compensato bene la cosa, se capisci cosa intendo." I suoi occhi luccicano sopra alla sua vodka tonic. "Ma non ferirei mai una sorella. Dobbiamo stare unite."

Faccio tintinnare il bicchiere contro il suo. Si guarda attorno e si avvicina per sussurrarmi un avvertimento: "Scott voleva tenderti un'imboscata nell'idromassaggio. Ma di questo passo, mi sa che stasera sverrà. Almeno spero." Elana arriccia il naso. "Russa sempre?"

"Sì, mi spiace."

"Nessun problema. Ho i tappi per le orecchie."

Deke si gira per guardarmi al di sopra della folla.

"Vai a prendere il tuo uomo," dice Elana, spingendomi via.

Passo in mezzo alla folla e aggancio il braccio a quello di Deke. "Andiamo, tesoro," dico a voce alta, in modo che tutti possano sentire. "Devo farti vedere una cosa."

～

Deke

Sadie mi prende per mano e mi tira lontano dalla folla. La seguo senza fiatare, sollevato che mi porti fuori dalla stanza.

"Tutto ok?" le chiedo mentre mi accompagna in un corridoio laterale e mi spinge in un'alcova, per poi squadrarmi dalla testa ai piedi.

"Sembrava che ti servisse una pausa."

La tensione alla schiena si attenua. Ha ragione. Per un momento, sono stato sul punto di perdere il controllo. Troppa gente attorno. Il mio lupo era agitato, ma già solo stare accanto a Sadie mi aiuta.

Lascio rilassare la testa e premo la fronte contro la sua, inspirando il suo aroma. È la mia calma nella tempesta.

Lasciarla sarà terribile. Il mio lupo è già agitato al solo pensiero.

"Voglio ringraziarti," sussurra.

"Sadie." Non intendo toccarla, non dopo la mia conversazione con Rafe, ma mi ritrovo a passarle un pollice sopra alle labbra. Il mio uccello vuole ancora quella sua bocca florida.

Ma non posso. La situazione è incasinatissima.

Lascio ricadere la mano e mi massaggio la nuca. Le ultime parole di Rafe mi risuonano nelle orecchie. *Sei un pericolo per lei. Escine prima che puoi. Prima che sia troppo tardi.*

Ha ragione. Sono un mostro. *Distruggo tutto quello che tocco.*

Il mio lupo ulula. Gemo, premendomi una mano sul petto. Mi sembra di essere sul punto di avere un dannato attacco di cuore. Ma non è vero. È il mio lupo che soffre perché ha perso la sua compagna.

Possibile che Sadie sia realmente la mia compagna?

Sono un idiota per non essermene reso conto subito. Ho avuto l'impulso di marchiarla ogni volta che ci siamo avvicinati sessualmente, ma ho sempre rifiutato la cosa, pensando che il mio lupo fosse pazzo.

Di solito i lupi non scelgono le umane come compagne, ma so che può succedere. Soprattutto con i numeri ora in calo nella nostra specie, sento che la cosa si sta facendo sempre più frequente.

Il tocco di Sadie mi riporta al presente. "Cosa sta succedendo? Cosa c'è che non va?"

Anche solo il pensiero che lei sia la mia compagna porta il mio lupo ruggente in superficie. I denti prudono per il desiderio di allungarsi e marchiarla. "Non dovrei essere qui," mormoro.

"No," dice. "Non dirlo. Sei venuto per aiutarmi. Stai facendo le cose alla grande. Mi spiace di averti trascinato in questa cosa."

"Bellezza." Lascio ricadere la testa sulla sua spalla, posandola nell'incavo del suo collo, e inalo il suo profumo. Aiuta. Il mio lupo si calma. "Non è questo. Sono contento di essere qui. Combatterei per stare al tuo fianco."

Inspira rapidamente e porta la sua piccola mano sul mio collo, tenendomi stretto a lei. "Non serve che combatti. Sei proprio qui."

Cazzo. Non ce la faccio più. Sollevo la testa, le prendo le guance tra le mani e la bacio, con forza.

Un rumoroso gruppo di commensali passa per il corridoio e ci ritiriamo più a fondo nell'alcova.

Sono subito dietro l'angolo: chiunque potrebbe percorrere il corridoio e vederci, ma Sadie non sembra curarsene.

"Ti voglio," dice sospirando. "Ho bisogno di te."

E chi sono io per negarle qualcosa?

Sadie

Le grosse mani di Deke mi prendono la testa per tenermi ferma per il bacio. Mi preme contro la parete e si schiaccia contro di me. E lo sento. Lo sento tutto. O ha una pistola gigante nei pantaloni, oppure è eccitato di vedermi.

Il mio sesso si contrae. "Sì," ansimo.

Mi bacia lungo il collo, la sua mano destra stretta nei capelli. Mi tira indietro, mettendomi in posizione e prendendo il controllo. L'altra mano trova l'orlo del mio grazioso vestitino e inizia a tirarlo su.

E poi mi rendo conto che ho commesso un errore.

"Aspetta," annaspo, anche se odio doverlo rallentare.

"Io non aspetto niente," ringhia Deke. "Sei tu che lo vuoi."

"No, non quello. Io ti voglio ma il vestito… è strettino…" Mi interrompo, vorrei potergli spiegare. "Ho addosso… una guaina modellante."

Inarca le sopracciglia e fa scivolare una mano sotto al vestito, dove trova ciò di cui sto cercando di avvisarlo.

"Cos'è?" ringhia facendo scivolare la mano sulla stretta guaina, cercando di trovare la mia pelle. "È come un'armatura."

"Già. Un'armatura da ragazza. La portano anche i maschi. Penso che Scott ne abbia una, anche se non lo ammetterà mai."

"Cazzo." Passa con la mano in mezzo alle mie gambe, dove la guaina modellante mi ha resa liscia e senza sesso come una Barbie. "È una fottuta cintura di castità."

Mi lascio andare a una risatina isterica. "Sì."

La sua risata è addolorata.

"Caspiterina." Premo il mio sesso contro il suo palmo, strusciandomi. "Strappala." Sento le sue unghie che graffiano l'involucro che mi fascia come una salsiccia, in modo da potermi strappare di dosso questa roba. Nel frattempo, sto per esplodere per lo sfregamento della sua insistente carezza.

"Fanculo questa merda," ringhia, e mi prende per le anche. Mi solleva di peso in modo da mettermi sospesa tra lui e il muro, le gambe strette attorno a una delle sue, sopra al ginocchio.

"Ora strusciati, piccola," mi ordina, e io obbedisco. Gli stringo le spalle e cavalco la sua grossa coscia, strusciando il mio sesso voglioso su e giù. La sporgenza prominente del suo quadricipite mi fornisce un appoggio perfetto su cui strofinare il mio sesso. Faccio dondolare le anche, mettendomi in modo che il suo muscolo duro mi solleciti sul punto giusto.

Si sente una lacerazione e Deke mi tira giù la parte superiore del vestito. Le sue dita trovano il mio reggiseno senza spalline e lo abbassano. Quindi cala la testa per leccarmi un capezzolo.

"Oh, perdindirindina." Premo le mani sulle sue larghe spalle, affondo le unghie nei suoi muscoli, duri come granito sotto ai miei palmi, e dondolo più velocemente con i fianchi. Deke geme, schiacciandomi contro il muro.

"Sto per venire."

"Grazie al cielo." Mi spinge più su e un leggero ringhio mi scappa dalla gola. Mi avvinghio a lui, cercando di trovare la giusta frizione.

"Così, piccola. Prendilo."

Il mio orgasmo sale, bruciante, incendiandomi il cervello. Premo il volto contro la spalla di Deke e mentre vengo lo mordo per impedirmi di gridare.

"Cazzo," sbuffa.

"Oh, Dio," dico ansimante. "Oh, Dio." Ci sono delle

voci fuori in corridoio. Vorrei gridare loro di andarsene. "Dobbiamo tornare alla festa."

"Fanculo la festa." Mi avvolge nella sua giacca per coprire il vestito lacerato e mi prende in braccio. "Nella nostra camera. Nel nostro letto. Adesso."

~

SADIE

CON MIO ENORME PIACERE, Deke usa i suoi superpoteri da passo felpato per superare la stanza della festa senza che nessuno ci noti e portarmi in camera nostra.

Una volta arrivati, mi posa a terra e chiude a chiave la porta.

Entro nella stanza buia, lasciando cadere la sua giacca dalle spalle. Il mio vestito strappato si apre davanti. Alzo le mani per sistemarlo, ma Deke ringhia.

"I tuoi occhi," mormoro mentre avanza, e arretro lentamente. I suoi occhi sembrano brillare al buio come quelli dei gatti: verdi. I brividi mi risalgono la schiena alla vista del suo volto: un predatore in agguato nel buio che mi dà la caccia.

"Levati i vestiti," ringhia.

Mi fermo e alzo il mento, restando dove sono e godendomi il gioco.

"Altrimenti?" lo sfido con tono giocoso.

"Altrimenti te li levo io."

"Promesso?" La mia voce è ansimante. Senza fiato.

Si muove più velocemente di quanto un uomo della sua stazza dovrebbe riuscire a fare. Le sue mani mi sono addosso e strappano la stoffa. Dopo qualche rumore di tessuto lacerato, il mio vestito e la guaina

176

contenitiva non ci sono più. Non posso dire di esserne dispiaciuta.

Calcio via il resto della stoffa. Sono nuda, eccetto per il reggiseno e un pezzettino di pizzo come mutandine.

"Tocca a te," dico, e gli metto addosso le mie mani vogliose.

La maglietta è morbida come sembra. Gliela sfilo, rivelando il suo petto tonico e abbronzato.

"Ho bisogno di te," annaspo. "Subito." Le mie mani si danno da fare con il bottone dei jeans. Le cose non stanno succedendo abbastanza velocemente.

"Ti darò quello che ti serve," mormora.

Ringhio per finta e lo spingo sul letto. Lui mi permette di spingerlo e si lascia cadere indietro, il suo sguardo che mi spoglia mentre gli monto sopra. Sono Sadie la maliziosa. Sadie a briglia sciolta.

"Hai voglia, piccola?" mi chiede, ridendo.

"Taci." Sorrido e mi metto a cavalcioni, armeggiando per slacciare il bottone dei pantaloni. Le mie cosce si tendono mentre lo cavalco.

Le sue grosse mani mi prendono le natiche. "Sei una ragazzaccia."

"Sì. Sì, è vero."

I suoi occhi si infiammano di verde-oro. Rotola, così che mi trovo sotto di lui, che mi fa ruotare su me stessa e mi sculaccia il sedere. "Ragazza cattiva, molto cattiva."

"Sì." Stringo la coperta con le mani, tenendomi stretta e spingendo il sedere in aria. "Sì, sono cattiva."

Deke mi sculaccia ancora. "Ragazzaccia." Si piega su di me, strusciando il suo sesso in mezzo alle mie natiche. Poi si rialza e mi assesta un altro colpo, più forte.

Sibilo, stringendo i denti per il bruciore della manata. Nel profondo, il dolore viene trasformato da una meravigliosa alchimia, così che a ogni schiaffo la beatitudine si irradia dal mio sesso. Gemo e spingo indietro, verso la sua mano.

"Sì, cazzo," mormora. E poi sono senza mutandine e la sua bocca è sul mio sedere, la sua barba rada che graffia la pelle arrossata.

Grido mentre mi lecca tra le natiche, una sensazione deliziosa che è sempre stata un grosso tabù. Piego le anche, invitandolo a leccarmi più in basso. La sua lingua lambisce il mio ingresso.

"Perdindirindina!" annaspo, gridando per averne di più.

Mi fa rotolare a pancia in su. Adoro la sua forza e la sua sicurezza. La facilità con cui prende il comando e mi mette in posizione. Non mi devo meravigliare né c'è bisogno che mi chieda se sto facendo le cose nel modo giusto. Rende tutto facilissimo.

Tira giù le coppe del reggiseno e mi prende in mano i seni, stringendoli e facendo poi strusciare i pollici sopra ai capezzoli turgidi. Quando abbassa la bocca per prenderne uno tra le labbra, inarco la schiena, gemendo. Mi succhia il capezzolo, lo mordicchia leggermente mentre palpa con la mano l'altro seno.

Sentendomi audace – perché la presenza di Deke mi fa sempre sentire audace – gli spingo la testa più in basso.

Quando alza il volto a guardarmi, il suo sorriso è ferino. Si sposta più giù.

Deke mi spinge le ginocchia per allargarmi le gambe e leccarmi, la lingua che mi scosta le grandi labbra disegnando dei cerchi all'interno.

Un brivido dopo l'altro di piacere mi pervadono. "Sì," gemo, le dita che si intrecciano nei suoi capelli scuri.

Mi penetra con la lingua, poi la fa roteare attorno al clitoride.

"Ti prego," lo imploro, ansimante.

Fa un altro giro, poi fa scattare la punta più volte. Sollevo i fianchi, andando a caccia della sensazione. Tutto il mio corpo è una corda tesa che irradia energia.

Deke infila un dito dentro di me. È una sensazione deliziosa, soprattutto quando preme contro le mie pareti interne. Ma voglio di più. "Deke," annaspo. "Ti voglio."

Alza la testa di scatto e mi fissa con quegli occhi luminosi e verdi. La sua espressione è quasi allarmata, e per un momento temo di avere esagerato. Che stia per tirarsi indietro un'altra volta. Ma poi si alza, si sfila jeans e boxer e prende un preservativo dal portafoglio.

Mi slaccio il reggiseno e me lo levo di dosso, dimenandomi sul letto, completamente nuda. Pronta.

Prontissima.

Non sono mai stata così entusiasta di fare sesso in vita mia. Deke rende tutto emozionante. Rende ogni cosa possibile.

Mi sale sopra con una leggerezza che sembra non c'entrare niente con la sua grossa stazza e sfrega il naso contro il mio collo, baciandomi e mordendomi.

Mi inarco per premere i seni contro il suo petto sodo, lasciando ricadere indietro la testa. Mi tengo alle sue grosse braccia, cercando di tirare il suo corpo in basso, verso il mio. "Ho bisogno di te," ripeto, ancora in parte spaventata che possa tirarsi indietro.

"Adesso te lo do," promette, strappando l'involucro del preservativo con i denti e infilandoselo. Fa scorrere la cappella del suo membro sulla mia carne bagnata. Pianto i miei piedi sul materasso, le ginocchia divaricate per riceverlo. Sollevo le anche.

Il suo volto si contorce, come sofferente, mentre entra dentro di me. "Sadie," dice con voce roca e affannata. "Cazzo."

"Sì!" Oh, perdindirindina. Sì. Spingo in su il bacino

per prenderlo più a fondo, perché sta andando troppo piano. Impreca di nuovo.

"Deke, sì." Afferro il suo sedere muscoloso e lo tiro verso di me, stringendo le gambe attorno alla sua schiena e intrecciando le caviglie.

Un brivido di piacere gli scorre dentro e inizia a ondeggiare lentamente. È bellissimo, un film porno-artistico. I nostri corpi sono legati e ci muoviamo insieme: lui dà e io ricevo. Non so per quanto va avanti questo piacere perfetto e senza pensieri, ma molto presto non mi basta. Gli mordo la spalla. Stacco le caviglie e sollevo le ginocchia, portandole verso le mie spalle e allargandomi ancora di più.

Un'altra espressione di sofferenza passa sul volto di Deke. "Cazzo, Sadie." Mi tiene le ginocchia e pompa più velocemente, il suo ventre che sbatte contro di me in un ritmo delizioso. Accarezzo con le mani ovunque riesca ad arrivare, adorando la sensazione della sua pelle, la consistenza dei suoi grossi muscoli.

"Sì," lo incoraggio. È incredibile. "Deke."

"Sadie," dice con voce roca, alzandosi sulle ginocchia e sollevandomi le anche, le grosse mani che mi sostengono sotto al sedere mentre sbatte dentro di me.

"Oh mio Dio," annaspo, quasi senza ragione. Non avevo mai fatto sesso in questo modo: così disinibita e senza freni. Un sesso bellissimo, naturale e facile.

Scuote la testa, come se stesse tentando di schiarirsi le idee. Per un momento vedo brillare i suoi denti, e sembrano quasi più lunghi, più affilati. Ma dev'essere il luccichio alla luce della luna che filtra dalla finestra.

Scuote di nuovo la testa e lo tira fuori, facendomi girare e sistemandomi carponi. Quando mi entra da dietro, è puro paradiso. Va più a fondo. Cado istintivamente sui gomiti per ruotare le anche più su, per migliorare l'angolazione.

Deke mi stringe i fianchi e mi sbatte dentro. Sembra perdere il controllo. Il suo respiro si fa affannato e ansimante. Il suo ventre sbatte contro il mio sedere, riempiendo la stanza dei deliziosi rumori del nostro rapporto amoroso.

"Sadie," grida per avvertirmi.

"Sì, ti prego," rispondo. Sto davvero per venire, lo sto solo aspettando.

"Sadie," ripete con voce strozzata. Adoro sentire il mio nome pronunciato con quel tono forzato e gutturale. Come se non potesse trattenersi. Come se lo facessi impazzire. Diversissimo dagli interludi rapidi e noiosi che avevo con Scott.

"Dammelo, Deke," annaspo.

Il suo grido sembra quasi un ruggito. O un ringhio animale. Affonda dentro di me, le dita che mi strizzano i fianchi con forza tale da farmi quasi male.

"Sì!" grido, i miei muscoli che si contraggono attorno al suo sesso, il mio orgasmo che sale e mi pervade. "Sì, Deke. Oh, Dio."

Continua a pompare piccoli colpi contro il mio sedere, tirandomi fuori altro piacere. I muscoli interni si stringono ancora di più. Altre ondate di piacere.

Ti amo. Le parole sono nella mia testa, ma fortunatamente mi freno prima di dirle. Non so cosa significhi la cosa per Deke. Cioè, so che non ha fatto finta.

Non c'è proprio niente di finto in ciò che abbiamo appena fatto.

Ma potrebbe trattarsi semplicemente di sesso.

Il che va bene.

Benissimo.

Oh Dio, non va bene. Ma come ho fatto a pensare di potermi accontentare di avere Deke solo per il finesettimana?

Ora lo voglio per sempre, per tenerlo con me, e lui mi ha già detto chiaramente che non si può.

~

Deke

OH, cazzo, l'ho quasi marchiata. Ho sentiti i denti scendere durante il sesso, rivestiti del siero che inietterebbe permanentemente il mio odore nella sua pelle. Ho quasi marchiato Sadie per renderla la mia compagna, cosa che la legherebbe a me per sempre.

Sono riuscito a trattenermi, però, a dare comunque a Sadie ciò di cui aveva bisogno.

Un'ondata di soddisfazione mi pervade al pensiero. Ho avuto la disciplina che serve a tenere a bada il mio lupo. Per Sadie, ce l'ho fatta.

Per Sadie potrei fare ogni cosa.

Esco da lei e getto via il preservativo. Il mio lupo è agitato, arrabbiato perché non l'ho marchiata, ma lo tengo a bada. Appena si sarà addormentata, uscirò a farlo correre.

Per adesso però non riesco ad abbandonarla. Non ora che la vedo appoggiata sul gomito, così dannatamente vulnerabile. Torno al letto e abbasso le coperte, aiutandola a infilarcisi sotto, prima di scivolare accanto a lei.

Subito fa rotolare il suo corpo dolce e morbido contro il mio, appoggiando la testa sul punto dove la spalla incontra il braccio e accarezzando con le dita i radi peli del mio petto. "Grazie," mormora.

Anche se sono appena venuto, mi viene duro al suono della sua dolce voce. L'idea di averle dato soddisfazione mi fa venire voglia di rifarlo.

Una dozzina di risposte diverse mi vorticano nella mente. Risposte superficiali come "Al tuo servizio" o boriose come "Potrei darti ben di più". Ma nessuna le rende onore. Nessuna è adatta alla bellezza del sesso appena fatto insieme. E giuro che non ho mai definito il sesso bello in vita mia.

Ma con Sadie lo è stato. Anche la parte in cui il mio lupo ha lottato per prendere il comando e marchiarla. È stato tutto perfetto. Proteggerla dal mio lupo è stata la cosa giusta da fare, e anche il desiderio di marchiarla sembrava la cosa giusta da fare.

Freno un rombo di assenso e le bacio la testa.

Nel giro di pochi istanti, il suo respiro si fa più lungo e la sento addormentarsi. Aspetto un'altra mezz'ora, assaporando la sensazione della sua presenza tra le mie braccia, poi striscio fuori dal letto per andare a tramutarmi e correre.

CAPITOLO DODICI

Deke

APPENA SADIE SI MUOVE, la mattina, risvegliandosi, torno nel letto. Dopo la corsa notturna non mi sono fidato a dormirle accanto, quindi ho pisolato sulla sedia vicino alla porta. Sembrava giusto stare di guardia, tenerla al sicuro.

"Deke." Sbadiglia, accoccolandosi contro di me. Stringo i denti mentre mi sfiora l'uccello, che diventa duro come l'acciaio.

"Giorno, piccola." Abbasso la testa e la bacio, la mia lingua che stuzzica il suo desiderio nascosto, esplorando l'interno setoso della sua bocca. Geme e si inarca, premendosi contro di me. Sento l'odore della sua umida eccitazione.

Mi stacco da lei e mi schiarisco la gola. "Sono quasi le nove."

"Davvero? Perdindirindina." Si siede.

"Perdindirindina," ripeto, perché è davvero grazioso. "Dici mai le parolacce?"

"Sì." Sorride. "Ma non spesso. Non vorrei farlo inavvertitamente davanti ai bambini della mia classe."

Mi dà un altro bacetto sulle labbra. "Devo andare. Abbiamo una giornata completa alla spa, e mi devo preparare con la sposa." Si morde il labbro, e vorrei così tanto marchiarla che mi fanno male i canini. "Tu sei invitato a pranzo con lo sposo e i suoi testimoni. Sarà un gruppo di amiconi in smoking, e ci sarà anche Scott. Potresti tenerlo d'occhio. So che fa schifo…"

"Passo," dico immediatamente. "Non ti preoccupare. Troverò da fare." Le prendo le guance.

Mi afferra i polsi e si infila un mio dito in bocca. Le sue labbra lo avvolgono, e succhia con forza.

"Solo un'anteprima del dopo," dice, ed esce dal letto velocemente, ma non abbastanza. Allungo una mano e la sculaccio, forte. Fa un salto ma sorride, e quasi mi viene voglia di rincorrerla. Avrà il ricordo della mia manata sulla natica per tutta la mattina.

~

Sadie

Il giorno del matrimonio passa in un lampo. Mattinata alla spa e poi preparazione della sposa. Per tutto il tempo vorrei essere invece insieme a Deke. Di nuovo in cima alle montagne a fare un picnic. O una passeggiata. O… un altro round tra le lenzuola.

Ma faccio la mia parte supportando la sposa. Indossando il mio vestito da damigella color vinaccia. Jenn è una sposa bellissima, con un abito nuziale corto che scolpisce le sue forme. È bello e moderno, con un colletto che disegna una linea asimmetrica in cima, facendola assomigliare a una calla bianca.

Come programmato, Scott mi accompagna all'altare.

"Sei bellissima," sussurra un minuto prima dell'inizio.

"Lo so," rispondo. "Me l'ha detto Deke." A dire il vero non ho ancora visto Deke, ma cerco la sua testa scura e le spalle larghe, di sicuro più alte di tutti gli altri seduti qui. E quando lo trovo, vedo che mi sta guardando. Sorrido e lo saluto con la mano, ricevendo in risposta un piccolo cenno del capo. Non un'ondata di emozione, ma un sacco di incoraggiamento, nel linguaggio di Deke. *Ce la puoi fare, piccola.*

Mentre vado all'altare, guardo Deke negli occhi più a lungo che posso. Noto a malapena la frustrazione che Scott sta praticamente emanando. All'inizio avevo bisogno di Deke come scudo di fronte alle pressioni di Scott, ma ora il mio ex non mi fa più alcun effetto. Non me ne frega niente di ciò che vuole l'uomo accanto a me in questo momento. Sono molto più interessata a quello che voglio io, varrebbe a dire Deke.

Mentre Jenn e Geoff pronunciano le loro promesse, cerco ancora Deke con lo sguardo. Ha detto che non si sposerà mai. Mi chiedo perché. Ci siamo conosciuti meglio in questo finesettimana, ma non al punto da chiudere il baratro tra noi che sono i suoi segreti. Baratro che intendo attraversare.

"Ottimo lavoro, piccola," mi dice Deke dopo la cerimonia. Tira la spallina che mi tiene su il corpetto. "Indossi una guaina modellante sotto a questo?"

Sono scossa da una risata e mi copro la bocca per frenarla. "No," sussurro in risposta. "Ho imparato la lezione." Si avvicina di più e le sue labbra trovano il mio orecchio. Abbasso la testa. "Non ancora," lo avviso. "Devo fare le foto con il gruppo di invitati. Poi c'è il ricevimento."

"Fanculo il ricevimento," mormora Deke, e mi si contrae il sesso.

"Adorerei scopare invece di andare al ricevimento," mormoro, guardando i suoi occhi che si incendiano, "ma dobbiamo restare fino al taglio del dolce. E per qualche ballo dopo."

"Ok." Toglie la mano e si liscia lo smoking. Con il papillon e la fascia alla vita è ancora più sexy e pericoloso di James Bond. "Ma ti costerà caro."

"Non vedo l'ora che tu riscuota," mormoro in risposta, e obbedisco alla chiamata di Brigit che ci convoca a fare le foto con gli sposi. Non posso fare a meno di voltarmi a guardarlo per tutto il tempo, e sembra che tenga sempre gli occhi fissi su di me. I suoi occhi hanno uno strano luccichio sotto alla luce soffusa.

Più tardi, dopo la cena e i discorsi, io e Deke balliamo guancia contro guancia sulle note di Frank Sinatra. Beh, non guancia a guancia: lui è troppo alto. Ma tengo la testa appoggiata al suo petto, ed è perfetto.

"Grazie per essere venuto con me questo finesettimana." Alzo la testa per guardare i suoi occhi caldi.

Il suo sguardo si addolcisce, ma non sorride veramente. È raro che sorrida, il che rende la cosa ancora più eccitante quando riesco a fargli curvare le labbra.

"So che questo non è per niente il tuo ambiente. È stato un favore enorme da chiederti…" Mi sa che sto farfugliando. Mi sento come se la notte scorsa avesse dimostrato che siamo andati ben oltre il finto appuntamento, ma onestamente non sono sicura di quale sia la sua posizione in merito. Il fatto che non voglia sposarsi e avere figli avrebbe già dovuto farmi smettere di sperare di più, ma non è così. Mi sono già innamorata di quest'uomo.

Lo voglio tutto.

Danziamo superando il tavolo dei regali, che contiene tutto ciò che una coppia vorrebbe per dare inizio alla propria vita da sposati, incluso un intero set di pentole Le Creuset.

"Sadie." Deke sembra a disagio.

Oh, Dio, adesso se ne andrà con delicatezza.

"Non posso impegnarmi in una relazione. Sono... pericoloso."

Lo guardo sbattendo le palpebre. Alla fine, stiamo portando le cose allo scoperto. "Si tratta delle... ehm, denunce per aggressione?"

"Sì."

"Cos'è successo?" Mi batte forte il cuore, ma voglio sapere tutto, qualsiasi cosa sia.

"Divento... protettivo. Esageratamente protettivo. Ero al bar, e una donna sembrava essere importunata. Mi sono intromesso. Ma diciamo che ho perso il controllo. Il mio lu..." Si ferma e scuote la testa rapidamente. "Ho usato una forza eccessiva. Non volevo, ma ho fatto male al tizio più del dovuto."

"Non conosci la tua stessa forza," mormoro.

"No," mi interrompe bruscamente. "La conosco Motivo per cui non sarebbe mai dovuto succedere. Avrei dovuto mantenere il controllo. Soprattutto con dei civili."

Deglutisco. "Fa parte della PTSD, Deke. Hai dovuto uccidere per eseguire il tuo dovere, giusto?"

Inspira a fatica e poi espira lentamente. "Sì. A volte... a volte lo faccio ancora." Il suo sguardo si fissa sul mio volto, come se stesse cercando dei segnali di orrore da parte mia.

Ne provo un poco, ma sto attenta a moderare la mia espressione. Avrei dovuto immaginarlo, quando ha parlato di contratti multimiliardari con il governo. Non c'è da meravigliarsi che non abbiano il permesso di avere una vita privata. Sono come… sicari governativi. O qualcosa del genere.

Provo a soffermarmi sull'idea per vedere se la cosa mi fa scappare urlando.

Ma non scappo.

Alzo il mento. "Non mi interessa," gli dico.

Piega la testa di lato. "Non… no?! Cioè, sarebbe meglio di sì. Sadie, non sono una persona sicura."

Smetto di ballare e allungo le braccia per prendergli il viso tra le mani. "Per me sei sicuro," gli dico.

Esita. "Non lo so, Sadie. Quei tizi al bar…"

"Sei passato in modalità da combattimento perché pensavi che fosse necessario. È stato un errore. Deke, nessuno è perfetto."

"Io voglio esserlo per te."

Mi si stringe il cuore. Ha detto *per te*.

Vuole essere perfetto per me.

Deke vuole essere mio!

"La perfezione è superata. La perfezione è ciò che vogliono Scott e mio padre. A loro non interessa niente del dentro, fintanto che l'esteriorità ha un bell'aspetto."

Deke sembra incerto.

"Sei un brav'uomo, Deke. Proteggi coloro che non possono proteggersi da soli. Hai un onore. Ti impegni. Non voglio che tu sia perfetto. Ti voglio e basta."

Deke inspira di nuovo velocemente, gli occhi che lampeggiano di verde. La sua bocca cala sulla mia. Si abbatte sulle mie labbra. Se ne impossessa. Il suo grosso palmo si stringe sulla mia nuca e la sua lingua mi passa in mezzo alle labbra.

Sento risatine e mormorii attorno a noi. Siamo in mezzo alla pista da ballo e stiamo pomiciando come adolescenti selvaggi e senza freni.

È una sensazione meravigliosa.

Il bacio continua all'infinito. È tanto lungo che non so se Deke si è dimenticato dove siamo, quindi mi stacco, ridendo. "Andiamo di sopra," dico.

Non esita. Mi prende tra le sue braccia come se fossi la sposa e mi porta fuori dalla sala da ballo.

Quando siamo nella buia stanza d'hotel, sembra che tutto si muova al rallentatore. Mi posa giù e abbassa silenziosamente la cerniera del vestito. Nella grande finestra ad arco, la luna piena splende, rivestendo la terra scura di un'aura magica. Fresca eccitazione mi fiorisce dentro, il battito del cuore forte e regolare.

Lascio cadere l'abito ai miei piedi e mi giro a guardare Deke, solo con il perizoma addosso. Ha fatto un passo indietro e sta nell'ombra. Con lo smoking è tanto bello che potrei piangere.

Sembra che si stia di nuovo trattenendo.

Faccio un passo verso di lui. "Ti voglio. Voglio *te*, Deke." Il suo odore mi avvolge, dandomi alla testa e rendendomi leggera. Non so se siano i feromoni prodotti dalla luna piena. Sto impazzendo.

"Sadie, c'è altro che..." dice, ma lo afferro per premere la bocca contro la sua.

"Non mi interessa," mormoro. "Qualsiasi cosa sia, ti voglio comunque." Ringhia contro le mie labbra e si raddrizza, strappandosi di dosso la maglietta e mostrando il suo meraviglioso torso. *Oh, sì.* Le mie ovaie stanno esultando. *Saliamo sul treno del sesso!*

Deke

"MIA BELLA SADIE, ora ti scopo di brutto."

Wow! Non so da dove mi sia venuto fuori. Decisamente dal lato sbagliato della linea del rispetto, ma Sedie non sembra esserne infastidita. Le sue dita agili trafficano con il bottone dei miei pantaloni.

Questa donna è un dono. Un dannato dono.

Faccio scorrere le mani sulla pelle nuda della sua schiena, unendo ancora le nostre bocche. Volevo dirle del mio lupo − svelarle tutti i miei segreti − ma quando mi ha offerto la scusa per non farlo, l'ho accolta.

Dirglielo è vietato. So cosa direbbe Rafe. So cosa direbbe di tutta questa storia.

Ma non posso trattenermi, quando si tratta di Sadie. Tutto attorno a lei sembra giusto. Il suo odore. Il modo in cui la sua presenza calma e allo stesso tempo stimola il mio lupo. La sua dolce, dolcissima accettazione del mio lato oscuro.

La amo.

Non ero neanche sicuro di cosa fosse l'amore, fino a questo punto.

I lupi non pensano in questi termini. Noi ci accoppiamo per l'odore, per il fato, non per emozioni umane. Ma quello che provo per Sadie è reale. Va oltre l'odore e il desiderio di marchiarla. Riguarda ciò che lei è. Il modo in cui mi fa sentire. L'uomo che voglio essere per lei.

Voglio tenere Sadie Diaz con me. Voglio accoppiarmi con lei. Sposarla. Tutto.

Nel momento in cui mi abbassa i pantaloni dai fianchi, me li levo e la faccio arretrare fino al letto. Colpisce il materasso con il retro delle ginocchia e cade indietro, la mia mano che le accompagna delicatamente la testa.

Striscio sopra di lei, poi mi ricordo del preservativo. Mi levo velocemente i boxer, recupero un profilattico e torno al letto.

Sadie indossa un perizoma sottile. La sua pelle ha un

colorito bronzeo alla luce della luna. Mordo l'elastico delle mutandine e le trascino giù, sfilandogliele dalle gambe con i denti. La sua risata è musicale e dolce. Bacio la gamba risalendo. Inizio dal polpaccio e salgo all'interno coscia e poi fino in cima. Le poso un bacio delicato sul sesso, poi le allargo le gambe.

"Allargati per me, piccola," le dico.

Geme sottovoce prima che la mia lingua la tocchi. La lecco dentro, allargandole le grandi labbra e facendo scorrere la lingua sui suoi umori bagnati. Roteo con la punta attorno all'ingresso e poi al clitoride.

"Sei bravissimo." È senza fiato. Già bisognosa. Voglio tenerla così tutta la notte.

"Ti farò venire di brutto," le dico infilandole dentro un dito.

Si dimena per prenderlo più a fondo, e lo tiro fuori per infilarci poi due dita insieme, usandole per accarezzare le pareti interne. Trovo il punto G e sento i tessuti che si contraggono al tocco dei miei polpastrelli.

Le sue gambe si muovono attorno a me e la faccio gridare. Le bacio il clitoride, lo succhio e continuo a sfregare il punto G.

"Deke! Oh Dio, è meraviglioso."

Mormoro contro la sua carne. O forse è un ringhio. Non importa. Sto mantenendo il controllo. Me ne ha dato la forza con la sua fiducia. Non la marchierò. La farò venire come non è mai venuta prima.

Faccio pompare le dita, colpendo il punto G a ogni colpo. Grida e mi tira i capelli, premendo il mio volto contro la sua carne, anche se non smetterei mai di succhiare questo dolce e piccolo clitoride.

Il suo bacino scatta e freme. Il canale si stringe e risucchia le mie dita mentre viene. Smetto di pompare mentre lei raggiunge l'apice, poi la accarezzo lentamente, portandola a un secondo sfogo. Smetto di succhiarle il clitoride e ci faccio roteare sopra la lingua. Una terza ondata la pervade.

"Oh mio Dio," dice annaspando. "Deke. È fantastico." Mi tira le orecchie per sollevarmi la testa dalla sua carne gonfia. "Vieni qui," mi implora. "Ho bisogno di te dentro di me."

Sorrido, i suoi succhi sulle mie labbra. "*Sono* dentro di te." Massaggio ancora il punto G per ricordarglielo, e viene pervasa da una quarta ondata di eccitazione.

"Che ne dici di… ehm… scoparmi di brutto?"

Una risata mi sale dal petto. "Sadie Diaz, hai appena detto *scopare* invece di *perdindirindina*?"

Ride. "Mi sembrava appropriato."

"Mmm." Le striscio sopra. Ha ragione. È appropriato. Prendo la confezione del preservativo, che ho lasciato cadere sul letto, e la apro. "Ti ho promesso una bella scopata, no?"

"Ah-ah." Allarga le ginocchia e le sue palpebre calano nell'attesa. Sarà anche dolce, ma non è certo una puritana. È *adorabile*.

Mi infilo il preservativo e mi alzo sulle ginocchia, mettendo in linea la cappella del mio sesso con il suo ingresso. "Farti venire è un fottuto privilegio, Sadie Diaz."

Merda, ho zero filtri stasera. Il sollievo di averle esposto il mio lato oscuro e la sua conseguente accettazione mi hanno cambiato nel profondo.

Un brivido mi attraversa, e le sue labbra gonfie per i baci si schiudono. Allunga la mano verso il mio membro e lo stringe con decisione, guidandomi dentro. "Ho bisogno di te," ripete.

Cazzo. Ne ho bisogno anch'io.

Tantissimo.

Un colpo dentro di lei e sono perduto. La luna mi ha

già surriscaldato il sangue. I canini si allungano, ma chiudo con decisione la bocca. Manterrò il controllo. Per Sadie, posso farlo.

Sbatto dentro di lei con più forza di quanto vorrei, ma lei inarca la schiena e geme soddisfatta, come se fosse proprio ciò di cui aveva bisogno. "Ti scoperò tanto che domani non riuscirai a stare in piedi."

Esco e sbatto dentro di nuovo, deciso e sicuro. Alza la testa dal letto e devo prenderle una spalla per tenerla giù e impedirle di andare a sbattere contro la testiera.

"Scopami, Deke."

Non so perché sentirle dire la parola 'scopare' mi ecciti tanto. Perché non è da lei. Perché significa che lo vuole veramente.

Faccio scattare i fianchi più velocemente, affondando e uscendo, guardando il suo volto per capire se sono troppo rude.

Ma non vedo niente. Sembra volere ogni minima cosa che faccio. È meravigliosa: i suoi capelli folti e scuri sparpagliati sul cuscino in un alone attorno alla testa. I seni bellissimi puntati verso il soffitto, i capezzoli turgidi e desiderosi della mia bocca. Mi piego in avanti e ne prendo uno tra le labbra, succhiandolo.

Sadie geme di piacere.

Il suono mi fa dondolare il bacino ancora più forte, la pressione che sale alla base della spina dorsale.

"Sì," mi incoraggia.

Le succhio l'altro capezzolo, in modo che non si senta escluso.

Lei me ne pizzica uno, e la cosa mi fa sorridere.

"Lo vuoi forte?" le chiedo, un po' in ritardo dato che la sto già scopando con forza. Forse ho solo bisogno di esserne sicuro.

"Sì!" conferma. "Lo voglio fortissimo."

"Oh, cazzo." Appoggio una mano contro la testiera e le lavoro l'uccello tra le gambe – colpi rapidi e brevi – *dentro, dentro, dentro, dentro*. Ogni volta che spingo, lei lancia un acuto *ah, ah, ah, ah* che mi fa diventare matto.

Sono sicuro che tutti su questo piano sentono quello che stiamo facendo, e questo rende il mio lupo dannatamente orgoglioso.

Mi sostengo con entrambe le mani e mi inarco per entrarle dentro a fondo, ancora più veloce. Ancora più forte.

Il suo sguardo selvaggio è su di me. Le labbra restano aperte per dare sfogo alle sue grida di piacere. Il letto dondola contro il muro, sbattendoci contro ripetutamente.

Il mio lupo ringhia, aspettando che lo liberi, fremente per il desiderio di marchiarla. Ma resisto.

Per Sadie, resisto.

"Oh, Deke. Ti prego… *ti prego!*" Mi sta implorando. Di fermarmi? Di venire?

Solo il pensiero di venire, lo fa accadere. Volevo scoparla per tutta la notte, ma il piacere è troppo intenso. Lo sperma mi attraversa il sesso. Sadie stringe le gambe attorno al mio torso e mi tira a sé, tenendomi fermo mentre entrambi arriviamo all'orgasmo in perfetta unione.

Emetto un grido strozzato. Il mio lupo fa scendere la mia testa nell'incavo del collo di Sadie, i denti pronti ad affondare nella sua carne, ma all'ultimo istante mi tiro indietro, come un uomo che ulula alla luna. Un uomo-lupo che urla al mondo intero che ha trovato la sua femmina.

La sua compagna.

Marchiala, piagnucola il mio lupo.

Non ancora.

Sembra percepire una promessa nelle mie parole. Che ho in mente di marchiarla, solo che non intendo farlo stanotte. I miei canini si ritraggono.

Sadie è salva.

Sadie è mia.

Per quanto riguarda invece dirle che sono un lupo, per quanto riguarda marchiarla... ci arriveremo. Quando sarò certo che potrò sempre tenerla al sicuro.

Al sicuro dal mio lupo e dalla mia oscurità.

CAPITOLO TREDICI

Sadie

Mi SVEGLIO in un letto caldo. Da sola, ma c'è un biglietto sul cuscino di Deke.

Sono andato a correre.

Sorrido e mi stiracchio, sentendomi bene dalla punta dei capelli alle dita dei piedi. La missione *Sadie la seduttrice* è andata bene.

Oggi ce ne andiamo. La nostra operazione fidanzato finto sarà finita. Non ci sono promesse su come continuerà la nostra relazione, ma dopo la chiacchierata di ieri sera, confido che le cose si possano risolvere.

Mi infilo gli scarponcini da camminata e vado fuori. Nel resort c'è silenzio stamattina, e in giro non c'è quasi nessuno. Il resto degli ospiti della festa deve aver deciso di restare a letto fino a tardi.

Fuori l'aria è fresca e pulita. È la mattinata ideale per una passeggiata. Spero di imbattermi in Deke, in modo da poter ricominciare da dove ci siamo fermati.

Scendo saltellante lungo il sentiero, lasciandomi rapidamente il verde resort alle spalle e passando a un paesaggio più spoglio e roccioso. Un ramoscello si spezza dietro di me.

"Deke?" chiamo, girandomi e tornando da dove sono venuta.

"Sadie." Scott esce da dietro un grosso pino.

Ah! Viscido schifoso! Mi fermo di scatto. "Scott!"

"Dobbiamo parlare." Ha la voce roca. Indossa ancora lo smoking di ieri sera. Ha gli occhi rossi e l'alito che puzza di vodka.

Che schifo.

"Ma hai dormito ieri sera?"

"Non riesco a dormire." Mi afferra le braccia e mi arriva una folata del suo alito terribile mescolato all'odore stantio di colonia. Ho un conato di vomito e cerco di spingerlo via.

"Vattene." Riesco a liberarmi. Lui inciampa su una roccia, cercando di seguirmi.

"Sadie, voglio stare insieme a te."

"No. Ritieni solo che qualcuno stia giocando con il tuo giocattolino. Non ho mai significato niente per te. Si è sempre trattato soltanto dei contatti di mio padre. Non puoi far approvare i tuoi progetti di sviluppo urbano senza di lui."

"Cazzo, Sadie, no." Barcolla e mi finisce addosso, facendomi cadere sotto al suo peso. Grido e cerco di strappargli dalla presa la mia giacca.

"Scott, mi fai male…"

Un ringhio selvaggio risuona dal pendio sopra di noi. Ogni pelo del mio corpo si rizza per la paura.

Un predatore!

I miei muscoli diventano di pietra e smetto di lottare contro Scott, che si muove impacciato, posandomi le mani sopra e tirandosi in piedi per poi girarsi – troppo tardi – in direzione della minaccia. Si sente un altro ringhio e un'enorme forma scura scende dal pendio, correndo verso di noi.

"Co...?" La domanda di Scott è interrotta dall'ombra gigante che gli sbatte addosso. Cade agitando le braccia e io grido.

Scott atterra al suolo e su di lui c'è il lupo nero più grosso e cattivo che abbia mai visto.

Arretro barcollando. Inciampo su un masso e cado indietro, riprendendo l'equilibrio all'ultimo secondo. Il lupo gira la testa verso di me e ho un sussulto.

Poi la rigira verso Scott, apre la gigante mandibola ed emette un ringhio che assomiglia più a un ruggito.

Scappa! grida l'adrenalina nelle mie vene.

Scott lancia un grido acuto. Perdindirindina, sta per essere divorato. Devo fare qualcosa. Ho le gambe molli.

"No!" dico severamente, con la mia più decisa voce da maestrina. Senza pensare, afferro un ramo per picchiare il lupo e cacciarlo via.

Prima che possa brandirlo, il lupo arretra. Scott riesce a rimettersi in piedi.

"Ehi!" Tento di distrarre il lupo in modo che Scott se ne possa andare. E se ne va, correndo in direzione del resort, le code dello smoking lacero che gli sventolano dietro. Lasciandomi con il lupo.

Da sola.

Che stronzo.

Faccio un passo indietro e aggiusto la presa sul ramo. *Perdindirindina.*

"Non pensavo che sarebbe andata così," dico al lupo.

Con mio completo shock, l'animale si siede e piagnucola.

Come una bestiolina spaventata!

"Ehm... ok. Bravo lupo." Faccio un altro lento passo indietro.

Lui mi guarda. Non c'è segno dei suoi denti, ma non dimenticherò mai com'erano prima. Questa bestia è un mostro assassino. E non posso avere la meglio su di lui. Ho visto con quale velocità ha disceso il versante della montagna.

Allora cosa faccio?

Comincia ad avanzare verso di me. Non si lancia. È più un trotterellino, ma sussulto. Nel momento in cui mi irrigidisco, lui si ferma e si siede di nuovo. Poi scorgo una cosa argentata in mezzo alla pelliccia del collo. Il lupo gira la testa e i rettangoli argentati luccicano più chiaramente alla luce.

Sussulto. "Qu-quelle sono di Deke! Hai le targhette di Deke." Cosa significa? La pelle d'oca mi ricopre le braccia.

Mi porto una mano alla bocca. Ci sono due opzioni. Il lupo ha mangiato Deke e ora porta le sue targhette come trofeo, oppure...

"Sherlock Holmes dice: *Una volta eliminato l'impossibile, ciò che rimane dev'essere per forza la verità*," dico con voce tremante.

Il lupo piega la testa di lato, come se stesse ascoltando.

"Hai mangiato Deke oppure... *sei* Deke."

Il lupo muove la testa come se stesse annuendo.

Ma no. È impossibile. "Sarà meglio che tu non abbia mangiato Deke," dico, ridendo e piangendo allo stesso tempo, mezza isterica. "È il mio ragazzo, e mi piace davve-ro." Sollevo il ramo, prontissima a vendicare il mio amante.

Il lupo si lascia cadere sulla pancia e striscia in avanti, supplichevole.

"D-deke?" È ridicolo, impossibile, eppure... quegli

occhi verdi. Li ho già visti, poco ma sicuro. Ora capisco perché brillavano al buio.

Il lupo si alza e trotterella dietro a degli arbusti. Un sommesso ringhio mi fa rabbrividire, e poi Deke, il mio grosso e muscoloso ragazzo, si rialza dal nascondiglio del lupo.

Barcollo indietro, perché le mie gambe sono confuse. *Lottare o fuggire? Scappare o abbracciare Deke?*

Decido di leccarmi le labbra. "Sei un lupo," dico, confermando l'ovvio. L'impossibile.

Deke esita, come insicuro se avvicinarsi o meno. "Non avere paura," mormora, le braccia allargate. Esce da dietro il cespuglio. Senza gli arbusti in mezzo a noi, mi rendo conto di un'altra cosa.

Piego le labbra in una smorfia. "Ehm, sei nudo." Eccetto per le targhette. Quelle brillano sul suo petto imponente, attirando il mio occhio alla linea in mezzo ai suoi addominali e poi giù, seguendo la riga sotto all'ombelico fino a…

Ok. Quindi l'evidenza dei fatti suggerisce che lui e il lupo non si sono scambiati di posto. Che sono, in effetti, la stessa cosa.

"Sei un…" Non riesco a dirlo. È troppo folle.

Annuisce. "Questo è il mio segreto più oscuro."

Riporto gli occhi sul suo viso. Difficile. Potrebbero godere di ben altra vista. "Ok."

Inarca le sopracciglia. "Ok? Non hai altro da dire?"

"Cosa dovrei dire? Ti aspettavi che scappassi gridando?" Mi siedo su una grossa roccia, perché le mie gambe smettono di funzionare.

Deke si abbassa lentamente, accucciandosi in modo che i nostri occhi siano allo stesso livello. I suoi movimenti sono inspiegabilmente fluidi. Come quelli di un lupo.

"Sei un lupo," ripeto.

Annuisce.

Allungo la mano e gli tocco il tatuaggio raffigurante un lupo. "Oh mio Dio." Mi passo una mano tremante sul volto. Ho l'insano impulso di ridere. "Oh, mio Dio. Sarebbe questo il tuo segreto."

Resta immobile, in attesa. Vuole che gli dia un giudizio o che gli dica di andarsene, o qualcosa del genere. Aspetta e basta.

"Sei un lupo," dico meravigliata, e gli tocco il viso. Chiude gli occhi e gira la testa, quindi mi trovo ad accarezzargli i capelli. "Deke," sussurro.

"Sadie," geme contro il palmo della mia mano. Mi mordicchia la pelle.

E poi gli stringo le braccia al collo e lo bacio. Lui ricambia. Gli salto addosso, abbassandolo in modo da potergli stringere le gambe attorno alla vita. "Va tutto bene? Ti sto facendo male?"

"No," dice, tra baci avidi. "Non fa più male niente."

Prima che possa chiedergli cosa intende, ha infilato la mano dietro ai miei leggings. Gemo mentre mi stringe da dietro, le dita che cercano la mia eccitazione.

Ci metto un secondo a calciare via gli scarponcini e a spogliarmi. Lui è già completamente nudo.

"Non ho il preservativo, Sadie." Sembra sofferente.

"Oh." No. Non accetto nessun intasa-vongola adesso. "Non puoi tirarlo fuori?"

"Affare fatto." I suoi bicipiti si gonfiano mentre mi solleva dai fianchi e mi riabbassa sopra al suo sesso. È incredibilmente forte. Ora capisco perché gli è stato così semplice tirarmi su e portarmi in giro ogni volta che ne ha avuto voglia.

Deke mi alza e riabbassa sul suo sesso, inizialmente piano, poi passando a una sorta di ritmato rimbalzo. I miei seni salgono e ricadono per lo slancio, e mi sento sexy come una pornostar. È delizioso. Sto scopando un lupo mannaro. A cielo aperto.

È perfetto.

La sua barba rada mi graffia il viso mentre ci baciamo. Grido, mentre tutto il pericolo e l'adrenalina e la minaccia si trasformano in una sorta di bisogno primordiale, un orgasmo epico per festeggiare il modo in cui ho affrontato un lupo e sono sopravvissuta. Sono viva.

Deke geme e i suoi occhi diventano verdi. "Non posso," mormora. Colgo il bagliore dei suoi denti da lupo. "Non posso."

Non può che cosa? Vorrei chiederglielo, ma mi sta già facendo rimbalzare, portandomi verso un altro orgasmo. Questa volta, quando arrivo all'apice, lui impreca, mi solleva da lui e si tocca l'uccello, venendo sul terreno morbido. Il suo fiato soffia forte contro la mia giacca, e mentre viene si morde il labbro con un dente affilato, facendosi colare un rivolo di sangue sul mento.

Deke

"Cazzo, scusa," dico, anche se avevamo concordato insieme che l'avrei tirato fuori. Eppure mi è sembrata una mancanza di rispetto. Una delusione.

Una cosa innaturale.

Il fato vuole che ci accoppiamo.

Ecco il pensiero che mi passa per la testa, e stavolta l'idea va oltre il mero pensiero di rendere mia Sadie. Va verso il nostro futuro. Verso una vita insieme. Una famiglia con dei cuccioli. Ho una voglia matta di dare a Sadie tutto ciò che ha sempre voluto. Lo voglio anch'io. Il pacchetto completo.

"Stai sanguinando," esclama Sadie, posandomi un pollice sul mento.

Mi asciugo frettolosamente. "Scusa, non..."

Mi scruta, curiosità e preoccupazione intrecciate nei suoi caldi occhi castani. "Di cosa ti scusi?"

Deglutisco. Dovrei spiegarle tutto. Ma sarà pronta? Siamo già arrivati a questo punto? Non ho neanche parlato con Rafe, ancora. Non so cosa farò se il mio alfa si opporrà al mio desiderio di fare mia Sadie.

"I lupi, ehm... noi marchiamo le nostre compagne."

"Cosa?" Non sembra scioccata. È solo confusa.

"Con i denti. Ecco perché corro così tanto e non dormo nello stesso letto con te. Ho, ehm, l'impulso di farti mia."

"Di farmi tua?" Sgrana gli occhi. Non è spaventata, però. Questo è un bene.

Mi passo una mano sul viso e poi raccolgo i suoi pantaloni da yoga da terra e glieli porgo, in modo che possa rimetterseli. "Potrebbe non funzionare," ammetto mesto.

Inspira di scatto. "Intendi, tipo, *tramutarmi*?"

Una risata di sorpresa mi sale dalla gola. "No. Non siamo vampiri." Non riesco a smettere di sorridere. È così graziosa, cazzo. "Siamo una specie diversa. Noi di solito marchiamo quelle della nostra stessa specie."

La sua delusione è palpabile. Il mio lupo vuole ululare, per sistemare le cose. Vuole renderla felice per il resto delle nostre vite. E io voglio lo stesso.

La tiro di nuovo sul mio grembo. "Ti voglio come mia compagna." Devo chiarire le cose.

Mi tocca il viso. "Lo voglio anch'io. Cioè, credo. Io voglio te, Deke."

"Allora sistemeremo la cosa. Troveremo una soluzione insieme, va bene?"

Il suo sorriso è più luminoso del sole del mattino. Preme le labbra sulle mie. "Ti amo."

"Cazzo, Sadie. Ti amo anch'io."

Sento il suono di voci che arrivano dal sentiero. Scott dev'essere tornato dopo il suo supremo atto di codardia per 'salvare' Sadie.

"Arriva qualcuno, Sadie."

Mi bacia di nuovo. "Non me ne frega niente."

"Sono nudo."

"Oh!" Ride e si stacca di corsa da me.

"Ci vediamo al resort tra venti minuti, ok? Te la cavi da sola?"

Emette una risatina. "Certo che sì."

Certo che sì. Lei era pronta a lottare contro un lupo gigantesco con nient'altro che un bastone. La mia Sadie sa cavarsela.

Mi tramuto e Sadie è stupefatta. Sussulta e mi accarezza il pelo con le dita. Rischio un altro secondo, lasciando che mi dia una grattatina alle orecchie e alla testa, poi salto via, risalendo il versante, in direzione dei miei vestiti.

Quando arrivo in cima, mi giro a guardare giù, incapace di distogliere lo sguardo da Sadie per troppo tempo.

È ancora lì in piedi, e mi guarda con espressione meravigliata in volto. Mi saluta con la mano e io alzo il muso all'aria. Ma Scott e due dipendenti del resort stanno svoltando l'angolo, quindi parto e mi levo di torno il più velocemente possibile.

CAPITOLO QUATTORDICI

Sadie

"Beh, è stato divertente," dico, mentre il resort si fa più piccolo alle nostre spalle nello specchietto retrovisore della Mercedes. "Sesso nella foresta. Diciamo che questa adesso posso spuntarla dalla mia lista di cose da provare. E posso spuntare anche il sesso con un lupo mannaro."

Gli occhi di Deke sorridono, ma − tipico da parte sua − non dice nulla.

Dopo che ci siamo rivisti al resort, ci siamo fatti una doccia insieme e abbiamo pranzato tardi, prima di preparare i bagagli e fare il check-out. Fintanto che non c'era gente in giro, ho avuto la sensazione che Deke non avesse voglia di andarsene.

È come se non avesse ancora voglia di tornare al mondo reale. Forse è preoccupato per noi.

Improvvisamente mi viene in mente una cosa. "Quindi la cosa del *non mescolarsi con i civili* in realtà sarebbe *non mescolarsi con... le umane*?"

Esita. "Sì e no. È il fatto che sono pericoloso, Sadie." Si gira verso di me e mi si stringe lo stomaco. "Sul serio."

"Ne abbiamo già parlato," dico testarda.

"Sì, ma la cosa che non potevi capire quando ne abbiamo parlato è che ho un animale selvaggio dentro di me. E a volte perdo il controllo su di lui."

Improvvisamente mi viene voglia di piangere. Non per me, ma per lui. Il suo dolore è palpabile.

"Non hai perso il controllo stamattina. Cioè, hai buttato Scott a terra, ma non gli hai fatto male. E sicuramente non avresti mai fatto del male a me."

Sembra pensarci su. Le sue spalle si rilassano un po'. "Sì. Hai ragione. Penso che la mia paura di farti del male mi abbia fatto mantenere il controllo."

"Quindi sei sicuro. *Sai* di esserne sicuro."

Sì. Dentro di me lo so. Non c'è nessun altro uomo – lupo mannaro – del pianeta che sia più sicuro di me.

Quando scendiamo dalle montagne e la ricezione dei telefoni migliora, il mio cellulare si risveglia. Le notifiche segnalano una chiamata persa e un messaggio in segreteria.

"È Scott?" ringhia Deke sommessamente. Le nocche si fanno improvvisamente bianche mentre le sue mani stringono il volante. Mi ci è voluto un po' per levarmi di dosso Scott, dopo che è così 'galantemente' venuto a salvarmi con la sicurezza del resort. Ma si è presentato Deke, si è mostrato leggermente minaccioso e ha detto a Scott di lasciarmi in pace, se non voleva guai.

"No. Mio padre." Spengo il telefono, ignorando i messaggi persi. Probabilmente sta chiamando per sentire se io e Scott siamo tornati insieme.

È sera quando arriviamo in paese. Sembra più tardi di quanto realmente è. Il cielo è buio e carico di nubi. Deke parcheggia e io smonto dalla sua auto. Prima che possa chiederglielo, afferra la mia valigia e mi accompagna alla porta. Posa la borsa all'interno, ma resta fuori. La sua grossa mano si stringe sulla cornice della porta e lui si china verso di me, come se volesse entrare ma avesse bisogno del permesso.

"Dovrei tornare al quartier generale."

Non voglio mettergli pressione, ma ho improvvisamente questa irrazionale paura che, una volta che sarà tornato lì, quelli della sua specie lo convinceranno a stare lontano da me.

"Potresti restare qui solo stanotte? E tornare a casa domani?"

Si passa una mano sul viso. "Lo vorrei, piccola."

"Per favore…" Mi sa che sto facendo gli occhi da cucciolotto triste.

"Cazzo, è difficile dirti di no."

Sorrido.

Mi segue dentro.

Ok, lo hai fatto entrare. E adesso? "Vino?" gli offro, nel tentativo di essere ospitale.

Deke scuote la testa.

Dato che sono già in cucina, vado verso la presa che uso per la ricarica. Collego il telefonino e quello si accende, iniziando a suonare come un calabrone arrabbiato.

"Oh," sbuffo, quando vedo chi mi sta chiamando. "Non è Scott," dico a Deke, che si è portato nel mio salotto, un'ombra enorme e oscura. "Aspetta." Alzo un dito e richiamo mio padre. La chiamata va direttamente alla segreteria telefonica.

Guardo Deke negli occhi mentre lascio un messaggio. "Pronto, papà? Non sono dell'umore per parlare con te. Né oggi e né probabilmente per un po' di tempo. Io e Scott ci siamo lasciati. È un viscido e tra noi è finita. E se non la smetti di controllarmi, sarà finita anche con te." E riaggancio.

"Fanculo," mormoro, e lancio il telefono sul banco della cucina.

Deke soffia fuori l'aria in una sorta di risata.

"Ti è piaciuto?" Mi avvicino lentamente a lui, come se fosse un animale selvaggio pronto a scappare.

"Sì." Da vicino i suoi occhi luccicano.

"Avrei dovuto mettere dei paletti anni fa," dico. Passo dopo passo, mi avvicino. "Avevo solo bisogno di un aiuto." Quando sono abbastanza vicina da poterlo toccare, lui non si è ancora spostato. Ha le mani lungo i fianchi.

"Tu mi aiuti, Deke. Mi rendi coraggiosa."

"Non hai bisogno di me. Sei coraggiosissima già da sola. Stavi per salvare Scott da un lupo selvatico stamattina."

Rido al ricordo. Ancora non posso credere che sia un lupo. Cioè, ci credo – sembra perfetto – ma è proprio fantastica come conclusione.

"Beh, piaccio a quel lupo selvatico," dico, sbattendo le ciglia.

I suoi occhi sorridono ancora.

"E i tuoi amici? Temi che non mi accettino?"

Esita, la tensione torna a irrigidirgli le spalle.

Gli prendo la mano e lo tiro verso la camera da letto. "Possiamo trovare una soluzione," sussurro. Mi segue, sollevandomi tra le sue braccia mentre varchiamo la soglia della stanza, portandomi verso il letto.

"Sì. Possiamo trovare una soluzione."

~

Deke

. . .

In qualche modo riesco ad andare lentamente con Sadie. Immagino che il fatto di averla avuta già tre volte nel corso delle ultime ventiquattr'ore abbia in qualche modo calmato il lupo, convincendolo a restare sotto controllo. Monto sopra alla mia bellissima femmina e la spoglio, baciandole il collo, il solco tra i seni, scendendo fino all'ombelico. Evito le zone più erogene, tenendomele per dopo, per quando avrò fatto salire l'eccitazione. Con la lingua disegno dei cerchi attorno all'ombelico. Poi passo all'interno coscia, facendo scattare la lingua lungo un tracciato che mi porta verso il centro, ma senza toccare dove so che ce n'è più bisogno.

Sadie rabbrividisce e trema sotto di me, pronunciando il mio nome con voce roca e meravigliosa.

Ho pietà di lei e le sfioro i capezzoli con i pollici, ascoltando i suoi dolci ansimi, adorando il modo in cui le sue cosce si stringono. Prendo un capezzolo turgido in bocca e succhio, con forza. Lei si inarca sul letto.

"Sei bellissima, Sadie," mormoro. Dovrebbe sentirselo dire. Spesso.

"Dove mi morderesti?" mi chiede. Come se ci stesse pensando.

Resto immobile. "Ah, beh… di solito il morso dell'accoppiamento è qui." Porto le labbra sul punto dove il collo incontra la spalla. La bacio lì, passando la bocca aperta sopra alla pelle morbida.

"Ma su un'umana potrebbe essere pericoloso. I mutanti guariscono all'istante, quindi una lupa non ha problemi a farsi marchiare."

"Oooh," dice Sadie con gli occhi sgranati. "Potresti farlo… in qualche altro punto? In un punto più sicuro?"

Il mio cuore batte forte e regolare contro la gabbia toracica.

Sadie vuole che la marchi.

Vuole che la faccia mia.

Fallo subito! Il mio lupo prende vita, ruggendo dentro di me, ormai scontento di aspettare.

Mi tiro indietro e la mia vista si fa più acuta, mentre il lupo sale in superficie.

Le sue dita disegnano dei leggeri segni sulle mie braccia. "Va tutto bene," mormora sommessamente. Scommetto che è capace di confortare i suoi alunni in pochi secondi, con quella voce. "Hai il controllo," mi dice.

Mi spinge il petto, cercando di mettersi a sedere. Mi sposto da lei, pensando che voglia spazio, ma lei mi spinge a sdraiarmi supino. "Lascia che mi prenda cura di te, Deke," dice, facendo le fusa, mettendosi a cavalcioni delle mie gambe e sbottonandomi i jeans.

Stringo in pugno le coperte ai miei fianchi mentre libera la mia erezione e fa scorrere quella lingua umida e vellutata attorno alla cappella.

Ringhio, un suono sommesso nella gola, un ringhio di piacere. Di tantissimo piacere.

Sadie mi lecca dalle palle alla cappella, poi fa scattare la lingua per un paio di volte sopra alla punta.

Fremo e tremo sotto di lei, trasformato dalla profonda soddisfazione del sentire una donna con il mio uccello in bocca. "Sadie," dico con voce roca. Non sembra neanche la mia. È profonda e rude. Disperata di desiderio.

Sostiene il mio sguardo e lentamente prende tutto il mio sesso in bocca, inserendolo fino a dove può, fino a che non arriva a toccarle la gola. Usa il pugno alla base per compensare il pezzo che manca, iniziando a far scorrere le dita e la bocca su e giù.

Ho uno scatto, le cosce stanno già tremando. È una sensazione incredibile.

"Sadie, Sadie, Sadie," dico con voce cantilenante, perdendo ogni razionalità. "Sadie."

Lei mormora in segno di conferma, mandando una vibrazione lungo la mia asta, dritta fino alle palle, che in reazione si induriscono subito.

"Sadie, la mia dolce umana. Perfetta, bella, meravigliosa."

Sorride, smettendo per un secondo di succhiare, poi ricomincia aumentando il ritmo. Vorrei che andasse avanti per sempre, ma non durerò un altro minuto.

Unisco le ginocchia, piegando le caviglie indietro. Le mie dita si stringono con forza sulle coperte.

"Sto per venire," la avverto.

Non si ferma, ma continua a succhiare con forza, portandomi alla beatitudine.

"Cazzo!" Le vengo in bocca e lei resta immobile, poi deglutisce e sorride.

"Oh, cazzo, Sadie. Sei la donna più incredibile del pianeta."

Sorride ancora di più.

La faccio ruotare e la metto sdraiata. "Ora tocca a me."

Ho grandi piani, voglio far gridare Sadie fino a che non sarà roca per poi addormentarci insieme.

Deke

Buio e umidità mi ricoprono, un panno umido e caldo sopra al viso. Soffocamento, morte lenta, l'odore della decomposizione. Sono in un capanno, legato con catene d'argento che bruciano contro la mia pelle da mutante. Fuori c'è la giungla.

È un sogno. Solo un sogno. Lotto per risalire in superficie, agitando gli artigli per liberarmi dal sonno. Una risata sinistra si dipana nel mio sogno, soffocando i rumori della giungla.

Mi sveglio di scatto. Sono nel letto di Sadie, il suo odore mi circonda. La sua piccola forma è accanto a me. Ma c'è qualcun altro qui. Qualcosa si sta muovendo nel suo armadio, e la sua risata riecheggia nella camera.

"Non vuoi giocare?" dice una voce ironica e derisoria.

Mi tramuto e salto, pronto a uccidere.

CAPITOLO QUINDICI

Sadie

Sono mezza addormentata quando una risata lugubre riempie i miei sogni. Deke si alza di scatto accanto a me e si lancia fuori dal letto.

Mi metto a sedere. "Che c'è?"

La risata soffocata risuona di nuovo.

Un ringhio terrificante scuote le pareti della camera e mi rendo conto di cosa sta succedendo.

"No! Deke!" grido. Troppo tardi. Il lupo nero vola verso l'armadio, le sue unghie graffiano il legno. Si alza sulle zampe posteriori per aprire l'anta. Un ringhio riempie l'aria.

"Deke!"

Oh, merda! Pensa che ci sia dentro qualcuno e sta cercando di proteggermi.

Esco dal letto, decisa a fermarlo, ma i ringhi sono troppo terrificanti. Ricordo l'avvertimento di Deke, la sua paura di farmi male. Sarebbe stupido mettersi tra lui e il pericolo che percepisce in questo momento.

Uno schianto riecheggia tra le pareti mentre il lupo lotta con le ante del mio armadio e ha la meglio. Poi un altro orribile rumore: quello di un lupo che divora un giocattolo.

"Deke."

L'adrenalina mi scorre dentro. Allungo la mano e accendo la luce, giusto in tempo per vedere il lupo che scaglia la lepre cornuta in aria. Il giocattolo si spezza. Quando il lupo ruota la grossa testa verso di me, sembra un animale rabbioso: nessun segno di umanità è visibile in quegli occhi verdi e luccicanti.

"*Oddio,*" sussurro. Tutto il mio corpo trema. Pezzi laceri di stoffa e finto pelo svolazzano nell'aria, rivestono il pavimento, il letto, le pareti.

Una delle ante penzola dai cardini. L'altra è a pezzi per terra. I miei cardigan organizzati per colore sono per metà caduti dagli attaccapanni.

Deke il lupo ci ha messo trenta secondi a compiere questo atto di distruzione.

Premo una mano sul seno sinistro, imponendo al mio cuore di ritornare nel petto.

È il fatto che sono pericoloso, Sadie. È vero.

Non gli ho creduto quando me l'ha detto, ma ora ci credo. C'è un predatore nella mia camera, e se per un qualche motivo si rivoltasse contro di me, non avrei la minima possibilità di cavarmela. Non sopravvivrei.

"Deke," sussurro. "Torna da me."

Un ringhio si leva dalla forma nera nell'angolo. Il lupo si tira indietro, scuotendo la testa come se stesse tentando di liberarsi di qualcosa. Poi si sente un lungo e sommesso piagnucolio. Il suono di sofferenza mi fa stringere il cuore.

L'uomo dentro alla bestia si è reso conto di ciò che ha fatto.

C'è un gemito, e Deke si alza, tornato in sembianze umane.

"Cazzo," dice, lanciando uno sguardo inorridito nella stanza. "Sadie."

Sono schiacciata contro la testiera con tale forza, che è come se la spina dorsale ci fosse attaccata. Sto tremando così forte che mi fanno male i muscoli. Il suo ringhio feroce mi riecheggia ancora nelle orecchie.

"Ti ho fatto male?"

Fa un passo verso di me e sussulto. Se ne accorge e si irrigidisce anche lui.

"Va tutto bene," dico rapidamente.

"No. No, non va per niente bene. Avrei potuto ucciderti," dice. "Cazzo. Cazzo!" L'ultima parola esce come un ringhio. Non posso fare a meno di piagnucolare.

Guarda il caos che ha creato nella stanza e poi riporta lo sguardo su di me. "Mi spiace, Sadie." La sua voce si spezza. "Ora vedi. Guarda di cosa sono capace," mormora. "Non sono innocuo."

Non riesco a convincermi a scendere dal letto, ma posso mantenere la voce stabile. "Deke, guardami."

Obbedisce, e un leggero piagnucolio disumano gli esce dalle labbra. Sembra un cane preso a calci. O un lupo.

Abbasso le mani dal cuore e dalla bocca. Sono al sicuro. Ho solo preso paura. Il battito del cuore sta già rallentando.

"Deke. No. Deke… va tutto bene…"

Si gira e se ne va. Esco frettolosamente dal letto, afferrando la coperta e avvolgendomela attorno alle spalle. "Aspetta!"

La porta d'ingresso si apre si scatto. Corro fuori dalla camera, ma è troppo tardi.

"Deke," grido. Il cane dei vicini sta abbaiando furiosamente, ma non c'è segno di Deke.

La sua auto è ancora davanti a casa mia, parcheggiata lungo il cordolo. Deke non c'è. Corro in fondo al vialetto. "Deke!"

Un enorme lupo nero sta correndo verso la fine della strada, salta la palizzata decorativa del vicino e attraversa il prato a folle velocità. Le ultime cose che vedo della sua sagoma scura sono la grossa coda e le orecchie appuntite mentre si dirige verso le colline.

~

Deke

AVREI POTUTO AMMAZZARLA, cazzo. Le mie zampe sbattono contro il terreno a ritmo costante. Corro fino a che non sono sanguinanti e non lasciano tracce rosse sulla terra, ma i miei poteri guaritori da mutante si attivano. Il bruciore si ferma per un po', ma dopo un altro miglio le rocce sul sentiero mi tagliano le zampe e ricomincio a sanguinare.

Questa è la fine. Ecco cosa mi merito: correre fino all'altro capo del mondo. Magari la Terra fosse piatta, così potrei saltare dal bordo. Correrò fino a morire, o fino a che non mi verrà in mente una punizione migliore.

Sorge il sole e mi fermo. Sono sul picco di una montagna, circondato da massi rossi. L'aria è rarefatta e mi gira la testa. Alzo il muso e assaporo questo torpore della mente. Una sorta di ebbrezza che mi separa dal dolore. Quando i pensieri si schiariscono, ricordo: non potrò mai tornare da Sadie.

Il mio lupo ulula, e ulula, e ulula, fino a che non c'è altro suono al mondo.

∾

SADIE

ARRIVA l'alba e getta una triste e sottile luce sul relitto della mia camera. Ripulisco e riordino meglio che posso, giusto per fare qualcosa. Sono una maestra d'asilo e sono abituata a riordinare la confusione. Almeno qui non si tratta di burro di noccioline o forbici nelle mani di un bimbetto di sei anni.

Ma non dimenticherò mai quella rabbia selvaggia, il ringhio nel buio.

È un lupo mannaro. Non funzionerà mai tra noi.

Le ante dell'armadio non sono recuperabili, quindi vanno nel bidone dell'immondizia, fuori. Lo stesso vale per i miei cardigan laceri. Di quella dannata lepre cornuta non restano molto più che pezzetti di stoffa e imbottitura di cotone. Passo l'aspirapolvere e poi mi vesto per andare a scuola. Non è l'ideale, ma non so che altro fare. Non so dove andare a cercare Deke. Nel deserto? Allo stagno? L'altra opzione è starmene qui nel mio appartamento a piangere.

Non se ne parla. Ma tiro un po' su con il naso quando esco di casa. La Mercedes di Deke è ancora parcheggiata dall'altra parte della strada. Dentro casa ci sono le sue chiavi e il suo cellulare. Tutta la sua roba. Se tornerà a prenderli, non potrà entrare, a meno che non ci sia io.

Tornerà a prendersi la sua roba, giusto? Lo spero, ma in parte ho il terrore che non lo faccia. Una parte di me teme che se ne sia andato per sempre.

≈

Deke

CORRO fino a che non cala la notte, e poi corro ancora un po'.

Sto scendendo a balzi dal versante della montagna, quando un enorme lupo nero con dei segni color ambra mi si para davanti. Il mio alfa.

Scivolo sulle zampe doloranti per frenare e fermarmi. Rafe abbassa la testa e mi annusa. Resto fermo, gli arti rigidi. Non ho mangiato oggi. Il mio lupo mi ha fatto bere, ma sono debole. Il mio corpo trema.

Un secondo e un terzo lupo escono dalla vegetazione e si portano ai miei fianchi. Sono circondato. Se voglio continuare nella mia impresa, dovrò lottare per proseguire, e nel mio stato di debolezza perderei.

Non ho voglia di lottare. Abbasso la testa. Lance si avvicina e mi lecca il fianco, ripulendolo da una ferita che mi sono procurato sfregandomi contro una roccia. Al mio fianco destro, Channing preme la spalla contro la mia, sostenendomi.

Il mio lupo si rilassa alla presenza del branco. Questi sono i miei fratelli, nel bene e nel male. Hanno sentito la mia chiamata e sono arrivati.

Puntiamo i nasi alla luna e ululiamo. Loro cantano per un fratello trovato, ma io piango per ciò che ho perso.

≈

Sadie

. . .

PASSANO due giorni senza segno o parola da parte di Deke. Alla fine, cedo e telefono a un'amica. Non a tutte quante: solo Adele. Non posso sopportare l'inquisizione al gran completo.

Appena le apro la porta di casa, Adele capisce subito che c'è qualcosa che non va.

"Cos'è successo?" mi chiede.

Premo le labbra tra loro per trattenere le lacrime, e lei mi tira a sé in un abbraccio. "Sadie, mi dispiace."

"Va tutto bene," dico tirando su con il naso.

"No invece." Si tira indietro e mi guarda. "Che stronzo. Lo faccio fuori."

"No, non farlo."

"Raccontami tutto."

E così le dico tutto. Lascio fuori la parte del lupo mannaro, ma le dico tutto il resto. Il viaggio, il flirt, il matrimonio. Il sesso, ovviamente saltando certi dettagli. "Eravamo tutti presi l'uno dall'altra," riassumo alla fine, le guance ardenti.

"Mmm," mormora Adele facendo roteare il suo vino. Totalmente priva di giudizio. "Ed è stato un completo gentiluomo?"

"Sì. Cioè, è una persona intensa." Arrossisco, diventando del colore del vino di Adele. "Soprattutto a letto. Ma mi piace. Le cose andavano bene. Mi ha raccontato del suo passato, del suo arresto, e ne abbiamo discusso insieme. Ha un problema di PTSD dopo il servizio prestato alla nazione. A volte la cosa lo fa diventare violento. Volevo lavorarci insieme a lui." Merda, ora devo raccontarle la parte peggiore.

"Ma poi..."

"Ma poi cosa?"

"È stato il giocattolo. Quella stupida lepre cornuta.

Funziona male, ed è partita a ridere nel cuore della notte, e Deke... è andato fuori di testa."

Adele resta immobile. Deglutisco. "Non mi ha fatto male. Ma... pensava che fosse una minaccia. Mi ha fatto fuori l'armadio. Ha distrutto il giocattolo prima che potessi fermarlo."

"Bene," Adele si appoggia allo schienale.

"Questo è successo lunedì mattina presto," concludo. "Quando si è reso conto di ciò che aveva fatto, era devastato. Mi ha detto di essere troppo pericoloso e se n'è andato. Non lo vedo da allora. Gli ho lasciato un messaggio nella segreteria dell'ufficio." Non c'è stata alcuna risposta. Ieri notte sono rimasta alla finestra, in attesa, chiedendomi chi altro chiamare. "Sono passati due giorni. Sono preoccupata."

Adele si massaggia la fronte, un gesto insolito per lei, normalmente così posata. Sembra stanca stasera, le ombre scure come lividi sotto agli occhi. "Tanta roba da digerire."

"Lo so." Mi mordo il labbro, disperatamente intenzionata a difendere Deke. Ma devo liberare la mente e pensare con chiarezza. Il mio istinto è un casino, quando si tratta di uomini.

"Ci tieni a lui." L'affermazione è più una domanda.

"Sì. È... mi rende forte. Non mi dice mai cosa devo fare. Non cerca mai di controllarmi." Non è come Scott e mio padre. "Mi lascia spazio per essere quella che sono. Gli piaccio come sono." Cerco delle parole per articolare e spiegare ciò che Deke significa per me. Una manciata di giorni, e Deke mi ha cambiato la vita. "Mi sento più forte con lui. Ma la violenza che ha dentro... so che non mi farà male, ma il mio istinto potrebbe sbagliarsi."

"Ha la PTSD, il che è comune tra i veterani."

"Sì."

"Ha qualcuno con cui parlarne?"

Scrollo le spalle.

La voce di Adele si fa più dura. "Deve, però. Deve agire per sistemare la cosa. È pericoloso. Il suo primo istinto sarebbe di tenerti al sicuro."

"Penso di sì. Per questo ha distrutto il giocattolo."

"Ma potevi finire con il farti male. Lui è pronto a lottare contro gli altri per il tuo bene. Ma è disposto a lottare contro i suoi demoni?"

Fuori, un furgone con un grosso motore passa davanti a casa mia. Se non ci fosse l'auto di Deke parcheggiata qua davanti, correrei a vedere se è lui.

Ma poi si sente bussare alla porta.

"Signorina Diaz?" chiama una voce profonda. Vado verso la porta, sbirciando dalla finestra. È Rafe. Un Humvee color cachi è parcheggiato alla fine della via, con Lance al volante.

Adele apre la porta prima che possa farlo io. "Che cosa vuoi?" dice, con un tono gelido che potrebbe intimidire un uomo meno autoritario di lui.

Rafe non si lascia intimidire. Rizza la schiena, come al cospetto di un ufficiale comandante. "Sono venuto a prendere l'auto di Deke."

"Sta bene?" chiedo con voce tremante.

"Se la caverà, Sadie. L'abbiamo trovato e portato a casa."

Vado a prendere le chiavi di Deke, ma invece di restituirle a Rafe, le stringo tra le dita. "Voglio vederlo."

"Lo so," dice Rafe con pazienza. "Ma non è una buona idea."

"Voglio solo vedere se sta bene." La mia voce si blocca. Adele mi posa una mano rassicurante sulla schiena.

Rafe piega la testa di lato, un movimento molto da lupo. I suoi occhi luccicano in modo strano nella luce soffusa. "Deke non può stare insieme a te."

Adele inspira, e so che si sta preparando a protestare, per difendermi. Rafe alza una mano per fermarla.

"Non si tratta di te, Sadie. Lui non può stare con nessuno. Non è materiale da relazione." Porge la mano per avere le chiavi di Deke. Gliele cedo e le mie spalle si afflosciano. Ho gli occhi che bruciano, pieni di lacrime. Il tintinnio del metallo è un suono molto definitivo. *È veramente finita.*

"Mi spiace, Sadie," dice Rafe sottovoce, più delicatamente di quanto lo credessi capace. "È meglio così."

"Addio," dice bruscamente Adele, e gli chiude la porta in faccia. Aspetto, piangendo più silenziosamente che posso, fino a che il rumore di entrambi i motori non si allontana. Poi mi lascio cadere tra le sue braccia.

CAPITOLO SEDICI

Rafe

"SAI CHE È UN CASINO, VERO?" chiede mio fratello.

"Come scusa?" Mantengo il volto impassibile, ma getto nella cassetta degli attrezzi la pinza con cui sto lavorando. Di solito questo SUV è la sua piccolina. Io e Lance abbiamo cambiato l'olio per vedere se riuscivamo a portare Deke alla condizione normale, ma non abbiamo avuto fortuna.

Non abbiamo avuto missioni per distrarci. Dopo che nell'ultima siamo stati smascherati, il colonnello Johnson ha sospeso l'operazione che riguarda Gabriel Dieter. Ancora non abbiamo capito come facesse a sapere che ci trovavamo lì.

Lance si asciuga le mani sullo straccio per il grasso. "C'è qualcosa che non va in Deke. È finito. Molto più del solito."

A dir poco. Da quando lo abbiamo recuperato, non

mangia né dorme, quasi. Per la maggior parte del tempo se ne sta sotto forma di lupo.

Scrollo le spalle. Non posso contestare. "Sto facendo tutto quello che posso."

"Stronzate." Le guance di Lance sono roventi. Mi fissa con coraggio, ma il modo in cui deglutisce rivela la difficoltà con cui si sta rivolgendo al suo alfa con un tale tono. "Io la pensavo come te. Ho agito secondo gli ordini e sono andato a dividere Deke e Sadie. Ma qui non si tratta dell'avventura di una notte. Questa donna gli fa davvero bene."

"Deke è instabile. Il suo lupo non può restare a lungo vicino agli umani. Non è sicuro."

"Non l'ho mai visto sorridere come quando sta con lei. E le è stato dietro dalla prima folata che gli è arrivata al naso del suo profumo. È ovviamente la sua compagna."

La cosa mi paralizza. "La sua compagna," ripeto, pronunciando le parole con voce tentennante. *Compagna.* Non avevo mai pensato che avremmo avuto delle compagne. Mai passato per la mente. "Deke ha una compagna."

"Sì." Lance par fare il disinvolto, ma le sue spalle si rilassano. Ha ricevuto il messaggio.

Deke ha una compagna. Incredibile. Ma il mio lupo conferma che è vero.

"Cazzo," mormoro. Tenerlo alla larga dalla sua compagna lo porterà davvero dritto alla follia della luna. Potrebbe essere morto prima della prossima luna piena. Ma cosa possiamo fare? Non può avere un'umana. Nessuno di noi può, e Deke in particolare. È il più feroce di tutti noi.

"Questo cambia tutto," dice Lance.

"No, non è vero, fratello. Pensaci. Sadie è umana. Anche se Deke le fosse legato, non possiamo chiederle di unirsi per sempre a lui. È un mostro."

Lance sta scuotendo la testa. "Non le farà del male."

"Questo non puoi saperlo…"

Un ringhio mi interrompe. Do un calcio alla cassetta degli attrezzi nella fretta di correre fuori. Lance mi segue. Nel prato davanti all'edificio si vede un lampo bianco e marrone, seguito da una scia scura. Channing in forma di lupo che viene picchiato di brutto dal lupo nero come la notte di Deke.

"Ah, diavolo," dice Lance, e inizia a levarsi di dosso la maglietta. Mette da parte con attenzione il suo Rolex prima di sfilarsi i pantaloni e lanciarsi nudo nella mischia. Si tramuta e il suo lupo grigio si unisce al combattimento.

Sospiro. Le lotte di branco vanno bene, ma Deke decide di combattere senza sosta da giorni. In questo momento il suo lupo nero sta ringhiano e digrignando i denti contro Channing, per poi voltarsi verso Lance. Channing sfreccia via con mezzo orecchio sbrindellato. Sembra che non voglia fare altro che scomparire, ma aspetta pazientemente a bordo campo che Lance si stanchi in modo da lanciarsi di nuovo addosso a Deke. L'unico modo per fermare Deke è stancarlo. A meno che non vogliamo portare le cose a un livello successivo.

Mi sono sempre tenuto fuori dai combattimenti. Se Deke si rivoltasse contro di me, il mio lupo la prenderebbe come una sfida. E una sfida è una lotta fino alla morte.

Dall'altra parte del prato, Lance costringe Deke a un inseguimento. La bocca del lupo grigio è aperta come se stesse ridendo, mentre corre in mezzo alle nostre auto. Lance emerge da dietro il mio Humvee, rallentando fino a un trotterellino. Deke non si vede da nessuna parte. Ma poi…

"Attento!" grido.

Lance si gira giusto in tempo, quando il lupo nero salta sopra al mio Humvee e gli si abbatte contro. I due lupi diventano un lampo di velocità, ringhi e pelo. Poi un guaito sofferente e un gemito. Deke ha preso Lance per il muso, le zanne affondate nella carne vicino al naso. Una mossa pericolosa, ed efficace. Se Deke gli sta attaccato per troppo tempo, Lance non potrà respirare.

Il lupo di Channing mi sfreccia accanto. Colpisce il fianco di Deke e azzanna la schiena del lupo nero. Deke alza la testa di scatto, il corpo che si piega nel tentativo di arrivare a Channing. Channing pianta le zampe a terra e si tiene forte.

Lance arretra, frastornato, il naso sanguinante. Deke ora trascina Channing, cercando di correre in cerchio per afferrare la coda del lupo bianco e marrone.

È ridicolo. È ora di dare un segnale.

Avanzo sul prato proprio mentre Channing lascia andare Deke e salta di lato. Deke non molla. Il lupo nero si lancia dietro a Channing senza posa.

"Basta," ordino. Infondo nel mio tono tutta la forza di un ordine alfa. Dovrebbe far fermare la lotta all'istante.

Ma invece di fermarsi, il lupo nero si gira e corre verso di me, le fauci spalancate in un ringhio, mentre mi si lancia addosso per attaccarmi.

～

Deke

Arrivo tanto vicino da vedere la sclera bianca degli occhi del mio alfa, prima che Rafe si levi di mezzo. Vado a sbattere contro la parete dell'edificio, rompendo un'imposta. L'impatto fa cadere un pezzo di grondaia, ma la parete di pietra tiene. Sono di nuovo in piedi appena atterro, e scuoto la testa per schiarirmi le idee.

Sono distrutto, sanguinante, ma non c'è modo che mi possa fermare. Devo combattere. Sento un ruggito nelle orecchie, un nauseante contorcersi delle viscere. Un motore alimentato da dolore, che mi spinge ad andare sempre avanti.

Ho perso Sadie. Non è rimasto nulla per me. Ma posso sempre combattere.

Sono disorientato, e quando mi riprendo, un lupo nero e arancio mi sbatte contro. Ringhio e mi lancio, cercando di prenderlo, ma Rafe si sposta immediatamente. Arretra fino al prato, restando davanti a me in posizione di sfida. Un lupo più intelligente si fermerebbe e si metterebbe a pancia in su davanti al suo alfa.

Il mio lupo non è intelligente. Vuole morire. Mostro i denti in un sorriso letale, e mi scaglio contro Rafe. Stavolta è pronto a ricevermi, e non si preoccupa di spostarsi. Fa un passo di lato e sbatte la spalla contro la mia, facendomi perdere l'equilibrio. Mi rialzo e mi tuffo di nuovo. Rafe mi fa cadere un'altra volta. Una terza, e mi morde la coscia, facendomi sanguinare. E il mio lupo impazzisce, attacca e corre dietro a Rafe mentre lui continua a mordermi. È sempre più veloce di un secondo, più forte di un pelo, e un milione di volte più letale. Il mio lupo si butta sull'occasione che gli si presenta, ma Rafe mi fa sanguinare poco alla volta. E poi, alla fine, mi fa cadere a terra, sdraiato sulla schiena. Cerco di muovermi, ma lui mi blocca con il suo peso.

Sento i denti attorno alla gola. Resto immobile.

La luce sta salendo a est. La mia ultima alba. Non ho paura della morte. Non la bramo neanche, ma se non posso vivere con Sadie, non ho alcun motivo di restare su questa Terra.

Rafe ringhia contro di me. Mi tiene in trappola. Cerco

di dimenare le zampe, sperando che mi faccia fuori velocemente.

"Basta," sta gridando Lance. "Lo fa di proposito."

Rafe ringhia di nuovo, ma non si muove.

"Lo fa di proposito," insiste Lance. "Guardalo." Mi indica. "Pensa al suo comportamento. Vuole essere morso."

Il corpo di Rafe si immobilizza. E tutte le mie speranze vanno in pezzi mentre si allontana da me. Mi alzo sulle quattro zampe e digrigno i denti verso Lance, che però mi ignora. Ha capito tutto.

Rafe si tramuta e si alza in piedi, in sembianze umane. "Di che cazzo stai parlando?"

Lance mi indica. "Vuole essere morso. Sta cercando di indurti a ucciderlo. Non ti ha mai ferito quando ti ha avuto sotto. Ha continuato a lottare fino a che non sei riuscito a bloccarlo. Non ha perso il controllo. Ha programmato tutto."

"È vero? Un suicidio per mezzo del tuo alfa?" Rafe si accuccia per guardarmi negli occhi. "Se è vero, allora hai il controllo ben più di quanto pensi." Mi prende per la collottola e mi rialza la testa. Gli mostro i denti, ma non faccio sul serio. La lotta è finita.

"Tramutati," ordina Rafe, e la mia schiena si piega all'indietro mentre il lupo lascia il mio corpo.

Rafe arretra per lasciarmi spazio. In forma umana sto ancora sanguinando, ma le ferite stanno già guarendo.

"Bastardo," mormoro, ma prendo la mano del mio alfa quando me la porge per aiutarmi a rialzarmi. Mi stringe la spalla e sussulto. La pelle è ancora sensibile dopo la trasmutazione.

"Allora cambia tutto," dice Rafe.

"No," ringhio, ma dentro di me il lupo alza la testa, con tutto se stesso desideroso di poterci credere.

~

SADIE

È la chiamata di mio padre che cambia tutto. È mercoledì, domani devo andare a scuola, e sto camminando avanti e indietro in salotto. Non riesco a mangiare, non riesco a dormire, non riesco a pensare. Ho passato qualche giorno con Deke, qualche giorno di paradiso, e ora non mi resta nulla. Le mie ovaie sono a letto a mangiare caramelle e piangere. Il mio cuore è spezzato e sanguinante.

Il telefono vibra. Lo prendo e rispondo con il pilota automatico.

"Sadie," dice la voce nasale e biascicante di mio padre. "Finalmente. Mi chiedevo se fossi ancora viva."

Percepisco a malapena il sarcasmo. "Già."

"L'ultimo messaggio in segreteria è archiviato." Fa una pausa e non dico nulla. Se si aspetta che mi scusi, dovrà aspettare il resto della sua vita.

Mio padre si schiarisce la gola. "Ora che ti ho al telefono, voglio parlarti di Scott. Penso…"

Oh, mio Dio! Mi ascolterà mai?

"Sono uscita con lui solo per te," lo interrompo, con improvvisa e fiammante chiarezza.

"Come scusa?" Mio padre sembra offeso, ma non me ne frega niente. Anzi, è un vantaggio.

"Sono uscita con lui solo per te," ripeto. "Eri più gentile con me quando stavo con Scott." È vero. Tutte le frecciatine, i piccoli affondi, gli insulti… tutto finiva quando stavo con Scott. Ho usato Scott come scudo tra me e mio padre giusto per avere un po' di sollievo. Solo che Scott era peggio.

"Mi avete trattato male tutti e due." Non posso credere di non essermene resa conto prima.

"Senti…"

"No, stai a sentire tu. Non puoi trattarmi come una bambina o come una persona inferiore a te. Quei tempi sono finiti. Non ho bisogno di Scott. E non ho bisogno di te." Riaggancio.

Già mi sento più leggera. Il mio istinto non sbagliava. Solo che non l'avevo mai ascoltato bene. È ora di smettere di stare a sentire gli altri. Non sanno cosa sia meglio per me. Potranno anche crederlo, e potranno magari avere dei buoni consigli, ma la vita è la mia. Come anche le mie scelte.

E la mia felicità è a disposizione, proprio davanti a me. Devo solo allungare la mano e prenderla. Nessuno me la offrirà, e non ha importanza. Posso scegliere da sola la mia felicità.

È così che mi ritrovo in auto per risalire la montagna con la mia piccola Hyundai. Il piccolo motore è lento nell'avanzare, ma pian piano salgo di quota. E poi sto svoltando nella via dell'edificio dove sta Deke, e corro lungo il viale alberato. Mi fermo nel parcheggio, davanti a un garage grande quanto un hangar. La Mercedes G63 nera di Deke è lì, come anche la sua moto. Mi si stringe il cuore, e batte all'impazzata.

O la va o la spacca.

~

Deke

"NON CAMBIA NULLA," dico al mio alfa con voce roca. Ma lui continua a sorridermi.

"Hai il controllo di te stesso, Deke," dice. "L'hai sempre avuto."

Faccio un passo indietro per allontanarmi da Rafe, e guardo Lance e Channing. Entrambi i miei compagni di branco stanno annuendo.

"Ma che significa?" So quello che spero, ma è troppo bello per essere vero.

Rafe deve sapere che sto bollendo, perché la sua voce è delicata e gentile. "Significa che hai una compagna."

Una compagna. Mi passo una mano sulla testa, cercando di prendere fiato.

Il rumore di un motore mi fa sgranare gli occhi, in allerta. Una piccola Hyundai bianca risale il vialetto e si ferma davanti al nostro garage. Conosco solo una persona che guida un'auto così. Le gambe diventano molli, e cadrei in ginocchio se non fossi così ferito e il mio lupo non fosse così ansioso di non mostrare alcuna debolezza in questo momento.

Sadie è qui.

∿

Esco DALL'AUTO e sussulto quando mi rendo conto che Deke è proprio qui, in mezzo al prato, a pochi passi da me.

"Sadie?" mi chiama. È nudo e il sangue gli macchia la pelle.

È tutto scarmigliato. Ha combattuto? Dietro di lui, Rafe e Lance si stanno mettendo i jeans. Vedo che anche loro sono insanguinati, e sembrano provare vergogna. Ho sistemato diversi graffi e sbucciature nel parco giochi, e conosco quell'espressione colpevole.

C'è un grosso lupo bianco e marrone dietro di loro, che sta al margine del bosco. Channing? Cavolo, che grossi questi lupi mannari...

"Chi l'ha ridotto così?" chiedo con la mia migliore voce da maestra. Guardo torva i suoi amici, che si fanno tutti timidi e ritrosi. Mi tremano le gambe, ma resto al mio posto.

Deke produce un suono sommesso di gola e si porta tra me e il suo alfa. Mi riconcentro su di lui.

"Deke. Hai fatto a botte?"

"Cosa ci fai qui?" La sua voce è roca, come se parlare gli facesse male. Faccio un passo verso di lui. Voglio curargli le ferite. "Sono qui per te. Per noi."

Inclina la testa in quel suo atteggiamento da lupo. Non riesco a decifrare la sua espressione.

"Non puoi sbarazzarti di me così facilmente." Appoggio i pugni sui fianchi. "C'era qualcosa di bello tra di noi. Pensi di essere pericoloso per me, ma io so che non lo sei. Non mi faresti mai del male. E non lo farai." Scuoto la testa con convinzione.

I compagni di branco di Deke si fanno indietro, lasciandoci spazio.

"Deke, io voglio questa cosa. Voglio te. E intendo scoprire cosa serve per averti. Non dobbiamo andare troppo velocemente. Possiamo fare le cose con calma e... ah!"

Con due falcate, Deke mi ha presa tra le sue braccia. Gli stringo le mie attorno alle spalle e mi tengo a lui. Dietro di noi, Rafe e gli altri stanno sorridendo. Rafe annuisce e Lance mi fa l'occhiolino, mostrandomi il pollice all'insù. Poi io e Deke siamo nel garage.

"Dove mi stai portando?" gli chiedo. Mi batte forte il cuore, l'adrenalina che fa a botte con la trepidazione. In condizioni normali troverei scortese che un uomo mi prendesse in braccio e mi portasse dove gli pare e piace, ma con Deke sono contenta del giro. "Non c'è problema. Sono solo curiosa."

"Nella mia camera. Sul mio letto. Adesso."

Mi porta su per una rampa di scale e dentro a un'ampia camera con travi di legno che si incrociano sul soffitto come in una cattedrale. C'è un grande letto matrimoniale subito sotto a un'enorme finestra. È coperto con una grande trapunta bianca e la camera è sorprendentemente ordinata e pulita. O forse non è così sorprendente, considerato che stiamo parlando di Deke, è lui è molto attento alle sue cose.

Deke mi posa a terra, accanto al letto.

Poi si mette in ginocchio e mi afferra la vita. Mi alza la maglietta e preme il viso contro la mia pancia.

"Scusa," dice, le parole soffocate contro la mia pelle. "Scusa." *Il mio dolce e selvaggio lupo mannaro.*

"Deke." Gli accarezzo i setosi capelli scuri. "Non c'è niente di cui tu ti debba scusare. Hai avuto un brutto momento. Succede, anche agli umani. Si può risolvere."

Sospira e mi stringe di più a sé.

"Va tutto bene." Faccio scivolare la mano sulla sua guancia, sollevandogli il viso in modo che mi guardi. "Ora sono qui. Non vado da nessuna parte."

I muscoli contratti delle spalle si sollevano e riabbassano mentre sospira. Si alza in piedi, sollevandomi con lo stesso movimento. Mi posa sul grande letto e affondo sulla morbida imbottita bianca.

"Voglio che tu sappia quanto significhi per me." Si porta sopra di me, bloccandomi i polsi in una posizione dominante, ma pur sempre delicata. "Adesso ho bisogno di te." Mi bacia sul collo e mi lecca lo stesso punto più e più volte. Poi gira la testa di lato e geme.

"Va tutto bene?" gli chiedo.

"Ho bisogno di marchiarti, Sadie. Se sei davvero sicura di volermi."

"Ti voglio," gli assicuro.

"Devi essene sicura. Quando ti avrò marchiata, non ti lascerò andare mai più."

"Marchiami." Non sono mai stata così sicura di qualcosa in vita mia.

Il suo grosso corpo vibra sopra di me. "Cazzo," dice con voce roca. "Come faccio a essere tanto fortunato?" E poi mi sta baciando di nuovo, tirandomi su la maglietta in modo da potermi graffiare leggermente i seni con i denti. Considerato ciò che mi ha appena detto, sono nervosa, ma questo non impedisce al mio corpo di soccombere al piacere.

Scende con i baci, arrivando alla pancia e levandomi i jeans per poi strofinare tutto il viso in mezzo alle mie gambe. Mi tira di lato le mutandine e mi lecca, tenendomi giù le cosce con le grosse mani in modo che non possa chiuderle. Non che voglia farlo. Alzo il bacino, strofinandomi, offrendo le mie parti erogene alla sua lingua. La sua rada barba mi graffia in modo delizioso la pelle liscia, mandandomi al cervello degli incandescenti messaggi di piacere-dolore. I neuroni vanno in cortocircuito, prendono fuoco, lanciano scintille. Il mio lupo mi sta mangiando nel migliore modo possibile.

Ma che lingua grande che hai…

Vengo con un grido e mi piego a metà, coprendo la testa di Deke. Lui ringhia, mandando una nuova ondata di adrenalina dentro di me, fino alle punte delle dita. Scarta un preservativo e se lo mette. Poi il suo grosso corpo sale sopra di me e il suo sesso spinge tra le mie tenere pieghe. Sono super bagnata per lui, ma sibilo mentre mi dilata e mi inarco quando affonda così tanto dentro di me che posso quasi sentirne il sapore.

"Sì, sì, sì," ripeto in una cantilena, mentre dondola dentro di me. Il lento avanti e indietro del suo sesso dentro mi accende e manda il massimo del piacere al cervello. Ma la vera magia arriva quando la sua enorme verga batte contro il fondo del mio utero, andando a colpire qualche folle punto erogeno. Deke è affondato dentro di me più di quanto chiunque abbia mai fatto e mi sta facendo godere al massimo. *Ding, ding, ding! Hai vinto un orgasmo!* Tante luci colorate lampeggiano dietro ai miei occhi. Posso solo stare stesa sotto di lui, il corpo che vibra a ogni costante ondata di piacere, mentre lui entra ed esce da me. A ogni colpo, la testiera del letto sbatte contro il muro. Pensavo che questo letto avesse un aspetto solido, ma mai sottovalutare l'intensità della scopata di un lupo mannaro. Deke lavora sopra di me, ogni muscolo del suo petto in rilievo mentre scopre i denti e mi scopa ancora più a fondo. Il fuoco danza nei suoi occhi di smeraldo.

"Mia," ringhia. La sua mano scivola sul mio petto fino a che le dita non si stringono attorno alla mia gola. "Solo mia."

Sì! vorrei gridare, ma ho la gola incapace di proferire suono. Il costante flusso di orgasmi mi sta distruggendo.

Stordita, vedo la bocca di Deke aprirsi in un ruggito. I suoi denti sono più bianchi e più lunghi che mai, i canini affilati e allungati. Il tempo rallenta e tutto in me si contrae nell'attesa trepidante del suo morso.

Deke affonda di più, gemendo. Le sue zanne mi graffiano sopra alla spalla. Lo sento tremare, e mi rendo conto che è per lo sforzo di trattenersi.

"Fallo," sussurro. Il pericoloso graffio dei suoi denti risveglia qualcosa di primordiale dentro di me. Mi inarco e mi aggrappo al suo collo. "Sì."

Ma i muscoli del suo collo sono tesi sotto al mio palmo. Tira indietro la testa, lottando contro se stesso.

"Fallo. Fallo ora," sussurro. Lui continua a spingere, la forza del suo movimento che fa sbattere ancora la testiera contro la parete in un ritmo rimbombante. Pianto le unghie nelle sue spalle, lasciandoci il segno. "Fallo!"

Deke si tira indietro, i canini che luccicano, e poi fa scattare la testa in avanti, affondando le zanne nella mia spalla. Dolore e piacere mi pervadono, le sensazioni vorticano dentro di me e mi riempiono di luce e calore, come se fossi attraversata da lingue di fuoco.

"Sì," ansimo in risposta al profondo dolore che sento alla spalla. "Sì."

Deke si tira indietro e il dolore dei miei muscoli cessa, mandando intensi lampi di eccitazione al mio sesso.

Ecco fatto. Ora è per sempre.

CAPITOLO DICIASSETTE

Sadie

IL VENTO mi soffia nei capelli mentre sto fuori, a controllare i bambini in ricreazione in cortile. Ho un cerotto sopra alla ferita del morso, ma sta guarendo velocemente. Deke mi ronza attorno frenetico tutto il tempo, cercando di darmi dell'Ibuprofene e pulendo la ferita con le proprietà guaritrici della sua lingua ogni volta che ne ha l'occasione.

Ma capisco lo stesso che adora il marchio. Il suo sguardo si intenerisce ogni volta che vi si posa. Mi bacia tutto il collo e la clavicola, e mi dice quanto mi ama. Che si prenderà cura di me e mi proteggerà per il resto delle nostre vite.

Dice anche che dopo avermi marchiato il suo lupo si è notevolmente calmato. Non ha più bisogno di andare a correre tutte le notti. È contento di restare a casa mia a proteggermi da qualsiasi giocattolo selvaggio ci possa essere nel mio armadio.

"Maestra Sadie, guarda," grida Owen, indicando con il dito. C'è un grosso furgone che sta parcheggiando nell'area accanto al cortile.

Faccio segno alla mia assistente di dare un'occhiata alla mia classe e vado verso la recinzione per vedere cosa sta succedendo. Diversi dei miei alunni si sono già radunati lì.

"Soldati dell'esercito," annuncia Jackson. Mi si mozza il fiato in gola quando Deke salta giù dal lato del passeggero, seguito da Rafe, che stava alla guida. L'alfa mi fa l'occhiolino e va verso il retro del furgone. Deke viene dritto verso di me.

"Che roba è?" chiedo quando si è avvicinato.

"Una consegna per te," dice, poi guarda i bambini ammassati, con le facce schiacciate contro la rete. "Per tutti, anzi."

Dietro di lui, Rafe apre il portellone del furgone. Ne saltano fuori Lance e Channing. Dentro al furgone ci sono pile e pile di scatole nere.

"Lepri cornute," gridano Jackson e Owen all'unisono. Il branco di lupi mannari si dispone a catena e gli uomini si lanciano le scatole dall'uno all'altro lungo la fila.

"Va bene?" Deke aspetta un mio cenno di assenso prima di iniziare a porgere una scatola a ogni bambino.

"Ne hai comprata una per ogni bambino della classe?" gli chiedo quando ritrovo la voce.

"Per ogni bambino della scuola," esclama Rafe.

"Batterie incluse," aggiunge Channing.

"Ottimo," mormora la mia assistente. È circondata da una marea di bambini che tengono tra le mani i loro spaventosi giocattoli dagli occhi rossi, e cerca di creare un po' di ordine tra loro. È spaventoso, ma non riesco a muovermi, non riesco a parlare.

"Stai bene?" mi chiede Deke sottovoce. Il resto del branco se n'è andato, probabilmente per parlare con il preside e capire quale sia il modo migliore di distribuire il giocattolo più desiderato del mondo a ogni bimbo dell'asilo.

Sono senza parole. Negli ultimi giorni ho imparato tantissimo da Deke riguardo alla sua vita militare, ai suoi incubi. Alla sua vita da mutante. Ho anche parlato con una coppia di leoni mutanti, Nash e Denali. Nash ha prestato servizio nell'esercito e Deke è stato in contatto con lui quotidianamente, aprendosi riguardo alla sua PTSD.

Ma la mia conversazione preferita è stata quella con Amber Green, una donna umana che è diventata compagna di un lupo mannaro alfa di Tucson. Mi ha dato un sacco di consigli riguardo alla vita con un lupo mannaro, e mi ha fatto promettere di chiamarla ogni volta ne ho bisogno. "È difficile, ma ne vale la pena."

E guardando Deke, so che dice il vero. Eccolo qui, a guardarmi con i suoi occhi scuri, un po' circospetto, un po' preoccupato, mettendocela tutta per far filare tutto liscio.

Lo amo più che mai. Un piccolo brivido mi attraversa. *Amo Deke Adalwulf.*

Evviva, esultano le mie ovaie.

"Sadie?"

Tutti i miei bimbi sono distratti dai loro giocattoli, quindi scivolo fuori dal cortile e mi avvicino al mio lupo mannaro.

"Non riesco a crederci." Rido di cuore. "Ma come hai fatto?"

Scrolla le spalle. "Ho pensato che fosse il minimo che potevo fare, dato che avevo distrutto il giocattolo della classe."

Soffia un vento freddo e mi avvicino di più a lui. I mutanti sono più caldi degli umani, sto scoprendo. Soprattutto quando sono vicini alle loro compagne.

E infatti mi avvicino e mi sento avvolgere dal calore e

dall'odore di Deke. Lui allunga le mani e mi tira su il colletto del cappotto, riparandomi dal vento.

"Starò sempre meglio," promette.

"Lo so."

"Lo farò per te." Preme la fronte contro la mia.

"Lo so," sussurro. Mi alzo per baciarlo. Anche in punta di piedi, gli arrivo solo al mento. Lui abbassa la testa e mi solleva con un forte braccio attorno alla vita. Mi sciolgo contro di lui, baciandolo come si deve, prima di tirare indietro la testa e sussurrare: "Tesoro, pensa ai bambini."

Ringhia, ma mi lascia andare. La classe non ha notato il nostro bacio: tutti i bambini sono troppo assorbiti dalla loro lepre cornuta personale.

Sto per chiedergli come ha fatto a trovare tutti questi giocattoli, quando la testa di Deke si alza di scatto. Le sue narici si dilatano e lo vedo fare una smorfia, come se avesse sentito odore di marcio.

"Sadie," dice una voce dura. Sollevo lo sguardo e vedo mio padre uscire a grandi passi dalla scuola. Automaticamente, mi avvicino di più a Deke.

"Cosa sta succedendo qui?" Mio padre guarda la mia classe con disgusto, storcendo la bocca. Dentro alla recinzione, Jackson insegue una bambina con il suo giocattolo. Entrambi gridano contenti. Dovrò comprare pastiglie per il mal di testa per me e per tutte le mie colleghe.

Ma ne vale la pena.

"Sadie," grida di nuovo mio padre. So che dovrei presentargli Deke come mio fidanzato. Ma sono stanca di tentare di ottenere la sua approvazione, e so già che non l'avrei, per quanto riguarda Deke. Tutt'a un tratto vedo mio padre per quello che è: un bianco calvo e con la pancia e un grosso senso dell'autorità.

Mi giro verso Deke. "Sai una cosa? Cazzarola!" dico, e mi

lascio prendere tra le sue braccia. A giudicare dal suo verso di disapprovazione, mio padre riceve il messaggio, e io mi posso tranquillamente perdere nel bacio del mio compagno.

SADIE

"Ed è così che Deke si è guadagnato l'amore di ogni singolo bambino dell'asilo," conclude Charlie, la bottiglia di birra Fat Tire sollevata in aria.

"Santo cielo, lungo brindisi," mormora Tabitha.

Charlie le fa il dito medio, piegando la bottiglia di birra e quasi versandone il contenuto.

"Un brindisi a Sadie e Deke," dice Adele con tranquillità, alzando il suo bicchiere di vino e interrompendo il litigio prima che inizi.

Io sorseggio il mio vino e sorrido. È il Mercoledì della lagna e siamo in un nuovo ristorante fuori città, poco distante dal quartier generale di Deke e del suo branco. Accoccolato tra le montagne, è una rustica ex segheria con un grosso caminetto e sedie in pelle grandi e comode. Un assaggio delle patatine al parmigiano e tartufo e abbiamo deciso all'unanimità di venire qui almeno una volta al mese.

"Allora, cos'ha detto tuo padre quando ha conosciuto Deke?" chiede Charlie mettendosi una patatina in bocca.

"Non ha detto nulla," rispondo. "Non li ho presentati. Al momento mio padre non fa parte della mia vita."

"Bene. Lascialo macerare." Tabitha annuisce in segno di approvazione.

"Non ha bisogno di macerare. Deve solo rispettare me

e le mie scelte. E se non lo fa, beh, non intendo sprecare altro del tempo con lui."

"Ecco, ecco," dicono Tabitha e Charlie, alzando le loro birre.

"Brindo pure io," dice una voce profonda alle mie spalle. Mi giro, anche se la mia pelle sta fremendo, già avvertendomi della vicinanza di un predatore. Il *mio* predatore.

Deke sta accanto al nostro tavolo e mi scruta. Dev'essere entrato in modalità furtiva da mutante. Non l'ho neanche sentito avvicinarsi.

"Deke," dico, e volo su dalla sedia, buttandomi tra le sue braccia. Lui mi solleva per darmi un bacio che mi lascia senza fiato. La stanza gira un po' quando mi posa a terra. Mi stringe a sé e io mi tengo stretta a lui come se avessi bevuto troppo whiskey.

"Cosa ci fate qui?" chiede Adele, e mi rendo conto che tre grosse ombre sono arrivate dal retro del ristorante: c'è l'intero branco.

"Siamo venuti a festeggiare il Mercoledì della lagna," dice Lance, trascinando una sedia vicino al tavolo e sedendosi accanto a Adele. Lei lo guarda dall'alto in basso, il che è strano, perché è più bassa di lui di una spanna.

"Siamo i proprietari di questo posto," dice Rafe, copiando suo fratello e sedendosi alla destra di Adele.

"A dire il vero ci serve uno chef." Rafe si appoggia allo schienale della sua sedia di legno e guarda Adele negli occhi. "Di una persona che sappia gestire un locale."

Resto immobile. Adele ci ha raccontato dei problemi che sta avendo con il suo negozio di cioccolatini. La sua socia si sta comportando in modo strano: è scomparsa da settimane e ha preso dei prestiti personali dai loro conti bancari, senza preavviso e con vaghe promesse di restituzione futura. La scorsa settimana Adele ha dovuto pagare l'affitto del negozio con i suoi risparmi.

Sta anche accettando dei lavori di catering privato per arrotondare e arrivare a fine mese. Questo lavoro potrebbe essere una manna dal cielo. I miei occhi scattano tra i due: Adele elegante e carina con il suo abitino vintage, Rafe casual e pericoloso con i pantaloni mimetici e una maglietta verde sbiadita dell'esercito che gli fascia alla perfezione gli addominali. L'alfa del branco sta in equilibrio su due gambe della sedia, mostrandosi in qualche modo rilassato anche con i muscoli tesi.

"Ti farò sapere se mi viene in mente qualcuno," gli dice Adele con tono freddo.

Rafe sostiene per un momento il suo sguardo, poi solleva il mento e mormora con voce profonda: "Potresti farlo tu."

Adele tira su con il naso e volta la schiena all'alfa.

"Stavamo brindando a Sadie," spiega Tabitha a Lance e Channing. Lance continua a lanciare occhiate a Charlie, ma lei sembra ignorarlo. Il che è interessante.

"Perché?" chiede Channing. "È già incinta?" Inarca le sopracciglia e finge di guardarmi la pancia.

A Adele va di traverso il vino.

"No," rispondo. "Sciocco." So che Channing sta solo scherzando, ma il pensiero di un figlio insieme a Deke mi rende felicissima. Le mie ovaie sono pronte. Mi accoccolo più vicina a Deke, che mi cinge le spalle con un braccio. "Festeggiavamo il fatto che ho finalmente tirato fuori il fegato e ho risposto come si deve a mio padre."

"Hai sempre avuto fegato. È che tuo padre e Scott non ti hanno mai rispettata," dice Adele.

Un ringhio romba nel petto di Deke nel sentire il nome di Scott. Gli poso una mano sui pettorali.

"Sì, a proposito, che è successo a Scott?" chiede Charlie.

Tabitha scrolla le spalle. "È sparito. L'ultima volta che ne ho sentito parlare, si era trasferito in Florida. Probabilmente per andare a costruire un condominio sulla spiaggia."

"Ottimo," mormora Adele.

"Usciamo da qui," mi mormora Deke. La sua lingua tocca il lobo del mio orecchio, seguita da un leggero morsetto dei suoi denti. Faccio un salto.

"Io e Deke andiamo a… ehm… prendere una boccata d'aria fresca," dico, e lo spingo verso la porta, fino all'ampia veranda esterna.

"Divertitevi," esclama Tabitha.

Dietro di me, sento Adele borbottare sottovoce. "Se non è quello giusto per lei, scommetto che non troveranno mai il suo corpo."

"Garantisco io per lui," romba la voce di Rafe in risposta. Vedo Adele voltarsi e socchiudere gli occhi guardando Rafe, poi esco con Deke.

"Cosa sta succedendo tra quei due?" chiedo a Deke mentre andiamo verso il parapetto della veranda. Sopra di noi, il cielo è nero come la notte, la Via Lattea che dispiega un velo di stelle scintillanti sulle sagome scure delle montagne.

"Chi?" chiede Deke.

Mi acciglio, strofinando tra loro le mani per il freddo. "Adele e Rafe. Tu chi pensavi?" Mi viene in mente l'immagine di Charlie che ignora Lance.

"Nessuno," risponde Deke, e tanto disinvolto da farmi capire che anche lui ha notato qualcosa tra Lance e Charlie. "Ma Adele è venuta al nostro quartier generale e ha affrontato Rafe. Ha detto che se non mandava me e tutti gli altri in terapia, ci avrebbe tagliato personalmente la gola."

"Oh." Molto in stile Adele, in realtà. Mamma orso. "Non le ho detto di… sai." La cosa del lupo mannaro. "Il vostro segreto è al sicuro con me."

"Lo so, piccola. Sospetto che non dovrai tenerle all'oscuro ancora per molto."

"Sul serio?"

"Sul serio." Mi prende il colletto e lo tira più su, attorno al mio viso, prima di avvolgermi tra le sue braccia, nel suo calore. "Rafe ronza attorno a Adele. E non solo per lavoro."

Aggrotto la fronte. Vorrei chiedergli qualcosa sul lavoro, ma non è realmente affar mio. Prendo nota mentalmente di chiederlo a Adele in persona. "Pensi che sia la sua compagna?"

"Non lo so. Rafe non pensa di meritare una compagna. Nessuno di noi l'ha mai pensato. Tu sei arrivata inaspettata. Sei stata un dono."

"Deke," sussurro. Ho il cuore pienissimo adesso, grande come la luna che inonda il mondo della sua luce.

Deke mi solleva sul parapetto, tenendomi vicina a sé mentre affonda la testa accanto alla mia. "Dovrò avvisarlo della cosa peggiore riguardo a una relazione con un'umana."

"Che sarebbe?" Ho la testa inebriata dal suo odore.

"Le guaine modellanti," dice contro la mia bocca, e rido mentre mi bacia e tiene entrambi al calduccio, sotto al cielo ghiacciato.

EPILOGO

Sadie

NESSUNO DÀ alla testa come un lupo mannaro. Ho la gola
roca per aver gridato, quando rotolo per rispondere al telefono che sta vibrando. Il mio compagno mi soddisfa più di
quanto avrei mai potuto immaginare. Mi ha anche messo
l'anello al dito. Anche se il morso dell'accoppiamento è
tutto ciò che conta per i lupi, capisce che noi umane
abbiamo le nostre tradizioni. Gli ho detto che per me non
aveva importanza, ma Deke ha insistito per darmi tutto ciò
che ho sempre sognato.

Allunga la mano e mi strappa il telefono, subito in
allerta.

"È Charlie." Me lo ridà.

"Pronto?" dico con voce roca, deglutendo un paio di
volte.

"Sadie?"

Esco dal letto. "Charlie… come stai, cara? Non ti vedo
da un pezzo."

"Ho avuto… da fare. Ma…"

"Stai piangendo?"

"Cosa? No. Certo che no."

"Hai la voce strana."

"Sì, ho bisogno di parlare," dice Charlie, la voce strozzata.

"Ok."

"Ho un problemino piccolo piccolo. Sai l'amico di Deke… il biondo sexy?"

"Intendi Lance?" Arriccio il naso. Suppongo che sia anche sexy, ma io non lo vedo così.

"Quello che sembra il frontman di una band," spiega Charlie con tono asciutto.

"È un po' più robusto, a dire il vero."

"Ok, allora un personaggio di *Baywatch*."

"Questa te la concedo. Lance ha davvero il fisico di un surfista. Che problema c'è?"

"Può darsi che siamo andati a letto insieme."

"Oh. Oh, mio Dio. Tu e lui?"

"Sì. Lo so. È stato un impulso improvviso."

"Buon per te. Cioè, è andata bene, no?"

"Più che bene."

"Ne sono contenta. Quindi qual è il problema?"

Charlie sospira, un soffio che sembra una folata di vento al telefono. "Doveva essere una cosa di una volta e basta."

"Ok."

"Anche se insieme siamo stati davvero benissimo."

"Ok…"

"E ora ho un problema." Fa una pausa e mi mordo la lingua, prima di chiederle di sputare il rospo.

"Sono incinta."

GRAZIE DI AVER LETTO La luna dell'Alfa! Per l'epilogo bonus con la cerimonia di matrimonio di Sadie e Deke, clicca qui. Se il libro ti è piaciuto, ci piacerebbe leggere la tua recensione: fa davvero la differenza per noi autori indipendenti.

VUOI SAPERNE DI PIÙ?

OTTIENI IL TUO LIBRO GRATIS!

Iscrivetevi alla newsletter di Renee per ricevere Indomita, scene bonus gratuite e notifiche riguardo a nuove pubblicazioni!

https://subscribepage.com/reneeroseit

ALTRI LIBRI DI RENEE ROSE

https://reneeroseromance.com/italiano/

Chicago Bratva

Preludio

Il direttore

Il risolutore

Posseduta

Il sicario

Il soldato

L'Hacker

L'allibratore

Il pulitore

Il playboy

Vegas Underground

King of Diamonds

Mafia Daddy

Jack of Spades

Ace of Hearts

Joker's Wild

His Queen of Clubs

Dead Man's Hand

Wild Card

Wolf Ridge High

Alfa Bullo

Alfa Cavaliere

Alfa ribelli

Tentazione Alfa

Pericolo Alfa

Un premio per l'Alfa

Una sfida per l'alfa

Obsession Alfa

Desiderio Alfa

Guerra Alfa

Missione Alfa

Tormento Alfa

Segreto Alfa

La preda dell'Alfa

Sangue Alfa

il sole dell'Alfa

La luna dell'Alfa

Wolf Ranch

Brutale

Selvaggio

Animalesco

Disumano

Feroce

Spietato

Due Segni

*Indomita (*gratuito)

Tentazione

Deseada

Sedotta

Padroni di Zandia

La sua Schiava Umana

La Sua Prigioniera Umana

L'addestramento della sua umana

La sua ribelle umana

La sua incubatrice umana

Il suo Compagno e Padrone

Cucciolo Zandiano

La sua Proprietà Umana

La loro compagna zandiana (gratuito)

L'AUTORE

L'autrice oggi bestseller negli Stati Uniti Renee Rose ama gli eroi alfa dominanti dal linguaggio sboccato! Ha venduto oltre un milione di copie dei suoi romanzi bollenti, con variabili livelli di erotismo. I suoi libri sono comparsi su *USA Today's Happily Ever After* e *Popsugar*. Nominata *Migliore autrice erotica da Eroticon USA* nel 2013, ha vinto come autrice antologica e di fantascienza preferita dello *Spunky and Sassy*, come miglior romanzo storico sul *The Romance Reviews* e migliore coppia e autrice di fantascienza, paranormale, storica, erotica ed ageplay dello *Spanking Romance Reviews*. È entrata dieci volte nella lista di *USA Today* con varie antologie.

Iscrivetevi alla newsletter di Renee per ricevere scene bonus gratuite e notifiche riguardo a nuove pubblicazioni!
https://www.subscribepage.com/reneeroseit

 facebook.com/Autrice-Renee-Rose-101548325414563
 instagram.com/reneeroseromance

ALTRI ROMANZI DI LEE SAVINO

Romanzo Paranormale

La saga dei Berserker
Venduta ai Berserker
Accoppiata ai Berserker
Presa dai Berserker
Data ai Berserker
Rivendicata dai Berserker
Salvata dai Berserker
Catturata dai Berserker
Rapita dai Berserker
Legata ai Berserker
La Notte dei Berserker
Posseduta dai Berserker
Domata dai Berserker
Comandata dai Berserker

Alfa ribelli con Renee Rose
Tentazione Alfa
Pericolo Alfa
Un premio per l'Alfa
Una sfida per l'alfa
Obsession Alfa
Desiderio Alfa
Guerra Alfa
Missione Alfa
Tormento Alfa
Segreto Alfa
La preda dell'Alfa
il sole dell'Alfa
La luna dell'Alfa

Sangue Alfa

Romanza Fantascienza

Il pianeta dei re con Tabitha Black
Compagno brutale
Rivendicazione brutale

Padroni tsenturion con Golden Angel
La prigioniera aliena
Il tributo alieno
Rapimento alieno

Draghi in esilio con Lili Zander
Compagna Draekon
Fuoco Draekon
Cuore Draekon
Rapimento Draekon
Destino Draekon

Romanzi Contemporanei

Il principe scapestrato
La finta fidanzata del futuro re

La bella e i boscaioli
Il mio daddy è un marine
Contesa tra due "paparini"

Dark mafia con Stasia Black
Innocenza
Risveglio
La regina della malavita

Ranch del sadomaso con Tristan Rivers
La bambina del cowboy
Una ragazza da domare

L'AUTORE

Lee Savino è una fra le migliori scrittrici di libri erotici 'smexy' al giorno d'oggi negli Stati Uniti. 'Smexy' nel senso di 'smart e sexy': storie sensuali ed argute. La puoi trovare nel gruppo Goddess in Facebook ed è possibile scaricare un suo libro gratuito su https://leesavino.com/italiano!

Ricevi un libro gratuito, **Allevata dai Berserker** (solo per i fan più sfegatati iscritti alla newsletter di Lee). **Clicca qui per cominciare**